"카를라 노라드라고 합니다. 얼마 전까지 동생과 함께 모건 상회의 루이암 지점에서 일했습니다."
"카룸 노라드라고 합니다. 저와 누나 모두 잘 부탁드립니다."
신들에게 주워진 남자 3

마리아
페이
젠
세탁소 뱀부 포레스트,
새로운 동료들의 도움을 받아 대성황!

피나
리린

"보세요,
이렇게 아름다운
아이들이 잔뜩
있어요!"

신들에게 주워진 남자

3

The man picked up
by the gods

Roy

CONTENTS 3
The man picked up by the gods

illustrator : 리린라

{2장 26화} 부하와의 만남

열두째 날.

한낮의 기무르를 느긋하게 달리는 마차. 그 안에는 상업 길드의 그리시에라, 피오로, 세르쥬. 테이머 길드의 테일러 지부장. 그리고 세르쥬의 부하 2명, 료마의 보좌로 소개될 쌍둥이 남매가 타고 있다.

"음, 이제 거의 다 왔지?"

"그래. 앞으로 모퉁이 2개만 더 돌면 돼."

비슷하게 생긴 얼굴 아래 긴장과 불안을 감추고 있던 두 사람은 세르쥬의 그 말에 창으로 시선을 돌렸다.

사건의 시작은 며칠 전. 본점으로부터 그들이 일하고 있던 루이암이라는 마을의 지점에 하던 일의 인수인계를 마치고 기무르로 오라는 인사 발령이 내려왔다. 대표인 세르쥬의 친필 서류에 사인까지 첨부해서.

그날 이후, 주위에서는 본점으로 들어가게 된 것을 축하해주었고 지시 받은 대로 인수인계를 마친 두 사람은 기무르로 왔다. 그것이 **오늘 아침**의 일.

날씨 관계상 도착이 하루 늦어지는 바람에 곧장 향한 본점에서 알게 된 건 자신들이 본점 근무가 아니라 파견 근무를 위해 불려왔다는 사실. 그리고 파견 나갈 곳의 경영자 겸 상사가 공작가와 인연이 있는 11세 아이라는 두 가지 사실. 그 후 두 사람은 개점 파티에 참석하기 위해 서둘러 옷을 갈아입은 다음 마차를 타고 지금 이곳에 있다.

경영 실패는 물론이고 아마도 귀족의 자녀일 소년과의 관계도 신경 쓰인다. 이제부터 하게 되는 일에 따라 자신들의 진퇴가 정해진다는 것도 각오했다.

"보이는군, 저기다."

"호오, 녀석, 제법이군."

"근사한 가게구나! 이걸 일주일 만에 지었다고?"

"누나, 이거."

"응……."

가게는 새하얀 벽과 곳곳에 창문이 달려 있기만 한 단순한 외관이었다. 하지만 가게 주위에는 정성 들여 가꾼 잔디와 화단이 있어서 그 어느 곳보다 청결한 느낌이 가득했다.

마차에서 내려 가게로 들어서자 천장 근처에 만들어진 선반과 그 위에 놓인 4개의 신상이 시선을 끌었다. 이어서 가게 안을 둘러보자 목조가 만들어내는 부드러운 분위기 속에서 역시 부드러운 광택을 가진 L자 모양의 카운터 등. 그들은 건물의 완성도에 깜짝 놀라고 카룸과 카를라는 밝은 가게의 모습에 자신들의 장래에 대한 작은 희망을 품었다.

"여러분, 어서 오세요! 세탁 대행 업자, 뱀부 포레스트에 잘 오셨습니다!"

두 사람에게는 앞으로 자신들의 상사가 될 사람인 동시에 가장 큰 불안의 씨앗이기도 한 료마가 나타났다. 자연스럽게 그 눈도 상대를 관찰하고 평가하는 시선으로 바뀐다.

"료마, 오늘 이렇게 초대해줘서 정말 고맙구나. 이 늙은이까지 불러주다니, 정말 얼마나 기쁜지 모르겠다~"

"멋진 가게잖아. 이거, 앞으로가 기대되는 걸."

"이렇게 멋지게 가게를 완성하신 점, 축하드립니다."

"모두 감사합니다."

웃는 얼굴로 인사하는 료마는 순수해 보이는 평범한 아이로 상인이란 직업과는 맞지 않을 것 같은 타입의 소년이었다. 좋든 싫든 두 사람에게는 외모가 풍기는 느낌 그대로 보였다. 그냥 동네 아이라면 아무 생각 없겠지만 자신들의 상사가 되면 앞으로 얼마나 고생하게 될지 생각하지 않을 수 없다. 그들은 아직 어린 나이지만 상회에서 일한 경험이 있는 만큼 장사는 만만하게 보고 덤빌 일이 아니라는 것을 잘 알고 있었다.

"테일러 지부장도 이렇게 와주셔서 감사합니다."

"축하한다. 등록한 이후로 별다른 소식이 없어서 조금 걱정했는데……. 라인바흐가 일부러 소개할 만 하군."

두 개의 길드와 두 개의 상회를 이끄는 네 사람을 상대로 쾌활하게 대화를 주고받는 소년을 본 두 사람은 서로 눈빛만으로 의사소통을 진행, 그 결과 눈앞에 있는 소년은 역시 어떤 귀족 가문의 자녀라는 생각이 한층 굳어졌다.

"세르쥬 씨, 이 분들이?"

"오오, 소개가 늦었군요. 료마 님의 보좌로 일하게 될 사람들입니다."

"카를라 노라드라고 합니다. 얼마 전까지 동생과 함께 모건 상회의 루이암 지점에서 일했습니다."

"카룸 노라드라고 합니다. 저와 누나 모두 잘 부탁드립니다."

"정말 감사합니다. 료마 타케바야시입니다. 저야말로 잘 부탁드립니다."

"이 두 사람은 아직 젊지만 얼마 전까지 루이암 지점에서 부점장과 그 보좌로 일했었죠. 모건 상회에서 오래 일해서 일에 대한 것이라면 믿을 수 있답니다. 반드시 료마 님께 도움이 될 겁니다."

"그건……."

""무슨 문제라도 있습니까?""

두 사람의 말에 료마는 서둘러 변명한다.

"생각했던 것보다 더 유능하신 분들이 오셔서 놀랐을 뿐, 업무상의 문제는 전혀 없어요. 능력 있는 분이 와주시면 저야 감사할 따름이죠. 하지만 두 분께 맡길 예정이었던 가게 업무는 별로 어려운 게 아니라서 두 분의 능력을 살릴 기회가 있을지 없을지는……. 아니, 제 말은 두 분이 필요하지 않다는 건 아닙니다."

단순한 접수 업무와 세탁물 운반에 그렇게까지 뛰어난 인재를 사용하는 건 아깝지 않나? 이런 뜻으로 한 말이었지만 안 그래도 불안해하고 있던 두 사람은 료마의 말을 꽤나 심각하게 받아

들였다.

그런 두 사람의 모습에 위화감을 느낀 세르쥬가,

"둘 다, 너무 부담을 느끼고 있는 건 아닌가? 그럴……."

"료마! 나 왔어!"

두 사람에게 부드럽게 설명하려는데 또 다른 입구에서 끼어들 듯 커다란 목소리와 함께 11명의 남녀가 가게로 들어왔다. 모험가 길드 멤버들이다.

"어서 오세요! 세탁 대행 업자, 뱀부 포레스트입니다! 자, 여기 비어 있는 카운터로 오시죠."

"오, 제법……. 엑?! 왜 여기 망할 할망구가 있는 거지?!"

"누가 망할 할망구라고? 내가 할망구인 건 사실이지만 망할 할망구는 아니란 말이다! 모험가 길드의 우두머리가 된 게 언제인데 아직도 입이 그렇게 걸어서야, 원. 워건, 그래서 넌 옛날……."

"볼 때마다 옛날에 저지른 실수 좀 들춰내지 말라고! 당신도 언제까지 길드의 우두머리 노릇이나 하고 있을 거야? 하여간에 끈질긴 할망구라니까……. 그나저나 여긴 왜 있어?"

"당연히 초대를 받았으니까 있지."

"……뭐, 그런 건 됐고. 료마, 일을 맡기고 싶은데 어떻게 하면 되냐?"

"네, 지금…… 아, 카룸 씨와 카를라 씨. 모처럼의 기회이니 업무 순서에 대해 설명해드릴게요. 안으로 들어오세요. 세르쥬 씨와 다른 분들도요."

료마가 카운터 일부를 열어 6명을 안으로 들인다.

"자, 우선 손님에게 전용 주머니를 판매합니다. 1인용 주머니 하나는 20수트. 그 주머니는 우리 가게에 올 때마다 몇 번이든 반복해서 사용할 수 있기 때문에 다음부터는 구입하실 필요가 없답니다."

"오, 그럼 하나 사지. 이 안에 세탁물을 넣으면 되는 거지?"

"네, 그리고 오늘은 이렇게 연습에 함께 해주시니 무료로 해드리겠습니다. 주머니도 서비스로 드릴 테니 가지고 가셔서 다음에 다시 들고 오시면 돼요."

"나야 고맙지."

"그리고 카룸 씨와 카를라 씨, 손님이 오셔서 돈을 받으면 이 카운터 오른쪽 옆에 있는 막대에 각각의 가격에 해당되는 전용 판을 끼워주세요."

료마는 카운터 밑에서 위아래에 구멍이 뚫린, 각각 색이 다른 얇은 석판을 꺼내서 보여줬다. 그와 동시에 카운터 가장자리를 가르켰다. 그곳엔 료마가 들고 있는 석판이 꼭 들어맞는 막대와 테두리가 있었다.

"저건 뭔가요?"

"생각나서 만들어본 수입계산용 도구입니다. 우리 가게는 손님께서 구입하신 주머니의 크기에 따라 중동화 1닢, 중동화 1닢과 소동화 8닢, 중동화 4닢, 이렇게 세 종류 밖에 없어요. 따라서 개인용 주머니 하나에 담긴 세탁물 의뢰를 받으면 중동화 1닢을 받아서 검은색 석판 1장을 저기 검은 상자에 넣어두시면 됩니다. 상자에는 눈금이 새겨져 있고 이 석판 100장이 들어갈 수 있게 되어 있죠.

100장이 되면 이 상자 밑에 놔둔 종이에 펜으로 1이라고 쓰고 상자 속에 들어 있는 석판을 원래 있던 카운터 아래 선반으로 옮겨주세요. 이 작업을 반복해서 영업이 끝난 후에 확인, 그날 매출을 계산하는 겁니다.

예를 들어 카운터 종이에 중동화 1닢의 매출을 뜻하는 검은 석판이 3번 가득 찼었다는 기록이 있고 상자 안에 석판 42장이 남아 있으면 개인용 매출은 중동화 342닢인 3,420수트가 됩니다.

이것을 세탁료 3종류와 크기가 다른 각 주머니를 구입하신 경우의 3종류, 모험가 전용 갑옷·무기를 포함한 전신 세정 서비스, 총 7종류를 준비해두었으니 영업을 종료한 후에 각각 체크해서 더하면 그날 매출 이익을 계산하는 게 편해지지 않을까 싶어요. 그리고 매출 가운데서 어떤 것이 얼마나 팔렸는지, 손님들께서 원하시는 사이즈가 어떤 것인지 알 수 있으면 좋을 것 같아서 만들어 봤습니다. ……물론 한동안 직접 시험해보지 않으면 모르겠지만요."

그리고 료마는 그대로 다시 워건을 접대하러 돌아갔지만 설명을 듣고 있던 상업 길드 사람들은 그 도구에서 눈을 떼지 못하고 있었다.

료마는 전생에서 접시의 색깔에 따라 가격이 나뉘어서 마지막에 정산하는 회전 초밥집의 시스템을 떠올리고 시험 삼아 도입해본 것뿐. 하지만 계산을 하는 카운터가 따로 없는 이 세계에서는 이 도구가 그들의 흥미를 크게 끌 수밖에 없었다.

애당초 이 세계는 료마가 있던 현대 일본과 비교해 문맹률이 현격히 높아서 사칙연산조차 제대로 못하는 사람도 적지 않다. 특히 시골 마을은 그런 경향이 현저한데 이 도구를 사용하는 데 있어 필요한 것은 요금을 정확하게 받아서 정해진 순서에 따라 확실하게 처리하는 것뿐이다.

때와 장소를 잘 가리기만 하면 계산을 못하는 사람도 일할 수 있을지도 모르다. 혹은 수치를 바꾸어서 자신의 장사에 응용할 수도 있다. 그 가능성을 깨달은 5명의 날카로운 시선도 모른 채 료마는 담담하게 접객을 이어간다.

"손님께서 돈을 지불하시면 세탁물이 든 주머니를 받아서 주머니 입구를 봉한 끈에 카운터 아래 선반에 준비되어 있는 이 표를 부착합니다. 나머지 하나는 손님에게 드려서 나중에 세탁물을 내어드릴 때 손님이 가지고 계신 표와 세탁물을 담은 주머니에 달린 표를 대조해서 확인한 후에 다시 돌려드리고요."

끈이 달린 꼬리표 같은 것을 사용해서 세탁물이 뒤바뀌는 것을 막는다고 설명한 료마는 안쪽 벽에 설치된 더스트 슈트 모양의 구멍에 세탁물을 집어넣었다.

"이 구멍 끝에 있는 방에는 클리너 슬라임이……. 아, 클리너 슬라임에 대해서는."

"더러운 것을 먹어치우는 슬라임이라고 세르쥬 씨에게 들었습니다."

"감사합니다, 카를라 씨. 그렇다면…… 두 분, 궁금하신 건 없으신가요?"

"신종 슬라임이라고 들었는데 정말 깨끗하게 됩니까?"

재빨리 질문을 던진 건 카룸. 누나인 카를라도 조금 늦게 같은 질문을 하려다가 입을 다물었다.

"하긴 실제로 보지 않으면 믿기 어려울 수도 있죠……. 혹시 여기서 주머니 안에 든 세탁물을 보여주실 수 있는 분 계신가요?"

"그럼 내 걸 사용해."

료마는 흔쾌히 주머니를 던져준 제프에게 감사의 말을 전하고 두 사람에게 세탁물에 묻은 핏자국을 확인시켰다. 그 다음, 표를 달아서 구멍에 집어넣었다.

"이곳에 넣은 세탁물을 즉시 깨끗하게 만들어서 바로 옆방으로 옮기도록 지시해두었으니 여기 넣기만 하면 자동적으로 세탁되어 안쪽으로 운반됩니다. 세탁이 끝난 세탁물을 모아두는 곳이죠. 나머지는 그것을 회수해서 아까 말씀드린 대로 손님의 세탁물이라는 것을 확인한 후에 돌려드리기만 하면 되죠. 이것이 작업의 흐름입니다."

분실의 위험을 줄이고 종업원이 접객에 집중할 수 있도록 업무는 얼룩을 제거하기만 하고 주머니를 열어 안에 든 세탁물을 개거나 하진 않는다.

몇 초 되지 않는 설명 후, 료마가 안쪽으로 들어가서 세탁이 끝난 세탁물을 회수. 다시 주머니를 열어보자 얼룩은 흔적도 없이 사라지고 없었다.

"정말 얼룩이……. 어떤 얼룩이든 다 제거할 수 있나요?"

“지금까지 제거하지 못한 얼룩은 없지만 가능하면 돌려드리기 전에 한 번 확인하는 게 좋지 않을까 싶어요. 얼룩이 덜 제거되었다면 한 번 더 작업하도록 하고요.”

“염색한 옷감은 색이 빠지거나 하진 않습니까?”

“풀이나 나무의 즙으로 물들인 천을 마찬가지로 풀에서 채취한 염료를 묻힌 다음 몇 번인가 시험해봤는데 색이 빠지거나 하는 일은 없었습니다. 시간 경과나 선명도, 또는 다른 무언가로 판단하고 있는지……. 이 점은 손님이 맡길 때 미리 주의를 드리는 게 무난하겠죠. 그 외에 작업 순서 등, 잘 이해가 안 되는 점은요?”

““……지금으로선, 없습니다.””

“그렇군요. 모르는 게 있으면 그때 다시 말씀해주세요. ……그럼 분담해서 손님을 맞아볼까요?”

그리고 카룸과 카를라도 카운터로 오도록 하는 료마. 그리고 나머지 9명의 세탁물 접수를 셋이서 받는다. 료마는 실수 없이 일을 척척 해내는 카룸과 카를라의 모습을 보고 안심했다. 일만 잘하면 충분하다. 긴장은 시간이 지나면 풀어지는 법.

오늘 이날, 료마와 두 사람은 동료로서의 첫 발을 착실하게 내딛었다.

약간의 오해는 그대로였지만.

{2장 27화} 바쁘고 즐거운 연회

머지않아 공작가 일행도 도착하자 료마는 총 29명의 초대 손님을 안쪽으로 안내했다.

"이곳은 직원 전용 공간으로 손님들은 기본적으로 출입이 금지되어 있습니다. 직원용 탈의실, 응접실과 집무실, 직원용 휴게실, 화장실 등이 있죠. 다음은 탕비실입니다."

"잠깐 안을 좀 봐도 괜찮겠나?"

"그럼요."

료마를 따라 각 방을 둘러보는 29명. 료마는 마음속으로 전생에 있던 버스 투어 관광객 같다고 생각했다. 그리고 마지막으로 모두를 직원용 휴게실로 안내한 후에 요리를 마무리하러 가자 다른 사람들은 한동안 휴게실에서 기다리게 되었다.

여담이지만 자리를 떠날 때의 광경을 보고서야 료마는 자신이 공작 가문처럼 지위 높은 사람들을 신분에 상관없이 사적인 모임에 부르는 비상식적인 짓을 저질렀다는 사실을 깨달았다.

료마는 그저 신세를 진 분에 대한 보답의 의미와 전생에서 좋은 인연을 맺지 못한 인간관계에 대한 동경 때문에 이 모임을 기획했다. 그러나 상황을 보니 아주 단락적인 생각이었다며 나중에 주방에서 몰래 반성하게 된다.

물론 참석한 모험가들의 대부분이 높은 랭크에 있는 사람들이었기 때문에 료마가 생각하는 것만큼 신경 쓰지도 않았고 일부는 긴장한 상태에서도 차분하게 잡담을 나누며 그가 돌아오기를 기다리고 있었지만.

■ ■ ■

10분 정도 지나자 갑자기 웰안나가 안절부절 불안한 모습을 보이기 시작했다.

"웰안나? 무슨 일이라도 있어?"

"왠지 어디선가…… 아마 료마가 만들고 있는 요리겠지만, 굉장히 맛있는 냄새가 풍겨오고 있어."

그 말에 방에 있는 모두가 냄새를 신경 쓰기 시작했지만 냄새를 맡은 사람은 웰안나 외에 수인 3명과 드래고뉴트 아사기 뿐이었다.

"냥?! 그러고 보니 엄청 좋은 냄새가 난다냥!"

"정말 그래요……."

"난 잘 모르겠다만……."

"아마도 인간의 코로는 맡지 못하는 조금 약한 냄새? 아직은 수인들 밖에 모를 것 같은데……."

"아니, 졸자도 알고 있소. 이것은 고기? 아니, 고소한 빵? 어쨌든 맛있을 것 같은 냄새라오."

"그러고 보니 전에 먹은 료마 군의 요리도 맛있었지."

"그렇습니까? 라인하르트 님."

"암. 적은 식재료지만 고민해서 만든 요리라는 걸 알 수 있었어. 지자의 뿌리를 사용한 토끼 고기 소테, 그거 참 맛있었지."

"료마 님은 그 나이에 벌써 가사 스킬 레벨 10을 가지고 계시니 기대가 됩니다."

"그 나이에 10이라니, 상당한데? 아무리 레벨을 올리기 쉬운 스킬이라도 마흔 전에 거기까지 가는 녀석은 드물거든."

그리고 5분이 더 지난 후, 료마가 돌아왔다.

"오래 기다리셨죠? 요리가 다 되었습니다."

"기다렸다냥~!"

"왜 이렇게 늦었냐? 냄새만 그렇게 풍겨대고, 우리가 얼마나 힘들었는지……."

"응, 냄새가 났어요? 냄새를 막는 결계를 쳐뒀는데……. 도중에 효과가 떨어진 건가?"

"그런 건 됐으니까 일단 먹자!"

"알겠습니다."

"""도와드릴게요."""

료마는 감사 인사를 하고 세바스, 아로네, 릴리안과 함께 요리를 날아왔다. 음료는 슬라임에게 운반해오도록 지시했다. 그로 인해 료마의 슬라임의 움직임이 다른 일반적인 슬라임과 다르다는 것을 모르고 있던 상업 길드 소속 5명과 테일러 지부장이 깜짝 놀라게 되고 주위 사람들에게 설명을 듣게 된다.

그 동안에도 요리와 음료는 계속 날라져 왔고 모두에게 고루 분배되자, 료마가 건배를 제안했다.

“음~ 오늘 이렇게 저희 가게 완성 축하 자리에 와주셔서 진심으로 감사드립니다. 그리 대단한 건 아니지만 요리는 충분히 준비했으니 모두 즐겁게 드셔주세요. 건배!”

「건배!」

그렇게 모두 일제히 잔에 든 술을 마시자 고든이 큰 소리로 환호성을 질렀다.

“뭐야, 이 술은! 장난 아니잖아!”

“축하 자리라서 신경 좀 써봤어요.”

“무슨 술이냐?”

“술집 사장님 말씀으론 제미스의 샘이라고 하던데요?”

그 말에 고든은 잔을 보고 웃는다.

“제미스의 샘이라! 좋은 술이라는 말을 들었지만 마셔본 적은 없어.”

“그러세요?”

“뭐야, 모르고 산 거냐? 제미스의 샘은 아는 사람은 다 아는 명주라고!”

“전혀 몰랐어요. 술집 사장님의 추천으로 샀을 뿐이에요.”

“운이 좋았군. 제미스의 샘은 비교적 구하기 쉬운 가격대이지만 애호가가 많아서 금방 팔려버리거든.”

“그렇군요, 운이…… 아!”

“왜 그러세요?”

“아뇨, 제가 그렇게 좋은 술을 손에 넣을 수 있었던 이유를 알 것 같아서요.”

“이유 말인가요?”

“네. 전 가호를 받고 있거든요. 술의 신 테쿤 님의.”

“뭐라고?! 정말이냐?!”

“꼬마, 그 말 진짜가?!”

료마의 말에 고든과 피오로가 격한 반응을 보인다.

“아, 네, 정말이에요. 그런데 그게 무슨?”

“부럽다…….”

“부러워라~, 아주 부러워 죽겠구만~.”

“테쿤 님의 가호는 드워프에게는 선망의 대상이거든. 술의 신의 가호니까.”

“장인의 신의 가호가 아니라 술의 신의 가호가 더 좋은 거예요?”

“나야 모험가라서 대장장이 실력이 늘어봤자 딱히 소용도 없고 무엇보다 대장장이 실력을 가호에 의지하는 놈은 대장장이 실격이다. 실력은 스스로 단련해서 익히는 거야.

그러니 술의 신의 가호라면 누구든 원하는 거지. 드워프라면 누구나 맛있는 술을 마실 수 있는 게 당연히 더 좋을 테니까. 게다가 좋은 술과의 만남은 개인의 노력으로는 어떻게 할 수 없는 경우도 있거든. 그 어떻게 할 수 없는 경우를 어떻게든 되게 해주는 게 바로 술의 신 테쿤 님의 가호다 이 말씀.”

그 말을 듣고 납득하는 료마. 이어서 피오로에게 묻는다.

“그렇군요……. 고든 씨의 경우는 이해가 되는데 피오로 씨도 술을 좋아하시나요?”

"싫어하는 건 아이지만 내는 상인으로서 부럽다는 게 본심이라고 할 수 있제. 니한테는 말 안 했지만 우리 상회는 식료품을 주로 취급하고 있다 아이가. 그라니까 좋은 술을 쉽게 손에 넣을 수 있다니까 안 부럽겠나?"

"그렇군요."

그런 대화를 나누고 있는데 웰안나가 말을 걸어왔다.

"료마."

"네?"

"한 그릇 더 부탁해."

"헉! 벌써 다 드신 거예요?!"

"료마, 나도 부탁해."

"나도다."

"나도."

"제프 씨에 휴즈 씨, 길드 마스…… 워건 씨까지인가요? 다들 빨리 드시네요."

"네가 만든 요리가 맛있어서 그래. 이렇게 맛있는 건 처음 먹어봤어."

"정말요? 그렇게 말씀해주시니 만든 보람이 있긴 하지만……."

"나도 그 아이의 의견에 찬성이다. 이 나이가 되니 턱이 약해져서…… 시내에 있는 가게에서 나오는 고기 같은 건 씹을 수가 있어야지. 그런데 이 파스타에 있는 고기는 먹기도 편하고 이 스테이크의 고기도 참 부드럽구나. 오랜만에 마음껏 고기를 먹었어. 오늘 오길 정말 잘했군."

"마음에 드셨다니 정말 다행이에요. 많이 드시고 가세요."

그리고 료마가 4인분의 요리를 추가로 가지고 돌아오자 미제리아, 미야, 라인하르트, 아사기, 이렇게 4명이 접시를 비우고 추가 주문을 했다.

"라인하르트 씨까지 입에 맞으신 것 같아 다행이에요."

"하하, 료마 군의 요리라면 입에 안 맞을 리가 없지."

"정말이에요? 파티 같은 데서 훨씬 더 맛있는 요리를 드실 것 같……. 왜 그러세요?"

료마가 그렇게 말한 순간, 라인하르트의 눈에 있던 빛이 흐려진다.

"료마 군, 한 가지 가르쳐줄 게 있네."

"아, 네."

"비싼 요리가 반드시 맛있다고는 할 수 없는 거야."

파티처럼 많은 귀족들이 모이는 자리에서는 맛보다는 얼마나 화려하고 진귀한 요리를 준비하는가가 중요하다고 라인하르트는 말했다.

"맛에 대한 취향은 사람마다 다르니까…… 한두 명 정도라면 그 상대에 맞춘 요리를 준비하면 돼. 그렇지만 사람 수가 많아지면 그건 불가능하다. 하지만 상대를 접대하는 입장에서는 가능한 한 그 누구도, 사소한 불만 조차 품지 않길 바라는 법이지.

그래서 고급 재료와 그 지역에서는 구하기 힘든 진귀한 재료를 사용해서 환대하는 마음을 표현하는 일이 많은 거다. 옛날부터 있는 무난한 방법이지."

"그 대신 향신료를 너무 많이 쓴 게 아닌가 싶은 요리는 꽤 있는 편이란다."

"고생해서 요리하는 사람은 요리사이지만 조건을 다는 건 귀족이니까. 먹을 순 있지만 평소에도 먹고 싶다는 생각은 별로 안 들어. 맛도 그렇지만 이 나이가 되니 위가 약해져서……. 그런 점에서 료마 군의 요리는 딱 좋았어."

"료마 씨의 요리는 안심하고 먹을 수 있어요."

"마음에 드셨다니 다행이긴 한데……. 참, 디저트도 있으니까 조금은 배를 비워두세요~."

공작가 4명의 말을 들은 료마는 과연 맛을 희생하면서까지 값비싼 재료를 사용할 의미가 있는 건지 의문이었지만 이 나라 귀족의 파티는 그런 것인가 보다 납득하고 더 이상 생각하지 않기로 했다.

모두에게 말을 거는 사이에도 다들 그릇을 내려놓을 기색이라곤 찾아볼 수 없었고, 전원 1번 이상, 웰안나와 제프 같은 경우는 4번이나 더 먹었다. 그 모습에 과연 그 많은 음식이 다 어디로 들어갔는지 료마는 고개를 갸우뚱거리지 않을 수 없었다.

그 후, 잘 자른 애플파이와 홍차를 내놓으니 그것을 먹은 사람들의 눈이 빛난다. 맛도 맛이지만 고급 벌꿀도 사용했기 때문이다. 여기엔 모두 만족. 특히 여성들 사이에서 절대적인 인기를 끌었다.

"푸하~…… 잘 먹었다냥~. 배가 터질 것 같다옹~. 오늘 오길 잘했다냥."

“기뻐해주셔서 감사합니다. 그런데 다들 엄청나게 잘 드시네요……. 특히 제프 씨는 도대체 그 많은 음식이 다 어디에 들어가는 건가요?”

“앙? 난 먹으려고 하면 얼마든지 더 먹을 수 있어. 한꺼번에 먹어두기 스킬을 가지고 있거든.”

“한꺼번에 먹어두기 스킬이요?”

“몰라? 한 번에 대량으로 먹고 며칠 동안 아무것도 안 먹고 지내는 거야. 그걸 반복하다보면 익힐 수 있지. 난 모험가가 되어 돈을 벌기 시작했을 무렵, 벌이의 대부분을 먹는 데 사용해서 대량의 음식을 먹었기 때문에 저절로 익히게 된 거지만.”

“제프는 한꺼번에 먹어두기 스킬을 비롯해서 슬럼가 생활로 익힌 내성계 스킬도 많다냥. 그렇다 보니 일반적인 모험가들에겐 가혹한 의뢰도 잇달아 해치우는 것으로 유명한 모험가다옹.”

“대단하세요, 제프 씨.”

“돈을 많이 벌 수 있는 일을 고르다 보니 그렇게 된 것뿐이다. 대단하고 말고 할 것도 없어. 너도 나와 똑같은 걸 하려고 하면 할 수 있잖아. 내가 가지고 있지 않은 내성계 스킬도 가지고 있고. 괜찮으면 언제 한번 같이 의뢰를 받아볼까? 너라면 다소 힘든 일이라도 잘 따라올 것 같은데.”

“그때는 잘 부탁드릴게요.”

“료마가 제프와 팀을 이뤄서 일을 해준다면 길드 입장에서도 좋지. 제프는 다른 녀석과는 영 보조를 맞추기 힘들어서 말이야. 그래서 결국 늘 혼자 의뢰를 받지.

하지만 그 중에는 여럿이서 함께 해야 하는 일도 있어. 그런 의뢰에는 지금 손도 못 대는 상황이야."

"예를 들면 어떤 의뢰죠?"

"어디 보자……. C랭크 의뢰이긴 하지만 화산에 가서 화염광석이라는 광석을 캐오라는 의뢰가 있었지. 이 일은 악취 내성이 없으면 힘들어. 왕복과 채굴을 하는 장기간 동안 달걀이 썩는 것 같은 화산 냄새에 노출되니까. 게다가 화산 전체에 가벼운 독이 있다. 장소에 따라서는 사람이 죽는 일도 있지."

"화산의 독이라……. 가벼운 독은 눈이 붓거나 눈물이 나올 정도이고 심한 독은 숨을 쉴 수가 없어지는 독이 맞나요?"

"오, 맞아. 그런 것까지 알고 있는 거냐?"

"조금 들어서 아는 정도예요."

"하긴 그런 종류의 지식을 많이 갖고 있으면 모험가에겐 유리하지. 대처법은 알고 있나? 그 독에 대한 약 같은 건?"

료마는 잠깐 생각에 잠겼다. 하지만 이 세계의 지식으로 만들 수 있는 약은 없고 지구의 약은 이곳에서 만들 수 있다는 확증이 없다.

"유감스럽지만 잘 모르겠어요. 다만 독은 화산에서 나오는 연기와 땅 속에서 뿜어져 나오는 공기에 포함되어 있다고 합니다. 풍마법 같은 것으로 자신의 주위를 뒤덮어서 몸을 지키거나 또는……."

"호오~……. 네게 독과 약에 대한 지식을 가르쳐준 할머니는 상당한 지식인이었던 것 같군. 오랫동안 길드 마스터로 일하고 있지만 독이나 병과 관련된 건 온통 놀랄 일들뿐이야."

조금이지만 가슴이 철렁 내려앉은 료마는 살짝 웃으면서 대단하신 분이었다는 한마디로 대충 넘긴 후 카룸과 카를라에게 말을 걸기로 했다.

"카룸 씨, 카를라 씨, 요리는 어떠셨나요?"

""굉장히 맛있게 잘 먹었습니다.""

"다행이네요. ……그런데 두 분께서 이곳에서 일해주시면 저야 감사하지만 정말 그래도 괜찮으세요? 아까 점포에서 말씀드렸다시피 이곳은 두 분의 능력을 살릴 수 있는 직장이 아닌 것 같아서요."

"안 그래도 그 점에 대해 동생과 서로 상의를 했답니다."

"꼭 이곳에서 일하게 해주세요."

"어라…… 무슨 일이라도 있었어요? 뭔가 깔끔하게 털어낸 것 같은……."

두 사람의 말에는 망설임이 없었다. 가게에 처음 왔을 때와는 느낌이 다르다는 걸 료마가 알아챌 정도로.

"아까는 부끄러운 모습을 보였습니다. 료마 님과 가게를 다시 보고 생각을 바꾸게 되었어요."

"처음엔 불안한 마음이 컸지만 료마 님이 만드신 도구와 사업 방식 등, 우리가 배울 것들이 많다는 것을 느꼈습니다."

"생각이 금방 바뀌네요……."

"료마 님. 젊다는 건 그만큼 유연하게 모든 일을 흡수할 수 있는 여지가 있다는 뜻입니다. 능력과 경험만 따지자면 더 잘 하는 사람을 소개해드릴 수도 있지만 제가 이 두 사람을 선택한 건 이 유연성이 있기 때문이랍니다."

""소개해주신 세르쥬 님의 모건 상회, 그리고 료마 님의 타케바야시 가문에 누가 되지 않도록 미력하나마 최선을 다하도록 하겠습니다!""

료마는 그런 두 사람이 세르쥬를 참 많이 닮았다고 생각하며 대답한다.

"알겠습니다. 장사에 대한 지식이 풍부한 분들이 계셔 주신다니 저야 마음 든든할 뿐, 불만은 없습니다. 앞으로 잘 부탁드릴게요."

""네!""

얼굴 가득 환한 미소를 지으며 대답하는 두 사람, 그리고 그 모습을 만족스럽게 지켜보는 세르쥬.

"그렇지만 너무 무리는 하지 마세요. 그냥 평범하게 하셔도 돼요. 모건 상회는 또 몰라도 우리 가문에 누가 되지 않겠다니."

"아뇨, 당연한 마음가짐인 걸요. 작은 악평이라도 귀족분들 사이에는 금방 퍼지니까요."

"에? 새로 문을 연 가게에 대한 말들이 일일이 오간다고요? 카룸 씨?"

"다른 가문의 동향을 신경 쓰는 분들이 대부분이니……. 누나의 말이 맞을 겁니다."

"다른 가문……? ……혹시 두 사람 다 저를 귀족이라고 생각하시는 거예요?"

""……아닌가요? 공작 가문과 인연이 있는 분이라고.""

"보다시피 인연은 있지만 우연히 알게 된 것뿐, 제가 귀족인 건 아닌데요……. 세르쥬 씨?"

"……죄송합니다. 저 역시 료마 님이 귀족이 아니라고 명확하게 부정한 기억은 없군요……."

그제야 뭔가 착오가 있다는 사실을 깨달은 료마와 두 사람은 세르쥬를 사이에 두고 오해를 풀기 위해 이야기를 시작한다.

그런 료마를 조금 떨어진 곳에서 바라보며 이야기를 나누는 무리도 있었다.

"어이, 망할 할망구."

"뭐냐, 덜렁이."

"료마의 가게 말인데, 그렇게 장사가 잘 될까? 꽤 보기 드문 가게이긴 한데……."

"잘 될 거다. 얼마나 벌 수 있을지는 나도 모르겠지만."

그 말을 들은 워건이 눈살을 찌푸린다.

"할망구가 슬쩍 아이디어를 준 거 아니야?"

"일단은 조용히 지켜볼 생각이다. 저 아이 스스로 생각한 대로 하게 해보는 거지."

"그래도 괜찮아?"

"세르쥬 쪽에서 두 명을 붙여줬으니 이상한 놈들에게 찍히더라도 대처는 할 수 있겠지. 위험해지면 도움 정도는 청할 수 있을 테고 나 역시 부탁을 받으면 상인으로서 저 아이에게 손을 빌려줄 생각이야.

다만 수단과 방법을 가리지 않는 탐욕스러운 상인이 무력행사를 하지 않는다는 보장이 없단 말이야. 너도 눈여겨 잘 보고 있도록 해.”

“알았어. 하지만 저 녀석에게는 불필요할지도 몰라. 저 녀석, 얼마 전에 오브테모의 송곳니라는 놈들과 실랑이를 벌였거든.”

“최근에 화제가 된 건달 모험가 말이군……. 저 아이가 박살을 냈나?”

“어, 의뢰 중에 어린아이에게 시비를 걸고 있는 놈들과 우연히 맞닥뜨렸지. 그 후에는 들은 대로고. 한 가지 덧붙이자면 일방적이었어.

그리고 고블린 토벌에서도 활약했고. 료마와 녀석의 슬라임들이……. 나도 듣기만 했지만 슬라임이라고 쉽게 봤다간 큰 코 다칠 거야.“

“무기를 사용하나?”

두 사람의 대화에 끼어드는 또 한 사람.

“테일러 할아범도 알고 있었어?”

“얼마 전에 슬라임이 무기를 사용할 줄 아는가? 이렇게 물으러 온 모험가가 있었다는 소문이 직원들 사이에서 돌았지. 실제로 본 건 오늘이 처음이지만……. 그에게 한 번 강습을 받아보기를 추천하네.”

“일반적인 종마술사가 어떤지는 알아두는 게 좋을 거야……. 뭐, 어쨌든 조심하도록 해.”

“알겠다니까.”

"유능한 사람은 환영이라네. 라인바흐에게 부탁도 받았고."

방 한쪽 구석에서 그런 대화가 오가고 있었지만 료마는 조금도 알지 못한 채, 전생에서는 인연이 없었던 친구, 동료들과 함께 보내는 시간을 즐기고 있었다.

마침내 축하 연회가 끝나자 모두 료마에게 무리하지 말라는 말을 건네고 돌아간다. 그 일이 끝나자 료마는 뒷정리를 하고 밖에서 가게를 한 번 둘러봤다.

"……."

그리고 뭐라 설명하기 힘든 뿌듯함을 잠시 맛보고 있었다. 그 감각은 전생에서는 느껴본 적이 없는 것이었다.

{2장 28화} 개점

다음 날.

~Side 료마~

어제 연회가 끝난 후, 내일부터라도 당장 영업을 시작할 수 있어요! 이렇게 말하는 카를라 씨와 카룸 씨의 적극적인 기세에 떠밀려 오늘부터 개점하게 되었다. 그 때문에 아침 일찍부터 가게에 왔다.

현재 시간, 오전 5시.

"역시 너무 일찍 왔나……."

무심코 전생 기준으로 출근한 것이 실수였다. 당분간 두 사람은 오지 않을 것이다.

어쩔 수 없이 슬라임과 놀며 시간을 때운다.

■ ■ ■

""안녕하세요, 점장님.""

"안녕하세요, 카룸 씨, 카를라 씨. 오늘부터 잘 부탁드립니다."

두 사람이 오고 난 후 간단한 확인을 거쳐 개점 준비를 마쳤다. 그래봤자 클리너 슬라임을 대기실에 넣어두거나 거스름돈과 주머니를 준비해둔 것뿐이지만.

주머니도 오늘 아침 두 사람이 주문해둔 것을 가지고 와주었다. 벌써부터 도움이 되어주고 있다.

"자…… 그럼, 다녀오겠습니다."

""다녀오세요.""

첫날부터 다른 사람에게 일을 맡겨두는 건 아니다 싶었지만 전단지와 광고를 이용한 선전을 못하기 때문에 길드에서 일을 받을 때 내가 직접 선전하기로 했다. 세르쥬 씨는 정말 모든 것을 믿고 맡길 수 있는 인재를 소개해주었고……. 솔직히 말해 난 필요 없지 않아? 뭐, 그것 때문에 사람을 고용하는 게 목적이긴 하지만.

그런 생각을 하며 길드에 가기 전에 이웃에 들른다. 폴린 씨에게도 개점했다는 사실을 알려야 한다.

"실례합니다, 아무도 안 계세요?"

가게 문은 열려 있었지만 안에 아무도 없어서 소리쳐 부른다. 그러자 안쪽에서 폴린 씨가 나왔다.

"네, 갑니다, 어머! 료마 군이잖아. 오늘도 씨를 사러 왔니?"

"아뇨, 오늘부터 세탁 대행 업자 뱀부 포레스트가 개점하게 되어서 알려드리러 온 거예요."

"세상에, 벌써 개점이니? 빠르구나."

"네, 전부 여러분 덕분이에요. 지난번에 드린 주머니는 무료니까 꼭 한 번 이용해주세요. 메리와 키아라 씨에게도 그렇게 전해주시구요. 점원 두 명에게는 제가 미리 말해뒀습니다."

"직원을 고용했어?"

"아는 분이 소개해주셨어요. 모험가 일을 하고 있을 때는 두 직원에게 모든 걸 다 맡기게 될 것 같아요. 그리고 경영이 궤도에 오를 때까지는 모험가 일을 해서 돈을 벌어야 급여를 줄 수 있으니까요."

최종적으로는 일만 하게 해주신다면 급여는 필요 없습니다!! 라고까지 했지만 그건 너무 미안해서 안 될 일이다……. 솔직히 왜 그렇게까지 우리 가게에서 일하고 싶어 하는지 모르겠다. 우리 가게보다는 세르쥬 씨 밑에서 일하는 게 능력도 살릴 수 있고 급여도 훨씬 더 많을 텐데……. 그나마 조금 괜찮은 게 있다면 인맥?

뭐, 나야 고마울 따름이니 불만은 없지만.

"가게 크기를 생각하면 필요하기도 하겠네. 어쨌든 열심히 하렴. 나도 응원할 테니까. 아, 가게도 오늘 당장 이용해봐야지."

"감사합니다. 그럼 전 이만 일하러 가볼게요."

인사를 하고 가게를 나온다. 그리고 길드에 도착하자마자 누가 말을 걸어왔다.

"료마, 세탁소, 이제 곧 개업이라며?"

"언제부터야?"

"빨리 열었으면 좋겠다~"

폐갱의 마수를 토벌하는 일을 한 후로 승합 마차에서 알게 된 모험가들과도 잡담을 나누는 일이 조금 늘어났다. 그들도 세탁소 개업을 기다리고 있는 모양이다.
“세탁 대행 업자 뱀부 포레스트, 오늘부터 개점이에요.”
“진짜?!”
“네. 모험가분들에게는 방호구나 무기를 포함한 전신 세정 서비스도 있으니까 아무쪼록 꼭 이용해주세요.”
“좋았어! 오늘 돌아가는 길에 꼭 들르마!”
이렇게 가게 선전을 위해 일부터 큰 목소리로 개업과 가게의 위치를 알린 후, 오늘은 약초 채취 의뢰를 받았다. 의뢰도 수행하는 겸 폐갱 순찰도 처리하자.

■ ■ ■

몇 시간 후.

가게는 믿고 맡기겠다고 했지만 그래도 신경이 쓰여서 서둘러 순찰을 마치고 돌아가 봤다.
그러자…… 개점 첫날인데도 사람들이 모여 있었다.
……어, 가게 밖에 20명 이상이나 있잖아?!
당황해서 안으로 들어가자 카를라 씨가 나를 맞아주었다.
“어서 오세……, 점장님!”
“카를라 씨, 어떻게 된 일이에요?”
“기쁨의 비명이죠!”
“점장님! 동네 주부님들이 세탁을 의뢰하러 오셨어요!”

안쪽에서 세탁물을 옮기고 있던 카룸 씨도 나와서 그렇게 말했다. 일단 이 많은 의뢰부터 처리해야 한다!

“저도 돕겠습니다. 두 분은 손님을 상대해주세요. 세탁물 운반은 전부 제가 할 테니까요!”

그렇게 지시를 내린 후, 나도 계속해서 손님을 맞고 세탁물을 날랐다.

하지만 그러는 동안에도 계속해서 손님이 왔다. 어떻게 된 거지?!

결국 물밀듯이 밀려들던 손님이 조금 뜸해진 건 오후 3시가 지나서였다. 아직 수가 많다고 할 정도는 아니지만 손님 한 명, 한 명에게 가게의 시스템에 대해 설명해야 하기 때문에 시간이 걸린다.

아무래도 우리 가게의 가격이 정말 저렴한 모양인지, 정말 이 가격에 세탁을 해주는 건지, 나중에 별도로 큰 비용을 청구하는 건 아닌지 하는 질문이 쏟아졌고…… 도통 납득하지 못하는 사람도 있어서 꽤나 힘들었다. 한때는 너무 많은 사람들이 모여들어서 순찰 중인 경비병이 무슨 일이 있냐고 찾아왔을 정도다.

그런데 여기서 생각지도 못한 행운이 찾아왔다. 가게에 왔던 경비병에게 이야기를 들은 경비대장이 경비대의 세탁물을 부탁한다며 35명분의 코스를 신청하고 주머니 2장을 사간 것이다.

듣자하니 작년까지 경비대의 세탁은 사람을 고용해서 처리했는데 관청의 전임자가 경비 절감을 지시하는 바람에 더 이상 사람을 고용할 수 없게 되었다고 한다. 급여가 줄어들지 않은 것만 해도 그나마 다행이라면서도 관청에 대한 불만을 조금 늘어놓더니 일단 한 번 맡겨보고 괜찮으면 다시 추가로 부탁하겠다고 했다. 벌써 대규모 계약인가?

하지만…… 아침 8시부터 개점이니까…… 손님 한 명 당 평균 3분 정도는 소요된 셈이지? 언제부터 손님이 왔는지 모르겠지만 카룸 씨와 카를라 씨는 점심은커녕 제대로 쉬지도 못한 채 7시간이나 계속 일한 건가?

……이거 큰일인데. 나야 괜찮지만 두 사람의 몸이…… 이대로는 가게가 블랙 컴퍼니가 되고 말겠어! 그건 어떻게든 피하고 싶다!! 내 전생에 걸고!

"고생 많으셨어요, 카룸 씨, 카를라 씨."

"수고 하셨습니다, 점장님."

"오늘 정말 손님이 많았죠?"

"네, 정말로요……. 갑작스럽긴 하지만 직원을 늘리는 게 좋을까요?"

"그렇네요, 서둘러 늘리는 게 좋지 않을까 싶어요. 교대로 휴식을 취하려면 4명에서 6명 정도는 필요할 것 같아요. 오늘은 손님에게 설명을 해드리는 것이 중심이었지만 오늘 손님들의 반응을 보면 곧 작업만으로도 일손이 부족할 것 같습니다."

카를라 씨가 재빨리 필요한 인원수를 대답해준다.

"손님들께서는 세탁 속도와 서비스의 질에 상당히 만족하시는 것 같으니 내일부터라도 고객들이 늘어날 거예요. 길드에서 모집하면 즉시 고용할 수 있는 인재를 소개 받을 수 있을 겁니다."

"그렇군요……. 직원을 고용할 경우, 급여는 어느 정도가 좋을까요?"

"하루에 120~150수트면 충분합니다. 그 정도면 생활비로 쓰고 저축도 할 수 있는 금액이거든요. 초임 급여치고는 파격적인 조건이니 금방 사람들이 모일 겁니다."

"이번처럼 급하지만 않으면 조금 더 시간을 들여서 값싼 임금에 고용할 수 있는 인재를 찾는 것도 가능하지만 지금은 당장이라도 일할 수 있는 사람을 고용하는 것이 급선무니까요."

"그럼 지금 바로 길드에 다녀오겠습니다. 아무래도 빠른 편이 좋겠죠."

""잘 부탁드립니다.""

막힘없이 흘러나오는 두 사람의 의견을 믿고 서둘러 가게를 나선다. 문제 해결은 가능한 한 빠른 게 좋다.

그런데 가게를 나서자마자 커다란 주머니를 안고 있는 이웃집 가족 4명과 마주쳤다.

"어머, 료마 군."

"폴린 씨, 레니와 릭, 지크 씨까지. 그 짐은 뭔가요?"

"그쪽 가게에 세탁을 맡기려고 들고 왔지. 우리는 정육점을 해서 핏자국이 밴 옷이 잔뜩 있거든."

대답한 사람은 지크 씨. 폴린 씨의 남편으로 직장은 꽃집 옆에 있는 정육점. 가게 축하 모임의 요리에 사용한 고기는 모두 지크 씨의 가게에서 산 것이다.

보통 애니메이션에서 정육점 주인이라고 하면 근육질의 우락

부락한 남자라는 이미지가 있지만 이 사람은 정반대다. 키는 제법 크지만 말랐다. 매우 말았다. 바람이 불면 날아갈 것 같은, 선강해 보이지 않는 남자다.

“료마 군의 가게에 맡기면 피 얼룩도 깨끗하게 해준다고 모험가에게 들었거든.”

“그래서 새로 살까 했던 옷을 맡겨보기로 한 거다.”

“감사합니다. 갑자기 이런 질문을 드려 죄송하지만 종업원은 고용하고 계신가요?”

“나를 포함해 10명이야.”

“그렇다면 7명 이상이 신청할 수 있는 코스가 있으니 그 코스를 이용하시면 될 것 같아요. 14명의 옷이 들어가는 주머니 1장에 중동화 1닢과 소동화 8닢이니 가격이 저렴해지거든요.”

“정말? 좋은데…….”

“그럼 그걸로 부탁하지.”

그렇게 세일즈 얘기를 하고 있자 릭이 끼어들었다.

“료마는 뭐하고 있어? 혹시 땡땡이치는 거야?”

“하하하, 그렇게 보여도 어쩔 수 없네요. 하지만 땡땡이치는 게 아니라 상업 길드에 가려던 중이었어요.”

“그래?”

그렇게 물은 사람은 레니다.

“예상보다 더 손님들이 많이 와서 이대로는 일손이 부족할 것 같아서요.”

“세상에?! 개점 첫날이잖아?!”

"이래저래 광고를 하긴 했지만 설마 이렇게까지 많이 올 줄은 몰라서 서둘러 직원을 구하려고요."

"놀랍구나. 그렇게 손님이 많이 왔니?"

"네, 아침부터 일한 두 직원은 7시간 동안 쉬지도 못했을 정도예요."

그런 이야기를 하고 나서 네 사람과 헤어져 상업 길드를 찾아간다. 그러자 혼자 왔는데도 응접실로 안내를 받았고 곧 길드 마스터가 왔다.

"잘 왔다. 그런데 오늘부터 개점이라고 하지 않았나? 무슨 문제라도?"

"예상 이상으로 대성황이에요. 덕분에 첫날부터 일손이 부족하게 되었답니다."

"첫날부터? 그건 나도 예상하지 못했네……. 오늘은 부족한 일손 문제를 해결하려고 온 게로군. 알았네. 내일부터 당장 일할 수 있는 녀석을 모아보지. 그 중에서 네가 보고 고르도록 해."

말이 떨어지자마자 길드 마스터는 방을 나갔고 난 응접실에서 그가 돌아오기를 기다렸다.

■ ■ ■

사람들이 모였다는 연락을 받고 안내를 받아 간 곳은 회의실이었다.

성별과 종족 모두 제각각인 남녀노소가 이미 30명 정도 대기하고 있었다.

응?

"".......""

묘한 2인조가 있다……. 그들은 한순간 나를 보는가 싶더니 이내 고개를 앞으로 돌렸다. 나처럼 상대를 평가한 건가? 그 외에도 잠깐 나를 보더니 곧 흥미를 잃은 것처럼 시선을 돌리는 사람이 제법 있긴 하지만…….

"자, 여기 있는 녀석들은 모두 기초적인 산술은 할 수 있으니까 어느 놈이든 즉시 쓸 수 있을 거다."

"알겠습니다. 처음 뵙겠습니다, 전 세탁 대행 업자 뱀부 포레스트라는 가게를 경영하고 있는 료마 타케바야시라고 합니다. 바쁘신 가운데 이렇게 모여 주셔서 감사해요."

그 말에 주위에서 웅성거리는 소리가 들리기 시작한다. 소근소근 들려오는 목소리에 의하면 나를 고용주가 아니라 심부름꾼 같은 걸로 생각했던 모양이다.

아까 그건 나를 평가하던 시선이 아니었나? 하긴 겉모습은 11세 어린아이니까…….

인사 직후, 눈에 띄게 실망한 사람들을 무시하고 질문.

"음, 우선 한 가지 질문부터 드리겠습니다. 여기 계신 분들은 모두 제 가게에서 일하시는 데 이의는 없으신 건가요?"

그 물음에 띄엄띄엄 이의를 제기하는 목소리가 들린다. 주로 젊은 사람들이다.

아무리 일손이 부족해도 외모만 보면 11살 밖에 되지 않는 내가 점주라는 사실만으로 일할 의욕이 없는 사람이나 마지못해 일하는 사람은 필요 없다. 이런 분위기라면 급여에 대한 이야기는 마지막에 하는 게 좋을 것 같다. 급여가 높다고 지원자가 몰려드는 것도 곤란하다. 안 그래도 사람들도 많이 모였으니 줄일 수 있을 때 줄이자.

불만스러워하는 사람들이 나왔기에 그런 사람들에게는 내 가게에서 일하고 싶지 않다면 강요는 하지 않을 테니 방을 나가 달라고 했다.

1명, 2명, 3명……. 어라?

사람들이 끊임없이 나간다. 이렇게 쉽게 나갈 수 있는 건가? 설사 면접 중에 '여긴 좀……'이라고 느끼더라도 면접인 만큼 마지막까지 보고 나간다는 그런 생각은 없는 걸까? 물론 나가도 된다고 말하긴 했지만…….

……무려 전체의 6분의 5가 나갔다. 남은 사람은 고작 5명. 나간 사람들의 불만도 모르는 건 아니지만……. 일단 남아준 사람에게는 감사의 마음을 전하자.

"남아주신 다섯 분은 저희 가게에서 일할 의지가 있다고 알고 말씀 드리겠습니다. 그 전에 우선 저 같은 애송이가 경영하는 가게에서 일해도 좋다고 말씀해주신 다섯 분에게 감사드리고 싶습니다."

머리 숙여 인사한 다음 구체적인 이야기로 넘어간다.

"그럼 본론으로 들어가겠습니다. 저희 가게, 뱀부 포레스트에서는 현재 접객과 짐 운반을 할 수 있는 인재를 모집하고 있습니다. 짐 운반이라고 해봤자 옮기는 건 의복류이니 여성분도 문제없습니다. 단 주의할 점이 하나 있는데, 점주인 저는 종마술사이고 가게 안에 종마인 슬라임이 있습니다. 전 슬라임도 일꾼으로 부리고 있거든요."

그 말에 남은 5명이 깜짝 놀란다. 종마술사라는 건 들어서 알고 있었지만 슬라임을 일꾼으로 부리고 있을 줄은 몰랐던 모양이다.

"그러니 슬라임을 무서워하거나 싫어하시는 분은 저희 가게에서 일하시기 힘들지 않을까 합니다. 그 점은 어떤가요?"

그러자 한 여성이 손을 든다.

"네, 말씀하세요."

"그 슬라임은 일손이 부족해서 사용하고 있는 건가요? 아니면 일손이 충분해도 사용하는 건지요?"

"일손이 충분해도 사용합니다. 이런 식으로 말하면 싫어하는 분도 계실지 모르지만 슬라임도 여러분의 동료로 생각해주셨으면 합니다."

그렇게 대답하자 그 여자와 다른 2명의 남녀가 '아무리 슬라임이라도 마수와 함께 일하는 건 좀……'이라며 거절하고 나갔다. 이로서 방에 남은 건 중년 남자와 젊은 여자, 두 명뿐.

면접이란 게 이런 것이었던가? 아니, 내 방식이 잘못된 건가?

그저 곧바로 일할 수 있는 사람을 모았을 뿐이고, 애초에 내 가게에서 일하고 싶어 하는 사람만 모인 건 아니라 해도 역시 놀랐다.……Yes와 No가 확실해서 알기 쉽다면 알기 쉽지만. 남은 2명은 기묘하게도 처음부터 신경이 쓰였던 사람들이었다.

{2장 29화} 고용

남은 두 사람에게 묻는다.

"남은 두 분은 슬라임은 괜찮으신 거죠? 나머지 분들은 나가셨지만요."

내 말에 조용히 고개를 끄덕이는 두 사람.

"그럼 두 분의 성함을 가르쳐주시겠어요? 그리고 고용 조건에 희망하시는 점이 있으면 말씀해주세요. 먼저 남성분부터 부탁드립니다."

일단 맞은편 오른쪽에 있는 중년 남자에게 말을 건넨다. 여자 쪽도 그렇지만, 이 사람들, 상당히 신경 쓰인다. 우선 옷차림이 거리에서 볼 수 있는 사람들과 꽤 다른데 쿵푸 영화에 나오는 중국인 같은 옷을 입고 있어서 처음에 들어왔을 때부터 신경 쓰였던 것도 이 두 사람이었다. 게다가 남자가 들고 있는 지팡이와 여자의 머리 장식이…….

두 사람을 관찰하면서 그런 생각을 하고 있자 중년 남자가 입을 연다.

"난 페이라고 해. 여긴 내 딸 리링, 우리 부녀를 고용해주면 참 좋겠다 해."

말투도 그럴싸하다! 게다가 또 한 명의 여자와 부녀 사이였다니…….

"두 분, 부녀 사이입니까?"

"딸은 엄마를 닮았고 난 닮지 않았다. 그리고 한 가지 말해두지 않으면 안 되는 게 있다 해."

그러면서 페이 씨는 오른발을 보여줬다. 오른발은 부목으로 고정되어 있었다.

"난 질마루라는 나라에서 온 상인이다 해. 나라가 전쟁으로 위험해져서 도망쳐 나왔다. 그런데 이 나라에 올 때 대부분의 돈을 빼앗겼다 해. 남은 건 짐과 딸아이 뿐.

처음엔 돈이 없어서 조금이라도 돈을 벌기 위해 광산에서 채굴 작업을 했다요. 그런데 낙반으로 오른발이 부러졌다. 회복 마법사에게 의뢰할 돈이 없어서 치료에 시간이 걸린다 해. 다리가 이런데도 나를 고용해 줄 수 있나?"

골절이라…… 중급 회복마법인 하이 힐을 몇 번인가, 혹은 상급 메가 힐 1번으로 고칠 수 있을 것이다. 난 두 마법 다 사용하지 못하지만 힐 슬라임에게 맡기면 고칠 수 있다. 그래도 낫지 않으면 페이 씨는 다 나을 때까지 접수를 담당하면 된다.

"다 나을 때까지 접수 업무를 담당하시면 다리는 특별히 문제가 되지 않을 겁니다."

"정말이네?"

"네, 접수도 어엿한 일입니다. 고객 응대만 확실하게 잘 하면 아무 문제없습니다. 급여와 관련해 원하시는 건 없습니까?"

"없다해. 생활할 수 있는 돈만 벌 수 있으면 충분."

"그렇습니까. 그럼 다음으로 따님…… 리링 씨라고 했죠? 희망하시는 점은요?"

"나도 아버지와 같아. 생활할 수 있는 돈과 아버지와 함께 일하는 것. 가능하면 숙박을 제공해주거나 값싼 집을 소개해주면 좋고. 지금 사는 곳은 길드의 임시 숙소, 일을 구하면 나가야 해."

"난 다리 때문에 고용하지 못하겠다고 하는 사람이 많다. 지금은 딸이 길드의 허드렛일을 하면서 간신히 먹고 살고 있다해. 실은 이제 돈도 없다네. 싸게 지낼 수 있는 곳이라면 더 바랄 게 없다해."

숙박 제공이 필요하다면 혹시나 해서 만들어둔 직원용 숙소가 비어 있으니 괜찮다. 게다가 급여도 싸도 괜찮다고 하니 예정해둔 임금으로 충분할 것이다. 외국인이지만 의사소통도 가능한 모양이고.

게다가 이 사람들, 감추고 있는 것 같지만 상당히 강하다. 제프 씨와 다른 동료들처럼 빈틈이 없다고 할까, 지금까지 싸운 도적이나 얼마 전의 모험가보다 싸움 실력이 훨씬 더 뛰어난 것 같다. 이 사람들을 고용하면 가게 보안도 맡길 수 있을 것 같다.

"그거라면 직원용 방이 있으니 그곳에서 거주하시면 될 것 같네요."

"정말?! 역시 말해보길 잘했다해!"

다른 사람들은 다 돌아갔고, 능력은 문제 없다고 생각된다. 단 문제가 하나 있다면…….

"마지막으로 한 가지 묻고 싶은 게 있는데요……. 그 전에 길

드 마스터.”

“무슨 일인가?”

“죄송하지만 잠깐 자리를 비워 주실 수 있을까요? 가게와 관련된 문제라서 좀.”

가벼운 투로 말했지만 진지하게 지금은 잠깐 나가 있어주길 바란다.

이 사람들, 제대로 된 일을 했던 사람들이 아니다.

““…….””

죽음의 냄새가 난다, 고 표현하면 될까?

이 세계에서는 정당방위로 사람을 죽이는 일이 드물지 않다. 나만 해도 벌써 30명이나 되는 도적을 죽였다. 그렇지만 이 사람들의 경우, 그 정도 수가 아닐 것이다. 전생과 현생을 합쳐도 처음이다, 이런 느낌은.

……만일의 경우, 나 혼자는 몰라도 길드 마스터까지 지키면서 싸우는 건 힘들다.

진지하게 나가 있어주길 바란다고 했지만…….

“왜 나를 내쫓는 거지? 뭔가 있으면 말을 하라고.”

반대로 진지하게 이유를 추궁해왔다.

“가게의 비밀과 관련된 문제라서요.”

그래도 나가주길 바란다는 의사를 전한다. 두 사람에게 주의를 기울이면서.

그러자 페이 씨 쪽에서 먼저 움직임을 보였다.

“길드 마스터, 괜찮다해. 점주에게 벌써 들킨 것 같다네.”

그 한마디에 내 안에 있던 긴장감이 흐트러진 느낌이 들었다. 무슨 말이지?

“점주, 당신, 정체가 뭐네? 우린 전(前) 암살자. 그렇지만 점주와 적대할 생각은 없다 해. 길드 마스터와도.”

확실히 전의는 느껴지지 않지만…….

“길드 마스터, 알고 계셨던 겁니까?”

그러자 길드 마스터는 한숨을 쉰다.

“당연하지. 다른 곳은 어떤지 모르겠지만 난 길드에서 일을 소개해주는 녀석, 특히 다른 나라에서 온 녀석은 반드시 내 눈으로 직접 확인한다. 첩자라면 소개해줄 수 없으니까 말이야. 이 부녀는 진짜 모국에서 도망쳐온 게 맞아. 그런데 대체 어떻게 눈치 챘지?”

“일반인처럼 잘 연기하고 있는 줄 알았는데…….”

“지금까지 들통 난 건 길드 마스터와 당신 뿐. 우리의 비밀을 알아챈 점주, 보통 사람이 아니다 해. 상당히 신경 쓰인다.”

침울해 하는 리링 씨와 어이없다는 듯 엷은 미소를 지으며 묻는 페이 씨.

“전 길드 마스터 같은 안목은 없지만 꽤 오래 무술을 배웠기 때문에 상대가 강한지 약한지 정도는 그럭저럭 알 수 있거든요. 게다가…….”

“게다가?”

“두 분이 무기를 숨기고 있어서 신경이 쓰였습니다.”

“페이! 리링! 너희들, 그딴 걸 들고 온 거냐?!”

"아이야……. 그것도 들켰군."
"암기에 관해서는 예전에 진절머리가 날 정도로 배웠거든요. 이 세상에서 가장 무서운 생물은 인간이나, 머리를 쓰고, 다른 사람을 속이고 방심하게 만들어서 노린다. 살인을 위해 그 모든 것들을 집약시킨 것이 바로 암기라고. 그리고 그것을 이용한 공격으로부터 몸을 지키려면 자신이 암기에 대해 배워서 알아야 한다고……."
전부 다 아버지에게 들은 이야기인데, 지금 생각하니 참 그립다…….
"집안에서 서로 스쳐갈 때나 일상생활 중에서 자주 표적이 되곤 했었죠……."
"그러는 넌 도대체 어떤 인생을 살아온 거냐……."
"우리와 같은 종류의 인간…… 은 아니다해. 기운이 달라."
"우리와 비슷하지만 달라. 기술만 익힌 것 같은 이상한 느낌."
기운만으로 거기까지 알 수 있는 건가. 이 사람들, 정말 대단한데…….
"스승님께 기술을 배운 건 사실입니다. 실제로 사용하기 시작한 건 3년 전부터, 도적을 상대로 딱 몇 번 사용했죠."
"세월의 차이다. 우린 나라에서 법을 어긴 도적이나 배신자를 죽이는 일을 했다해. 우리나라, 전쟁이 많아서 치안이 좋지 않아. 우리 같은 사람이 죽이고 다니지 않으면 안전을 지킬 수 없다해. 아까 상인이라고 말했던 것도 거짓말이 아니다. 평소엔 착실하게 장사를 했다요."

“우린 모시던 주인이 싸움에서 패하는 바람에 나라도 일도 의미가 없어졌다. 그래서 이 나라로 왔지. 다른 사람에게 자랑할 만한 일을 한 건 아니다. 그런 우리를 알고도 고용해주겠나?”

페이 씨와 리링 씨가 사정을 이야기해줬다.

……음.

“길드 마스터가 인정한 사람이라면 괜찮습니다. 그냥 다른 사람들처럼 일해주시면 돼요.”

이쪽에 해가 되지 않고 일만 제대로 해준다면 과거 일로 추궁할 생각은 없다. 살다 보면 누구나 비밀 한두 가지 정도는 생기는 법이다.

“진짜? 우리, 들키면 고용해주지 않을 줄 알았다해.”

“도망칠 준비도 했어.”

“안 되죠, 도망치면 곤란해요. 지금 저희 가게는 일손이 부족하거든요. 다른 사람들은 다 가고 없기도 하고……. 중요한 건 지금이고 과거는 문제없으니 우리 가게에서 일해주세요. 그리고 추가적인 업무로 유사시를 대비한 보안을 부탁드려도 될까요?”

길드 마스터가 사정을 알고도 방치했다면 문제는 없을 것이다. 길드 마스터의 안목은 나보다 확실하다.

가끔은 내가 마흔이 넘었다는 사실을 간파하고 있는 것 같은 느낌이 들 때도 있단 말이지……. 아무쪼록 기분 탓이었으면 좋겠다.

“열심히 하겠습니다.”

“보안 업무도 믿고 맡겨라해.”

"그러면 두 분을 정식으로 채용하겠습니다. 앞으로 잘 부탁드려요."

그리고 서로 머리를 숙인다. 그러자 길드 마스터가 말을 걸어왔다.

"이야기는 다 끝났나? 그럼 어서 가게. 밖에 마차를 준비해뒀으니."

"감사합니다, 길드 마스터."

"이 정도 일로 신경 쓰지 마. 페이, 리링, 열심히 일하는 거야. 이 아이의 가게는 전망이 좋으니까. 그리고 앞으로는 암기 같은 것 좀 몰래 들고 오지 말고!"

""암기가 없으면 불안하다해.""

"언제까지 암살자처럼 살 거냐! 지금 너희들은 상인이단 말이다! ……이런 두 사람이지만 나쁜 놈들은 아니니 일단 죄를 저지르진 않을 걸세. 잘 부탁하네."

"알겠습니다."

"그리고 이걸 가지고 가게. 이 녀석들의 이력서야. 전직은 병역 경험자인 걸로 해두었어. 세르쥬 밑에서 일했던 두 사람에게 보여줘."

"알겠습니다. 그런데 이런 건 처음부터 주시는 게……."

"흐흐흐, 자네의 안목이 어느 정도인지 보고 싶었거든. 사전 정보 없이 얼마나 좋은 녀석을 선택하는지 한번 볼까 싶었어. 대부분이 그대로 나가버리는 걸 보고 깜짝 놀라긴 했지만 이 두 사람은 괜찮은 선택이야. 일단 일은 잘 하니까. 그리고 자네 안

목도 그리 나쁘진 않은 것 같군. 상인으로서 뛰어난지는 아직 의문이 남지만. 일단 열심히들 해봐."

"감사합니다."

그리고 페이 씨와 리링 씨를 데리고 길드 마스터가 준비해준 마차를 타고 가게로 돌아갔다.

■ ■ ■

가게로 돌아온 나를 맞아준 것은, 오늘 낮 정도는 아니지만 많은 손님과 바빠 보이는 두 사람이었다.

""점장님, 오셨군요!""

"손님이 굉장히 많다해……."

"여기가 점주의 가게? 장사가 잘 되네."

"잠깐 좀 다녀오겠습니다. 카룸 씨, 카를라 씨, 저도 도울게요. 우선 손님 응대를."

"점주, 나도 일하겠다해. 짐 운반 정도는 할 수 있다해."

"나도, 세탁물 정도는 옮길 수 있다."

"그래주면 감사하죠. 무리는 하지 마시고 일단 할 수 있는 만큼만 하세요."

먼저 돕겠다고 나서주자 사양하지 않고 도움을 받기로 했다. 페이 씨는 접수를 담당하기로 했지만 어느 정도는 움직일 수 있는 것 같으니 괜찮겠지.

이렇게 해서 저녁의 손님 러시를 그럭저럭 해치우고 무사히 문

닫을 시간을 맞이할 수 있었다.

폐점 푯말을 내걸고 문을 닫는다.

"후우…… 모두 수고하셨습니다!"

""""수고하셨습니다.""""

"료마 님, 이 분들이 오늘 고용한 신입인가요?"

"네, 남성분이 페이 씨, 여성분은 리링 씨라고 해요."

"페이라고 합니다, 잘 부탁해요."

"리링이라고 해요, 잘 부탁합니다."

"전 카룸 노라드라고 합니다."

"전 카를라 노라드라고 해요. 저야말로 잘 부탁드려요."

"사실은 두 사람 모두 내일부터 일을 시작할 예정이었는데 부득이하게 오늘부터 일하게 되었네요."

"가게에서 지내며 일하는 거니까 당연하다요."

"바쁠 때 돕는 건 당연하다해. 그보다 한 가지 물어봐도 되나?"

"말씀하세요, 페이 씨."

"우리들, 오늘 세탁물을 옮겼다. 그런데 세탁은 언제 했지? 손님에게 받은 세탁물, 벽 너머로 집어넣고 슬라임에게 받기만 했을 뿐."

"그러고 보니 구체적인 세탁 방법은 설명 드리지 않았군요."

클리너 슬라임과 고블린의 허리 가리개로 이젠 익숙해진 설명을 하자 두 사람도 납득해주었다. 또한 손님으로 정신없이 바쁜 모습을 보고 길드 마스터가 말한 유망한 가게라는 말을 자신들의 눈으로 직접 보고 이해한 것 같았다.

개점 첫날에 이렇게 사람이 많이 오는 건……전생에서도 파친코 가게 정도? 어쨌든 이 세계에서는 첫날부터 손님들로 붐비는 건 아주 드문 일이라고 한다. 가게에 온 손님들을 상대로 간단한 설문조사를 해보니 모험가들로부터 소문이 퍼진 것 같았다.

고블린 토벌에 참가한 모험가로부터 지인 모험가, 또는 가족과 일반 시민, 이런 식으로. 게다가 폴린 씨네에 인사를 하러 가서 그런지 주부층에도 소문이 퍼져서 다양한 곳에서 이야기를 들었다는 사람도 있었다.

"오전에는 요금이 싸서 한번 시험해보려고 온 분들이 꽤 많았어요."

"오후에는 한번 시험해본 분들에게 이야기를 듣고 왔다는 분들이 늘었고요. 적어도 앞으로 며칠은 이 상태가 계속될 것 같습니다."

휴대전화나 TV도 없는 세계라고 입소문의 효과를 무시했던 걸까. 아니면 닥치는 대로 하는 광고가 좋지 않았던 걸까……. 그야 가게 입장에서는 플러스지만.

뭐, 어쨌든 이미 다 끝난 일이고 오늘 할 일도 일단락되었으니 남은 건 페이 씨의 다리 치료인가.

"카를라 씨, 카룸 씨, 나머지 일 좀 부탁드려도 될까요?"

""알겠습니다.""

"감사합니다. 그럼 두 분은 저를 따라오세요."

두 사람은 안쪽에 있는 휴게실에서 기다리게 하고 힐 슬라임 2

마리를 데리고 돌아온다.

이 2마리가 회복 마법인 하이 힐을 사용할 줄 안다고 말하자 또 놀랬지만 치료를 받을 수만 있다면 그저 감사하다며 2마리가 해주는 치료를 받았다.

잠시 뒤, 힐 슬라임의 노력으로 인해 페이 씨의 다리는 완치되었다. 골절은 정도에 따라 다르지만 1마리가 3회씩, 총 6번의 하이 힐로 완치될 수 있었던 것 같다.

"고마워. 내 다리, 나아서 다행이다해. 정말 고맙다요."

"회복 마법사에게 맡기면 돈이 많이 드는데, 정말 공짜로 해줘도 괜찮나?"

"직원이 편하게 일할 수 있게 해주는 것이 점주인 제가 할 일이니까요. 저나 슬라임이 할 수 있는 일이라면 따로 돈도 들지 않으니 이 정도는 괜찮습니다."

시내에도 회복 마법을 사용해서 치료를 해주는 회복마법사는 있지만 기량과 마력상의 문제로 회당 가격이 제법 비싸다고 한다. 그런 걸 여러 번 반복해야 하는 골절 완치에는 더 많은 돈이 들기 때문에 페이 씨는 지금까지 치료도 제대로 받지 못했다고 한다. 그래서 길드 내의 허드렛일을 하면서 시간을 들여서 고칠 생각이었던 것이다.

"적어도 모국에서 좀 더 돈을 들고 왔으면 금방 마법으로 고칠 수 있었을 텐데. 모국에서 도망칠 때 국경을 넘기 위해 뇌물을 사용했다해."

"그래서 돈이 없었던 건가요?"

"우리나라의 국경을 지키는 사람, 욕심이 많다해. 돈만 주면 범죄자도 국외 도망자도 아무렇지도 않게 눈감아주지만 돈이 없으면 잡아서 나라에 신고한 다음, 포상금을 얻는 놈들이다요. 그래서 돈을 아낌없이 썼다해. 괜히 아깝다고 조금만 냈다간 상금이 더 많을 경우, 우린 다시 잡히거나 도망치기 어려워졌을 테니까 말이다해."

"우리들, 모국에서 하던 일이 그런 일이다 보니……. 그런 사람의 포상금, 들키면 일반 사람보다 많다요. 그리고 그런 혐의를 걸어서 일반인까지 잡아들이는 녀석도 있어서 우리나라에서 도망치는 사람, 대부분이 전재산을 거기에 다 쓴다해. 목숨을 위해서는 아끼고 있을 수 없으니까."

페이 씨와 리링 씨는 조용히 이야기한다.

질마루, 정말 위험해 보이는 나라네……. 전쟁이 많다고 하던데, 무섭고 험악한 나라인가?

조금 더 이야기를 나눈 후, 두 사람에게 직원용 방을 각각 알려주었고, 두 사람은 각자의 방에서 짐을 풀었다.

그런 다음 가게로 돌아와 카를라 씨에게 오늘 매상을 듣고 깜짝 놀랐다.

"오늘 매상은 총 중동화 791닢과 소동화 8닢, 총 7,918수트입니다."

이게 어느 정도의 이익인지 프로인 두 사람에게 물어보니 귀족 고객을 가지고 있지 않은 상회 중에서 중간 규모급 상회의 하루 이익이 4,000수트 정도 된다는 대답이 돌아왔다. 오늘 매상에서 경비를 제하더라도 개점 첫날에 그 액수를 넘어선 건 놀라운 일이었다.

"엄청난 매상이에요!"

"이 추세라면 머지않아 귀족 고객이 없는 대상회의 점포 하나에 필적하는 이익을 낼 수 있을 겁니다!"

"거긴 하루 이익이 어느 정도 되나요?"

"20,000수트 정도입니다. 그 이상은 이렇다 하고 딱 잘라 말할 순 없지만 귀족 고객이 있는 경우엔 수입이 몇 배로 치솟는답니다. 경비가 들긴 하지만 고급품을 팔면 큰 이익을 낼 수 있으니까요."

"과한 사치에 돈을 쏟아 붓는 사람들도 많이 있거든요."

"그렇군요. 우리 가게 같은 경우는 귀족이든 아니든 상관없지만 오늘 수입의 2.5배 정도라면 확실히 큰 상회에 맞먹는 이익을 낼 가능성은 있군요."

"오늘 하루에 이 정도이니 한 달 안에 도달할 수 있을 겁니다. 모험가 길드에서 보낼 세탁물은 아직 도착하지 않았으니 그것까지 포함하면 고객은 더 늘어나겠죠."

"어쩌면 하루 매출이 중금화가 되는 날도 올지 몰라요."

"하하하, 아무리 그래도 그 정도는 아니죠."

중금화는 50,000수트이다. 역시 그건 무리다.

""가능성은 있어요.""

뭐, 진짜?

"이곳은 광산 마을. 많은 광부와 제철소 직원들이 있습니다.

큰 광산이 폐광이 되는 바람에 몇 년 전보다 사람은 줄었다고 들었지만 그래도 여전히 만 명 정도는 있다고 하거든요."

"게다가 손님이 맡기는 세탁물이 반드시 한 번에 한 주머니인 건 아니잖아요. 늘 중금화를 넘는 수입은 어려울지 몰라도, 예를 들어 탐험가 길드에서 큰 의뢰가 들어오거나 한 후에는 가능성이 있지 않을까 합니다."

"과연……."

한 번 정도는 있을지도 모르는 건가.

"그리고 료마 님이 다른 마을에 지점을 내시면 하루 수입이 중금화가 되는 건 그리 어렵지 않을 겁니다."

"벌써부터 지점 이야기입니까? 너무 성급해요."

"그럴지도 모르지만 미리 생각해둔다고 손해 볼 건 없습니다."

"신용할 수 있는 인력만 있으면 지점을 늘리는 것도 고려해야 합니다."

하긴 첫날인 오늘만 해도 꽤 많이 벌었으니까. 일단 머리 한구석에 넣어두자. 당분간 상황을 지켜봐야 한다고 생각하지만.

"아, 깜빡 잊고 있었어요. 오늘 제가 채용한 두 분의 이력서입니다."

""알겠습니다.""

두 사람은 내가 건넨 이력서를 읽어보기 시작했다.

"두 분 모두 먹고 살 수만 있는 정도의 값싼 급여라도 상관없다고 했지만 가게 보안도 부탁하기로 했으니 하루에 150수트를 주도록 하세요."

“두 사람 모두 병역 경험자군요. 이거 마음 든든한 걸요.”

“알겠습니다.”

그 후, 난 네 사람에게 인사를 하고 숙소로 돌아갔다.

숙소로 돌아가서 라인하르트 씨 일행에게 첫날 매상에 대한 보고를 하자 놀라워했다.

{2장 30화} 인원 추가

다음 날.

아침부터 가게를 열 준비를 한 후, 새로 온 두 사람을 환영하기 위해 장을 보러 갔다가 돌아와 보니.

"벌써 이렇게 사람들이 오다니."

8시 개점과 동시에 가게를 나와 장보기에 걸린 시간은 고작 1시간 정도. 그러니 지금은 9시 정도인데……. 손님들이 몰리는 시간대가 어느 정도일지 신경 쓰이네.

그런 생각을 하며 가게 안쪽으로 이어지는 직원용 입구를 통해 안으로 들어간다. 가게 업무는 카를라 씨와 페이 씨가 접객, 카룸 씨와 리링 씨가 세탁물 운반과 반환, 이렇게 분담해서 일하고 있어서 가게는 현재로선 별다른 문제가 없어 보인다. 일은 네 사람에게 맡기고 난 요리에 착수했다.

언제 다시 바빠질지 모르니 먹을 수 있을 때 먹어야 한다.

반죽을 해서 동그랗게 편다. 완성된 반죽에 미트 소스를 발라간다.

참고로 이 미트소스, 이틀 전 축하 연회에서 쓰고 남은 소스를 사용. 결계 마법을 응용한 냉장고를 만들어뒀기 때문에 바깥

보다 보존도 잘 되어 있었다. 만약을 위해 감정으로 알아봤지만 문제도 없었다. 세르쥬 씨나 다른 사람들이 냉장고에 대한 이야기를 들으면 또 난리가 날지도 모른다.

……아니, 이건 피오로 씨가 가장 난리를 피우겠지? 식재료를 취급하고 있다고 했으니까.

완성된 반죽 위에 치즈와 얇게 썬 양파, 소량의 허브를 뿌린 다음 뜨겁게 데운 화덕에 넣어서 굽는다. 그 동안 샐러드와 마실 것을 준비…….

이것저것 하는 동안 피자가 다 구워졌다.

맛있는 냄새를 풍기는 피자를 한 장, 맛을 볼 겸 내 몫을 덜어 먹어본다.

……음, 성공적이다. 시간도 혼잡해지기 전이라 딱 좋다.

"여러분, 식사 준비가 다 되었습니다. 제가 도울 테니 교대로 식사를 하도록 하죠."

""""감사합니다.""""

먼저 리링 씨와 카를라 씨가 나와 교대. 두 사람이 먼저 식사를 하고, 페이 씨와 카룸 씨가 식사를 하러 가서 전원 식사와 휴식을 취할 수 있었다.

하지만 점심때가 지나자 다시 어제와 똑같은 상황이 되었다. 물론 오늘도 직원들이 총출동해서 그럭저럭 잘 넘기긴 했다.

"수고하셨습니다."

""""수고하셨습니다.""""

어제보다 개선되긴 했지만 누구 한 사람이 과로로 쓰러질 정도로 바쁜 것에서 평범하게 영업할 수 있을 정도로 바뀐 것뿐…… 아직은 누구 한 명이라도 빠지면 부담이 너무 크다. 게다가 그렇게 되면 직원들이 점심식사를 준비할 시간도 없을 테고…….

"오늘도 손님이 많이 오셨군요. 오늘 매출은 얼마인가요?"

"제가 계산했는데 총 11,877수트입니다."

카를라 씨는 메모도 함께 보여주었다.

어제의 1..5배라면 하루 만에 증가한 것치고는 상당하다.

"매출은 괜찮군요."

"괜찮은 정도가 아니라 대번창이다해."

"이 정도라면 손님이 더 늘 거야."

"리링 씨, 페이 씨. 두 분도 그렇게 생각하세요? ……역시 사람을 좀 더 늘려야겠죠? 원래 3, 4명 정도 고용할 예정이었고 지금 이대로 가다가 만에 하나 누군가 일하지 못하게 되면 다른 분들에게도 부담이 너무 커지니까요."

"그렇군요. 아무래도 그러는 편이 좋을 것 같아요."

"고작 하루 밖에 안 지났지만 다시 길드에 고용 의뢰를 하는 건 어떨까요."

"알겠습니다. 그리고 요리사도 한 명 고용하고 싶은데 이 역시 상업 길드에서 채용할 수 있나요?"

문득 떠오른 생각을 물어보자 카룸 씨가 대답해준다.

"할 수 있죠, 그런데 왜 요리사를?"

"여러분은 가게 일을 보느라 바빠서 점심식사를 만들 시간이 없잖아요? 그래서 요리사를 고용해서 요리를 맡길까 합니다."

"확실히 그렇긴 하지만 그런 건 직원이 할 일이에요."

"그래도 전문가를 고용하면 여유도 생길 테고 어차피 먹는다면 맛있는 음식을 먹는 게 의욕도 생기고 더 좋잖아요. 즉 복리후생인 셈이죠."

"그 의견에는 동의하지만……. 복리후생이라는 건 뭐죠?"

"아…… 뭐라고 하면 될까…… 가게에서 직원들이 쾌적하게 일할 수 있도록 하는 시스템이나 사고방식 같은 거예요."

복리후생이라는 개념은 이곳에는 없는 건가…… 아니면 일반적이지 않은 건가?

"역시 료마 님은 직원들을 잘 챙겨주시는 것 같아요."

"가게에서 숙식을 제공해주는데 급여도 많아. 이렇게까지 좋은 대우, 잘 없다해."

"많은 급여, 따뜻하고 살기 좋은 방, 오늘 밥도 맛있었어. 아버지와 나도 이제 다른 가게에는 못가."

"그렇게 말씀해주시니 기쁘네요. 그럼 나머지 일은 맡기고 가도 되겠죠? 전 길드에 가서 사람을 채용하고 그대로 퇴근하겠습니다."

""""수고하셨습니다.""""

네 사람의 배웅을 받고 가게를 나섰다.

■ ■ ■

길드에 가자 다시 응접실로 안내 되어 길드 마스터와 면회.

"수고 많았네. 오늘도 사람을 고용하러 온 건가?
"가게가 예상했던 것보다 순조롭게 잘 되어서 자금에도 여유가 생겼거든요."
"그렇군……. 그럼 몇 명 정도 더 채용할 생각이지?"
"가게에서 일을 할 직원 3명, 그리고 요리사 1명을 생각하고 있어요."
"요리사?"
"가게가 바빠서 직원들이 요리까지 할 틈이 없는데다 이왕이면 맛있는 음식을 먹을 수 있도록 해주고 싶어서요. 게다가 건강을 위해 영양까지 생각해서 만든 음식을 먹을 수 있잖아요."
"그렇다고 굳이 전문 요리사까지? 보기 드문 일이군……."
"역시 드문 일인가요?"
"보통은 점원 중 한 명이 하지. 가게가 커지면 잡다한 일을 할 사람을 고용하지만 일부러 요리사를 지정하는 건 드문 일이야. 뭐, 그렇다고 나쁜 일은 아니니까. 잠깐 기다리게. 희망자를 찾아보지."
"어제 없었던 분으로 부탁드릴게요."
이렇게 말하고 좀 기다리자 오늘은 길드 마스터가 직접 의향을 물었다는 4명을 소개해주었다.
"처음 뵙겠습니다! 젠이라고 해요!"
"전 마리아랍니다~."
"피나라고 합니다."
"요리사 셀마입니다."

앞의 3명은 가난한 마을에서 단체로 돈을 벌러 나왔다는 젊은 여자들. 젠 씨는 활발한 성격인 것 같고 마리아 씨는 살가운 분위기를 가진 사람, 피나 씨는 야무져 보이는 사람이라는 게 첫인상. 셀마 씨는 3명보다 스무 살 이상 차이나는 건 아니지만, 어쨌든 연상이다. 어머니 같은 분위기를 풍기는 사람이다.

길드 마스터의 추천이니 나보다는 확실할 거라 생각하며 일할 의사를 확인하자 모두 고개를 끄덕인다. 이유는 장사가 잘 된다는 소문을 들었거나 실제로 어제 길게 줄을 선 손님들을 봤기 때문. 게다가 길드 마스터에게 우리 가게의 안전성에 대해 들었다고 한다.

확실히 우리 가게는 나를 포함해서 길드 마스터가 한 번씩은 직접 보고 인정한 사람들만으로 구성되어 있다. 여성들의 불안도 적다는 건가.

마을 소녀 3명은 착하고 순수해 보이는 전형적인 시골 마을 소녀. 특별한 기술은 없지만 문제도 없다. 셀마 씨가 전에 일했던 직장은 평범한 여관이라서 고급 요리는 만들지 못한다고 했지만 그것도 문제는 되지 않는다. 인품도 나쁘지 않아 보여서 모두 고용하기로 결정했다.

여기까지 길드에 도착하고 나서 불과 10분 정도 밖에 걸리지 않았다.

인맥이라는 게 이렇게 중요하구나……. 진짜.

오늘 채용한 4명 모두 숙식 제공을 원했기 때문에 계약을 마친 후에 어느 틈엔가 준비되어 있던 마차를 타고 가게로 돌아갔다.

그 전에 길드 마스터가 한 마디.

"료마, 지금처럼 가게가 계속 잘 된다면 다른 마을에 2호점, 3호점을 낼 것도 염두에 두도록 해. 당장이라도 좋으니까 그때는 상담하러 오도록 하고."

카룸 씨를 비롯한 다른 직원들이 했던 것과 똑같은 말을 듣고 당황하고 있자 길드 마스터는 지팡이로 등을 살짝 때리며, '열심히 해!'라며 격려를 해주었다.

그 후, 4명을 가게로 데려다주자 카를라 씨와 카룸 씨는 아직 퇴근하지 않고 있었다.

""점장님, 퇴근하신 것 아니었어요?""

가게에서 숙식을 해결하길 원하는 신입 직원들을 데리고 왔다고 말하고 소개해준 다음 나머지는 직원들에게 맡겼다.

■ ■ ■

나흘 후.

새로운 직원을 고용하고 나서 나흘이 지났다.

소녀 3인조는 열심히 일하고 있고 셀마 씨의 요리는 맛있다. 첫날엔 혹시나 몰라 가게에 있었지만 문제없음. 그저께는 가게 밖에서 가게 외벽의 세정 작업과 잔디 손질을 할 시간도 얻을 수 있었고 어제는 폐갱 순찰도 하러 갔다.

개점한지 이제 일주일이 되었지만 매출은 잘 유지되고 있다.

검소하게 살면 3개월은 생활할 수 있는 액수의 매출이 하루에 나온다. 조금 무서워지기 시작했지만 이것도 다 불만 없이 열심히 일해 준 직원들 덕분이다.

이제 내가 없어도 괜찮을 것 같으니 다시 모험가 일을 할 수 있겠다………… 는 생각을 하고 있는데 세르쥬 씨에게 오늘 잠깐 보자는 연락이 왔다.

"안녕하세요."

"료마 님, 잘 오셨습니다. 자, 이쪽으로 오세요."

"실례합니다."

"갑자기 불러서 죄송합니다."

"아뇨, 이제 가게는 고용한 직원들에게 맡기면 되니까요. 세르쥬 씨께서 추천해주신 두 분 모두 얼마나 일처리가 뛰어난지 몰라요."

"그렇습니까. 두 사람이 도움이 된다니 안심했습니다."

"세르쥬 씨에게는 늘 신세를 지고 있네요."

"저야말로 그렇죠. 덕분에 저도 돈을 벌고 있거든요. 매일 대량의 주머니와 일용품을 구입해주고 계시잖습니까."

"저야 이래저래 도움을 많이 받고 있죠. 덕분에 너무 순조로워서 무서울 정도랍니다."

"마을에도 소문이 났더군요. 길드에서도 주목을 끌고 있고."

그리고 세르쥬 씨는 한숨을 쉬고 이렇게 말했다.

"게다가 돈이 될 만한 게 더 있다고 해서 깜짝 놀랐습니다."

그 말에 고개를 갸웃거리고 있자 세르쥬 씨는 말을 꺼냈다.

"료마 님, 방수천 이야기 말입니다."

"아, 그랬죠……."

완전히 잊고 있었다…….

"이제 곧 그렐 프로그가 대량 발생하는 시기라는 건 알고 계시죠?"

"네, 이야기는 들었습니다."

"그렐 프로그는 늪에 서식하는 마수인데 가죽은 방어구, 내장은 좋은 약이 되기 때문에 비싼 가격에 팔립니다. 그래서 대량 발생 시기에는 서식지인 늪으로 사냥을 가는 모험가들이 아주 많아지죠.

지금은 그 방수천으로 만든 장화 같은 상품을 선전하기에 딱 좋은 기회입니다. 제작과 판매를 조금이라도 시작할까 하는 마음에…… 이렇게 그 천의 생산량에 대해 여쭙고 싶어서 부른 겁니다."

음~…… 지금 있는 스티키 슬라임이 907마리니까…… 천이 얼마나 되느냐에 다라 다르겠지.

"일반적인 천에 가공을 해서 만들기 때문에 사전에 천을 준비해야 되는데 가공 전의 천 한 필의 길이는 어느 정도 되나요?"

"이쪽에서 준비한다면 1필에 약 70m입니다."

불가능한 양을 맡아봤자 나중에 서로 곤란할 뿐이니…… 여유를 두고 생각하면 하루에 슬라임 10마리로 1필 정도 되려나. 20마리로 잡아도 45필.

"그렇다면 제조 준비가 갖추어지면 하루에 45~90필 정도 될 겁니다. 건조에 시간이 걸리기 때문에 조금 더 줄어들 수도 있지만요."

내가 그렇게 말하자 세르쥬 씨의 표정이 밝아졌다.

"처음엔 하루에 10필 정도면 충분합니다. 그 이상이면 저야 감사할 뿐이죠."

"알겠습니다. 그럼 오늘부터 만들기 시작할까요?"

"부탁드립니다."

"그렇다면 재료가 될 천을 구입하고 싶은데요……."

"그건 무료로 준비해드리겠습니다. 어차피 방수천이 되어 돌아올 테니 방수천을 넘겨 주실 때 가공비를 지불해드리겠습니다. 가공비는 어느 정도가 좋을까요?"

"그럼 믿고 맡기겠습니다. 가공비는 적정 가격으로 부탁드립니다."

그러자 세르쥬 씨는 가볍게 웃는다.

"상인이라면 자신이 유리한 장사에서는 더 크게 부르는 법입니다. 물론 저야 감사할 따름이지만요…… 그나저나 작업은 어디에서 하실 생각입니까? 료마 님이 제조자라는 사실이 알려지면 이상한 놈들이 찾아갈지도 모릅니다. 안전한 작업 장소로 마음에 두고 계신 곳이 따로 있습니까? 없으면 저희 쪽에서 준비하도록 하겠습니다."

"얼마 전에 폐갱이 된 광산 안에서 작업할까 싶어요."

"확실히 다른 사람들이 접근하는 일은 없겠지만, 그래도 괜찮으시겠습니까?"

“전 그곳을 어슬렁거리고 다녀도 관리인이라는 직함이 있기 때문에 의심을 사지도 않을 테고 토마법으로 넓은 작업장을 만들 수 있으니까요.”

이렇게 이야기를 마무리 짓고 천을 받아든 난 가게를 나서자마자 그 길로 폐갱으로 향했다.

{2장 31화} 폐갱에서의 작업

폐광산에 도착하자마자 클리너를 제외한 모든 슬라임들을 총동원해서 갱도 순찰을 마친 후. 광산에서 가장 높은 위치에 있는 갱도를 정비해서 아까 선언한 대로 작업장으로 바꾸었다.

그래봤자 원래부터 넓은 갱도에 토마법으로 단순한 구조의 작업대를 양산한 것뿐이라 그리 어려운 작업은 아니다.

천을 펼치면 양쪽 가장자리까지 오는 거리에 벽돌을 쌓고 작업대의 모서리에 홈을 판다.

그 홈에 딱 맞는 크기의 막대를 준비해서 고정.

막대에 스티키 슬라임의 점착액으로 천의 양쪽 끝을 붙인다.

이 작업을 반복해서 45번 했을 뿐.

이젠 스티키 슬라임에게 지시를 내려서 고정된 천에 점착액을 바르기만 하면 된다.

신경을 써야 하는 건 작업 중의 벌레나 마수 정도. 다음에 여기에 문 같은 것을 달아볼까……?

개선 사항을 생각하며 스티키 슬라임에게 지시를 내린다.

……한동안 상황을 살펴보고 있었는데 작업대는 제대로 기능하고 있다. 슬라임도 근면성실.

그렇다면 내가 할 일은 없다. 가게라면 사무 작업을 할 거라도 있을 텐데…….
딱히 할 일이 없어서 트레이닝을 하기로 한다.

■ ■ ■

3시간 후.

격투 훈련과 명상을 한차례 끝냈지만 아직도 천은 완전히 마르지 않았다.
그래서 나뿐만 아니라 슬라임들에게도 훈련을 시킨다.
밖에 있는 나무를 연금술로 건조. 써클 쏘와 광택제로 가공해서 대량의 봉과 연습용 창을 제작. 이걸로 얼마 전에 배운 봉술과 창술 실력을 갈고 닦기로 하자.

■ ■ ■

……슬라임들의 훈련도 일단락되었다. 하지만 천은 조금 더 건조시킬 필요가 있어 보인다. 재료인 천이 수분을 흡수하기라도 하는 걸까? 이렇게 큰 천으로 시험해본 건 처음이라…….
또다시 할 일이 없어져서 자신의 스테이터스 보드를 살펴본다.
……오, 마력 회복 속도 상승 레벨이 하나 올라서 3이 되었다. 가게를 만들 때 마법을 꽤 많이 사용했기 때문인가? 게다가 종마술, 연금술, 풍마법, 뇌마법의 레벨도 하나씩 올랐다. 이것도

제법 많이 사용했지……. 그러고 보니 아가씨가 내가 만든 인형을 보고 싶다고 했었는데 지금 만들까? 재료는 여기 있는 흙으로도 충분하고 만드는 건 적당히…….

"〈크리에이트 블록〉, 〈록〉, 〈브레이크 록〉."

석재와 간단한 도구를 준비. 브레이크 록으로 대충 심의 형태를 잡고…….

"〈플레잉 크레이〉."

점토 형태로 바꾼 흙을 피규어용 퍼티로 사용한다. 심 위에 쌓은 다음 도구로 세부를 다듬고……. 그러고 보니 석탄이 남아 있었지. 착색 전의 코팅에 사용하자.

〈라이트〉의 빛에 비춰진 갱도에서 혼자. 필요에 의해 마법도 사용하면서 무난한 인형을 만들며 시간을 죽인다.

……그럴 생각이었는데.

"좋았어! ……꽤 많이 만들었다."

정신을 차리고 보니 인형에 둘러싸여 있었다.

"지금 몇 시지? ……헉?!"

해질녘이 다 됐잖아!

서둘러 인형과 건조시킨 천을 회수해서 돌아간다.

……마력을 많이 사용했는지 조금 피곤하다. 하지만 해가 지기 전까지 돌아가려면 서둘러야 한다. ……갱도 안에서 열중하는 작업은 그만두자. 가뜩이나 집중하면 시간 가는 줄도 모르는데 더 시간의 경과를 알 수 없어진다.

반성하는 동안에도 시시각각 해는 저문다. 마을에 도착할 때까지 달리면서 어쩔 수 없이 공간마법을 연달아 사용했다.

■ ■ ■

"지쳤다……."

간신히 해가 저물기 전에 숙소에 도착.

조금 쉰 후, 보고를 위해 공작가 사람들의 방을 찾아가자 아로네 씨가 안내해주었다.

"어서 오세요, 료마 씨."

"료마 군이 먼저 우리 방에 찾아온 건 드문 일인데, 무슨 일이라도 있었나?"

"별 일 아닙니다만 우선 일 이야기부터 드리겠습니다."

세르쥬 씨와의 거래에 대해 설명한다.

"오늘은 방수천 45필의 생산에 성공해서 이미 세르쥬 씨의 가게에 납품했습니다. 아직 여유가 있으니 내일부터 서서히 생산량을 늘려서 어디까지 가능한지 시험해볼 생각이에요."

"그래, 방수천의 생산량에 문제는 없는 것 같군. 다른 건?"

"지난번에 아가씨가 보고 싶어 했던 인형을 천이 건조되기를 기다리는 동안 만들었습니다."

"정말이에요? 어서 보여주세요!"

아이템 박스에서 몇 종류의 인형을 꺼낸다.

"이거군요."

일단 목재와 석재의 차이는 있지만 전생에서는 선물용으로 유명한 목각 곰. 이쪽 세계에서도 통용될 수 있도록 디자인을 조금 손보고 가나 숲에서 사냥한 블랙 베어로 변경했지만.

"호오, 블랙 베어 장식품. 물고기를 사냥하고 있는 모습이 생동감이 넘치는군."

"이건 작아서 귀여워요!"

그쪽은 케이브 배트와 케이브 맨티스, 스몰 래트 등의 마수를 보틀 캡 피규어 스타일로 만든 미니어처 마수 인형.

"마지막은 이거예요. 제가 제일 잘 만들던 인형이죠."

다음으로 꺼낸 것은 평범한 인간형 피규어다. 단 별다른 소재가 떠오르지 않아서 공작가 4명과 세바스 씨, 그리고 메이드 2명을 모델로 삼았다.

"이건 나군."

"이쪽은 나야."

"나도 있어요!"

"나와 세바스, 아로네와 릴리안도 있구나."

"아주 정교한 인형이군요……. 신상을 만드신 걸 보고 알았지만 역시 료마 님의 기술은 훌륭하십니다."

바로 보는 앞에서 기뻐해주는 모습을 보니 조금 신선하면서도 기쁘다. 전생에서는 타부치만 기뻐해줬는데.

그러고 보니 죽기 전, 타부치에게 피규어를 부탁 받았던 것 같은데……. 어라? 어떻게 됐지? ……뭐, 이젠 상관없나.

"모델이 없어서 제 마음대로 만들었는데 마음에 드신다니 영광입니다."

"료마 씨, 이거, 제가 가져도 될까요?"

"마음에 드신다면 원하시는 대로 하셔도 됩니다."

"감사해요!"

이렇게까지 기뻐해주니 만든 보람이 있구나, 또 뭔가를 만들어 볼까…….

"또 기회가 있으면 만들겠습니다."

"잘 부탁드려요."

그 후, 좀 더 이야기를 나누다가 방으로 돌아간다. 방으로 돌아갈 때, 세바스 씨가 인형 대금을 지불하겠다며 중금화 10닢을 제시했지만 액수가 너무 많아서 한 번은 거절했다.

시간을 보낼 겸 만든 것이고 재료도 싸다. 무엇보다 이런 걸로 중금화 10닢이나 받을 순 없다! 최종적으로 그 액수의 5분의 1, 중금화 2닢을 받게 되었는데 이래도 괜찮은 걸까?

그런 생각을 하고 있자 세바스 씨가 이렇게 말했다.

"자신의 석상을 저택이나 거리에 두고 싶어 하는 귀족은 의외로 많답니다. 그런 분의 의뢰를 받아 석상을 제작하면 이 정도 금액은 푼돈으로 보일 정도의 보수를 받을 수 있죠. 료마 님의 실력이라면 의뢰인이 없어서 힘들 일은 없을 겁니다."

진짜?!

그 말이 너무 충격적이라 방으로 돌아간 후, 내일은 천이 건조되기를 기다리는 동안에 무엇을 만들까 멍하게 생각하다가 잠이 들었다.

{2장 32화} 슬라임의 이변

다음 날.

아침 일찍 가게에 얼굴을 내밀어 문제가 없는 걸 확인하고 난 후 폐갱으로.

오늘도 방수천을 만들기 시작한 건 좋았지만 할 일이 없어서 무료했다. 어제 무엇을 할지 고민하다가 잠드는 바람에…… 아무것도 떠오르지 않는다. 전생이라면 라노블을 보거나 게임을 하면서 시간을 때웠을 텐데…….

오늘 받은 천은 어제와 똑같이 45필. 이미 작업은 끝났다. 나름 익숙해진 건지 어제보다 빨리. ……어떻게 할까……. 슬라임의 훈련도 했고…….

한동안 고민하다가 오늘은 스캐빈저 슬라임을 모아서 킹 스캐빈저를 만들어 1대1로 싸워보기로 했다.

현재 킹 스캐빈저 슬라임의 스킬은 이렇다.

스킬

질병 내성(7) 독 내성(7) 악식(8) 청결화(8) 소취(8) 소취액(6)

악취 방출(8) 양분 환원(7) 물리 공격 내성(5) 비대화(5) 축소화(6) 점프(3) 폭음폭식(4) 체술(2)

스캐빈저 슬라임에도 물리 공격 내성이 생긴 영향일까, 킹 스캐빈저 슬라임의 물리 공격 내성 레벨도 하나 올랐다. 체술도 스캐빈저는 1인데 킹 스캐빈저는 2. 스캐빈저 1마리와 비교하면 전체적으로 스킬 레벨이 올랐다. 확증은 없지만 합체할 때 슬라임 한 마리, 한 마리의 경험 같은 것이 더해지는 걸까?

참고로 킹 스캐빈저와의 격투전은 물리 공격 내성의 효과가 높아서 웬만해선 공격이 잘 먹히지 않았다. 몸 전체의 탄력이 증가하고 공격과 그 충격을 받아넘기는 것이 능숙해졌다. 기술은 아직 미숙하지만 방어만큼은 상당히 우수하다.

예를 들어 내가 있는 힘껏 때려도 킹 스캐빈저는 버텨낼 수 있다. 물론 안전을 위해 핵은 노리지 않았지만 방어를 뚫는 데 꽤 많은 수고를 들여야 했다.

하지만 단점은 공격력 부족. 비대화로 인해 커지면 질량도 증가해서 상대방을 꼼짝 못하게 누르는 일에는 잘 맞지만 슬라임의 근력? 은 그 정도에 못 미친다. 있는 힘을 다하면 간단히 뿌리칠 수 있고 타격에는 위력이 없다.

이것만큼은 어쩔 수 없어서 몸을 촉수 형태로 늘려서 채찍처럼 사용하는 타격과 촉수로 상대를 휘감아 밀착하는 누르기 기술. 상대의 힘과 몸의 탄력, 비대화를 이용해서 던지는 업어치기 등, 몇 가지 기술을 고안해서 가르쳐봤다.

상대의 공격을 받아 넘겨서 몸을 보호하고 상대의 힘을 이용한 던지기 기술로 싸워서 상대가 쓰러지면 비대화로 제압하는 전법을 기본으로 삼자.

이 일로 그럭저럭 시간은 때웠지만 천이 완전히 건조되려면 조금 더 있어야 한다. ……얼마 안 남았으니까 슬라임과 산책이라도 다녀오면 다 마르겠지.

그런 생각에 슬라임들을 모아 밖으로 나가기 직전. 계약한 슬라임 중 한 마리의 상태가 갑자기 이상해졌다. 종마 계약의 효과로 슬라임의 상태를 어느 정도는 파악할 수 있지만 무슨 일이 일어나고 있는지는 모른다.

무슨 일이지?

서둘러 문제의 슬라임이 있는 곳으로 달려가자 상태가 이상한 건 메탈 슬라임으로 진화하는 것을 실험하기 위해 잡은 슬라임. 몸이 부들부들 계속 움직이고 있지만 어딘가 아픈 건 아닌 것 같다. 그렇다면…….

"설마 진화?!"

아직 더 있어야 될 줄 알았는데 그것 말고는 딱히 짐작 가는 게 없다.

조용히 관찰하고 있자 슬라임의 움직임이 멈추고 소량의 마력이 느껴진다.

슬라임이 마력을 방출하고 있는 것 같다. 그렇지만 마법은 아니야……. 흡수하고 있어? 방출한 마력을 다시 흡수하고 있는 건가? 무엇 때문에? 진화에 필요? 아니면 무의식?

그러기를 수십 번 반복하는 동안 몸의 색이 서서히 변하기 시작한다. 최종적으로는 은백색 슬라임이 되었는데, 무사히 진화한 건가? 상태는…… 지금은 보통. 아무 이변도 없다. 하지만 메탈 슬라임이라면 연한 먹색이어야 되는데 이 슬라임은 광택이 있는 은색이다.

마수 감정을 사용해보니…….

아이언 슬라임

스킬

경화(3) 물리 공격 내성(2) 점프(1) 소화(3) 흡수(3) 분열(2)

이름은 아이언 슬라임이었다. 스킬은 메탈 슬라임과 똑같은 것 같지만 경화 레벨이 하나 더 높다. 아이언, 철인가……. 철을 먹여서 이렇게 된 것이겠지만…….

"메탈 슬라임도 철을 먹었었지?"

똑같은 걸 먹고 있는데 왜 차이가 생긴 걸까?

"아이언이 철, 그리고 메탈은 금속……!"

메탈 슬라임의 먹이용 석재를 꺼내 감정한다.

석재(적토).

광산에서 버려지던 토사를 토마법으로 굳힌 것.

함유 금속 : 산화철, 산화알루미늄.

"역시! ……적토에는 산화알루미늄이 함유되어 있는 흙도 있었지……."

옛날에 도로 공사 아르바이트 현장에서 후배가 했던 말이 떠올랐다.

"메탈 슬라임은 철뿐만 아니라 알루미늄도 먹고 있었어. 어쩌면 다른 금속도 들어 있을지 모르지만……."

연금술로 벽돌에서 철과 알루미늄을 추출. 아이언 슬라임과 메탈 슬라임 2마리를 불러서 나눠 주었다.

그러자 아이언 슬라임은 철 밖에 먹지 않았지만 메탈 슬라임은 철과 알루미늄 둘 다 먹었다.

메탈 슬라임을 불러서 쓰다듬어본다.

"넌 금속에 관해서는 잡식? 이었구나…… 아이언 슬라임은 철이겠지만 네 몸은 어떻게 되어 있지? 철과 알루미늄의 합금인 거야?"

메탈 슬라임에게 물어봤지만 당연히 대답은 없다.

"어쨌든 진화 조건은 알았어. 게다가 슬라임이 진화하는 모습은 처음 봤고……."

어째서인지 지금까지는 내가 자고 있는 동안에만 진화가 일어났다. 먹이를 잘 주면 보통 반 년 안에 진화하는데 그 동안 언제 진화할지 모르기 때문에 밤을 새워가며 관찰하는 것도 어렵다.

그런데 진화할 때 마력을 내뿜고 들이마시고를 반복했던 것 같은데……. 이건…… 안 돼, 지금 생각하면 또 귀가가 늦어질 거야. 그냥 다른 일을…….

"그러고 보니 감정에 대해서도 조금 알게 된 것 같아."

무속성 마법인 〈감정〉은 인터넷 검색 같은 방식으로 정보를 알려준다. 막연하게 이건 뭘까? 라고 생각하고 사용하면 이름 밖에 나오지 않고 자세한 정보를 알고 싶다고 생각해도 간단한 정보 밖에 나오지 않는다.

그러나 지난 번 정화조 청소 때는 천장을 감정했더니 살균이라는 단어가 나왔었다. 오물을 감정하니 병원균이라는 단어가 나왔었고. 사용자의 지식을 근거로 삼아 사용자의 지식량의 차이에 따라 나오는 정보가 바뀌는 건지도 모른다.

몇 번인가 시험해보니 자세히 조사하기 위해서는 자세하게 알고 싶은 내용을 자신이 가진 지식으로 알 수 있도록 떠올리면 상세하게 나온다는 것을 알 수 있었다.

예를 들어 이 석재의 무게, 그리고 그 안에 든 철과 알루미늄의 함유율 및 양은?

석재 503.9g(적토)

광산에서 버려진 토사를 토마법으로 굳힌 것.

함유 금속 : 산화철 4.2% 21.1638g, 산화알루미늄 5.1% 25.6989g

이 정도로 자세하게 나온다. 이것도 이미지가 한층 더 자세해졌기 때문일 것이다. 이거 쓸 만하잖아! ……맞지?

자세한 정보를 얻을 수 있다면 당연히 좋지만 지금은 딱히 필요하지도 않은데……. 다음에 세르쥬 씨에게 가져갈 철로 된 잉곳의 무게를 그램 단위로 맞춰볼까?

아니면 이 세계에 나돌고 있는 철로 된 잉곳 중에서 질이 좋은 것을 세르쥬 씨에게 주문해서 내가 만들 잉곳의 표본으로 삼을까? 내가 만드는 잉곳이 눈에 띄지 않게 된다면 할 만한 가치는 있지만 현재까지는 감정은 별로 사용할 일이 없을 것 같단 말이야……. 지금까지도 충분했고.

방수천이 건조되기를 기다리는 동안, 연습 삼아 한 개 500g, 순도 80%의 철과 알루미늄 잉곳을 만들었다.

그리고 방수천이 마르자 재빨리 회수해서 마을로 돌아간 다음, 세르쥬 씨의 가게에 방수천을 납품. 그 후, 세르쥬 씨가 준비해 둔 천 300필을 받아서 숙소로 돌아왔지만 어중간한 시간이라 가게로 향한다. 오늘은 의뢰를 받기엔 너무 늦었으니 가게를 둘러보고 돌아가자.

■ ■ ■

가게에 가자 변함없이 많은 사람. 이라고 할까, 손님이 더 늘었나?

직원용 통로를 지나 휴게실로…… 아무도 없다. 설마 전 직원이 다 출동해야 할 정도로 바쁜 건가?

그런 생각을 하며 가게로 이어지는 문을 열자 시골 소녀 3명 중 1명인 피나 씨가 보였다.

"점장님, 수고 많으세요."

"수고하십니다. 휴게실에 아무도 없어서 다들 많이 바쁘나 싶어서요."

"한가한 건 아니지만 그 정도로 바쁘지도 않아요. 그야 직원수도 충분하니까요. 최근엔 손님들이 밀려드는 시간대를 파악해서 거기에 맞춰 모두 잘 대응하고 있어요."

어라, 내가 가게를 비우고 있는 동안 모두 완전히 일에 익숙해진 것 같다. 이 정도면 걱정할 필요는 없겠는데.

그러다가 문득 깨달았다.

"아……."

"왜 그러세요?"

"클리너 슬라임, 분열 준비가 갖춰졌군요."

"네?"

클리너 슬라임에게 지금 같은 세탁 방법은 식사이기도 하다. 연일 대량의 식사를 한 탓에 분열이 가능한 상태가 된 것 같다.

"세탁을 맡고 있는 슬라임의 수가 늘어나는 겁니다. 지금 그 준비가 갖춰졌으니 조금 더 늘리도록 할게요. 세탁의 효율이 더 올라갈 거예요."

"정말이에요? 굉장해요!"

"굉장한 건 제가 아니라 슬라임이죠. 한동안 여기 있을 텐데 이쪽은 신경 쓰지 마세요."

"네!"

그렇게 말하고 옆에 있는 세탁이 끝난 세탁물을 들고 달려가는 피나 씨.

자, 나도 해볼까!

■ ■ ■

클리너 슬라임의 분열과 계약을 거쳐 클리너 슬라임의 수는 모두 54마리. 클리너 슬라임은 잘 분열하지 않는데 한 번에 2회 분열한 개체가 10마리나 있다. 역시 세탁 작업을 하고 있기 때문이리라. 게다가 클리너 슬라임을 분열시켰더니 수가 늘어난 만큼 작업도 훨씬 더 빨라진 것 같다. 작업 효율은 두 배 이상? 이 효율을 낭비할 순 없다.

"아, 마침 잘 됐다. 피나 씨, 카룸 씨."

세탁물을 가지러 온 그들에게 간단히 사정을 설명하고 두 사람 모두 접객 담당으로 돌리겠다고 제안.

그리고 지금까지 접객 담당에게는 세탁물 접수와 반환을 함께 맡겼지만 이젠 일손이 늘었으니 작업을 분담하겠다는 제안도 했다.

"세탁물 운반은 제가 담당하고 두 분은 반환 담당."

"효율을 높이자는 뜻이죠? 한번 시험해보죠."

그렇게 해서 두 사람은 카운터로. 나도 세탁이 끝난 세탁물을 모아서 운반하기 시작한다.

"다음 손님!"

"이쪽으로 오세요~."

"18번 손님."

"세탁 상태는 어떠신가요?"

“어머, 정말 깨끗해졌네……. 가격도 싸고, 이렇게 좋을 데가.”

“감사합니다! 또 이용해주세요! 다음은…… 8번 손님!”

작업 분담을 시작한지 몇 분. 손님 회전률은 확실히 빨라졌다. 슬라임은 분열 직후라 공복 상태인지도 모른다. 예전보다 정력적으로 작업에 임하고 있는 것 같다.

가끔 예비로 놔둔 꼬리표가 부족하거나 세탁물 반환을 기다리는 손님들이 늘어나기도 했지만 일시적으로 접객 방법을 원래대로 되돌림으로 해결. 클리너 슬라임과 창구의 증가는 확실히 처리 속도를 높여서 점점 더 손님을 많이 받게 되었다.

그러는 동안 피크 시간대를 넘기고 그대로 무사히 폐점 시간을 맞이할 수 있었다.

{2장 33화} 폐점 후

가게 청소를 해준 클리너 슬라임에게 물을 먹이고 있자 카를라 씨가 매출을 보고하기 위해 왔다. 그런데 왠지 평소 보고를 할 때와는 분위기가 다르다…….

“점장님, 오늘 매출입니다만…….”

“무슨 일이에요? 적자라도 나왔습니까?”

“아니요, 적자는 아닙니다. 흑자예요.”

“흑자? 음, 오늘까지만 해도 충분한 수익을 거두지 않았나요?”

“어제까지와는 금액이 다릅니다, 료마 님. 오늘만 해도 26,036수트의 매출을 올렸어요.”

26,036?!

“잠깐만요. 어제와 그저께까지 16,000 조금 넘었을 뿐이잖아요? 왜 갑자기 만 수트나 늘어난 거죠?”

“오늘 아침, 점장님이 가게를 나간 직후에 거액의 계약이 들어왔거든요. 우리 가게에 대한 소문을 들었는지 대장장이와 목수 책임자, 그리고 제철소 직원이 잇달아. 그들 모두 커다란 주머니를 구입해서 즉시 이용해주셨습니다.

그뿐만 아니라 개인과 소규모 집단의 손님들도 늘고 있어요. 혼자 몇 개나 되는 주머니에 세탁물을 담아 맡기는 손님도 제법 있고요. 그리고 주머니 역시 꾸준히 팔리고 있습니다."

"매출에 대해 좀 더 자세히 가르쳐주시겠어요? 의심하는 건 아니지만 제 눈으로 직접 확인하고 싶어서……."

"물론이죠. 집무실에서 기다려주세요. 즉시 들고 가겠습니다."

시키는 대로 집무실로 가서 의자에 앉아 기다린다.

…………그러고 보니 이곳을 사용하는 것도 처음이네. 늘 직접 세탁물을 옮기거나 손님을 상대하거나 아니면 휴게실에 있었으니까…….

그런 생각을 하고 있자 카를라 씨가 종이 한 장을 들고 왔다.

"이게 오늘 매출을 보여주는 석판의 수입니다."

"감사합니다."

카를라 씨가 들고 있는 각 매출 석판의 수가 적힌 종이를 받아 본다.

음~…….

개인용 1회 　10수트가 998, 총 9980수트

14인용 1회 　18수트가 152, 총 2736수트

35인용 1회 　40수트가 55, 총 2200수트

개인용 주머니 1장 　20수트가 159, 총 3180수트

14인용 주머니 1장 　25수트가 68, 총 1700수트

35인용 주머니 1장 　30수트가 50, 총 1500수트

장비 세정 서비스 　15수트가 316, 총 4740수트

합계 26,036수트……. 틀림없군.

"정말이군요. 깜짝 놀랐습니다, 설마 이렇게까지……. 정말 놀

랐어요."

주머니 판매가 여전히 계속되고 있다는 점을 제외하더라도 2만에 가깝다. 이 또한 클리너 슬라임과 모두의 덕분이야.

"그러고 보니 다른 사람들은요?"

"휴게실에 모여서 매출 확인 작업을 하고 있습니다."

"매출 확인?"

"중동화와 소동화가 섞여 있어서 그걸 분류하는 작업을 하면서 계산으로 산출된 금액과 동일한지 확인하고 있는 거예요."

"그랬군요. 그럼 저도 도우러 가겠습니다."

"아뇨, 그건 아랫사람이 하는 일……."

"하면 안 된다는 법도 없잖아요? 명색이 전 이 가게의 점장, 여러분의 동료니까요. 저도 돕겠습니다."

사무 업무는 쌍둥이가 너무 뛰어나다. 할 일이 없는 건 아니지만 얼마 되지도 않고 서포트도 우수해서 그나마 있는 일도 금방 끝난다. 영양 드링크를 상비해두는 게 기본이었던 나로서는 아무래도 영 부족하다.

"알겠습니다. 하지만 료마 님, 료마 님은 명색이 아니라 이 가게의 진짜 점장입니다."

그렇게 말하는 카를라 씨를 데리고 직원 휴게실로 향한다……라고 해도 바로 맞은편 방이지만.

"수고들 하십니다."

"점장님, 수고하셨습니다."

"""""수고하셨습니다."""""

안으로 들어가자 카룸 씨를 비롯한 6명의 직원이 인사를 건넸다. 그들은 휴게실의 커다란 테이블 위에 대량의 동전을 올려놓고 세고 있었다. 수작업으로 하나하나.

"매일 감사합니다. 여러분에게 일을 맡길 수 있어서 얼마나 다행인지 몰라요."

"그렇지 않아요~, 이 가게, 대우가 얼마나 좋은 데요~"

"맞습니다, 료마 님. 이 정도는 직원으로 고용된 이상 당연히 해야 할 일인 걸요."

카룸 씨의 말에 방에 있는 모두가 고개를 끄덕인다. 뒤에 있던 카를라 씨도.

"그런가요? 그렇게 말씀해주시니 감사합니다. 그럼 일을 계속 할까요? 이 동전의 금액을 세면 되는 건가요?"

"네. 하지만 이건 우리만으로도."

"일손은 많은 게 좋잖아요. 그리고 양도 엄청나고."

오늘 매출은 26,036수트, 그 모든 게 다 소동화와 중동화, 즉 1수트와 10수트다. 당연히 동전의 양도 많아진다. 확인이 끝난 후엔 지하에 있는 금고에 보관하다가 정기적으로 상업 길드에 마련해둔 계좌에 맡기고 있긴 한데……. 그 일도 보통 힘든 게 아니겠네…….

"그럼 이쪽으로."

"내 옆, 비어 있다요."

"실례하겠습니다."

페이 씨의 옆에 앉아 동전을 세기 시작한다. 하지만 수작업은 역시 시간이 걸릴 것 같다……. 나를 포함해서 모두 8명이 있으니 그만큼 빨라지긴 하겠지만…….

그리고 1분 정도 작업을 하다가 머릿속에서 뭔가 번득였다. 아니, 생각났다.

아이템 박스에서 석회 봉지를 꺼내자 모두의 시선이 나에게 모였지만 개의치 않고 소동화를 감정해봤다. 이 동전 하나의 직경과 두께는?

소동화 1수트

가장 액수가 작은 동전　동제, 직경 0.9cm, 두께 2mm

좋았어! 낮에 했던 말은 정정. 감정은 의외로 쓸 만할지도 모르겠다.

"점주? 뭐하고 있어? 동전은 왜 감정……. 설마 가짜 돈?"

"아뇨, 도구를 하나 만들어볼까 싶어서요."

"도구?"

"보세요, 〈크리에이트 블록〉."

주머니 속에 든 석회를 세로로 긴 석재로 바꾼다. 단 석재의 내부는 텅 비어 있고 형태는 상자 모양. 그리고 상자의 한쪽 끝을 브레이크 록으로 제거해서 비스듬하게 기울이면 안에 든 물건이 떨어지는 구조로 만든다.

게다가 비어 있는 부분에 토마법으로 네 면이 1cm인 칸이 5×10, 총 50칸이 될 수 있도록 만든 다음 선을 긋는다. 칸의 높이는 2mm, 이렇게 하면 칸 하나에 동전 하나가 들어간다.

마지막으로 스티키 슬라임의 경화액으로 얇게 코팅을 하면 맨손으로 만져도 괜찮다. 이걸로 다치는 것도 방지할 수 있으니 일석이조다.

감정을 해보니?

제니마스, 세로 14cm 가로 7cm 높이 1cm

에도 시대에 사용된, 동전을 세기 위한 도구. 석회를 토마법으로 굳혀서 만들었음.

좋아, 완성이다!

"점장님, 그건 뭔가요?"

"이건 이렇게 사용하는 겁니다."

동전을 두 움큼 집어 석재 안에 넣은 다음 가장자리를 누른 채 앞뒤좌우로 몇 초 정도 흔든다. 동전이 짤랑거리는 소리를 냈다. 그리고 누르고 있던 손을 떼자 안에 든 동전들이 우르르 떨어졌지만 칸 안에는 동전이 하나씩 남아 있었다.

"페이 씨, 여기 남아 있는 동전만 세어주시겠어요?"

"알았다. 내가 세겠다해."

그리고 페이 씨가 예리한 눈을 하고 동전을 세기 시작했다.

"50닢. 정확하다해. 점주, 또 편리한 물건을 만들었네?"

페이 씨가 그렇게 말했을 때는 이미 카룸 씨, 카를라 씨, 리링 씨는 이 석재의 이점을 알아챈 것 같았다. 하지만 시골 소녀 세

명은 아직 모르는 것 같아서 이번에는 세 사람에게 직접 세어보도록 시킨다. 재빨리 동전을 석재 안에 넣고 흔들어 남은 동전을 세 사람에게 나누어주자 납득한 것 같다.

젠 씨는 밝고 일도 열심히 하는 좋은 사람이지만 머리를 쓰는 일에 좀 서툴러서 이해가 한 템포 정도 느린 편이다. 그런 젠 씨까지 이해하게 되자 제니마스를 양산하기 시작. 소동화 50닢, 중동화 100닢이 들어가는 석재를 인원수대로 만들었다. 원래 제니마스는 하나로 모든 동전을 다 계산할 수 있는 물건이지만 그건 앞으로 조절하면 된다.

제니마스를 만든 보람이 있어서 작업은 그 후로 10분도 걸리지 않아 끝났다.

다 세고 나니 대부분 소동화였다. 중동화가 많은 줄 알았는데 실제로는 소동화로 지불하는 손님이 대부분인 것 같다.

그 후, 가게는 어떤지, 힘든 일은 없는지 물어본다.

"힘든 일요?"

"별로 없어요~."

"이 가게는 대우가 좋아서 불만 따윈 없어."

"이 가게의 대우에 불만이 있는 사람, 있으면 그건 배가 부른 거다해."

"그렇습니까? 급여는 그렇다 쳐도 휴……!!"

아뿔싸, 직원들에게 휴가를 주는 것을 잊고 있었다!! 쉬는 날도 없이 일하게 하다니, 이딴 게 무슨 복리후생이냐!!

"왜 그러나, 점주? 갑자기 안색이 나빠졌다해."

"……여러분에게 휴일을 준다는 걸 깜빡 잊고 있었습니다."

내 말에 모두 자신들의 귀를 의심하며 나를 쳐다본다. 그리고 젠 씨가 외쳤다.

"점장님! 혹시 우리들, 정해진 휴일까지 받을 수 있는 거예요?!"

응, 뭐지, 이 반응은……. 당연한 일 아닌가? 지금까지 잊고 있던 내가 할 말은 아니지만.

가만히 보니 다른 사람들도 마찬가지로 놀란 얼굴로 나를 보고 있다.

"일주일에 한 번 정도는 있는 게 좋지 않을까요? 일주일에 한 번 정기휴일을 만들거나 교대로 쉬거나……."

그렇게 말하자 시골 소녀 3인방이 굉장히 기뻐하기 시작했다. 그 반응에 당혹스러워하고 있자 카를라 씨가 설명을 해준다.

"점장님, 보통 돈을 벌러 도시로 나온 노동자들은 정해진 휴일을 얻는 일이 그리 많지 않습니다. 특별한 기술을 가지고 있지 않는 이상, 허드렛일로 혹사당하기 십상이고 급여도 비교적 적고요. 하지만 우리 가게는 대우도 좋고 급여도 고액이에요. 그러니 그만큼 휴일은 얼마 안 되겠다고 생각하는 게 보통이죠."

"타지로 일하러 온 노동자뿐만 아니라 소규모 상회와 야채 가게 같은 소매점에도 축제나 특별한 행사가 없는 한 휴일은 없습니다. 일을 쉬면 경영이 어려워지기 때문에 휴일 없이 일하지 않으면 안 되는 일도 드물지 않거든요. 특히 개업한 지 얼마 안 되는 가게는 경영이 궤도에 오르기 전까지 휴일 없이 일하는 게 보통입니다."

*자전거 조업인가? 하긴 그런 가게도 있겠지.

"우리가 마을을 떠나기 전에 가족들이 얼마나 미안해했는지 몰라요~. 힘든 역할을 떠안겨서 미안하다고."

"운이 나빠서 고약한 고용주를 만나면 값싼 임금을 받으며 혹사당하는 것도 모자라 정조가 위험해지는 일까지 있다고 들어서……."

"그 점에 대해 걱정하고 있었어요."

이 세계의 직원들은 이렇게 심한 대우를 받고 일하는 건가? 그렇게 생각하며 카를라 씨를 보니…….

"고용주라는 것을 방패로 육체관계를 강요하면 법에 저촉되지만 유감스럽게도 그런 짓을 하는 고용주도 있습니다. 고용당하는 입장에서는 주의해야 하는 점 중의 하나죠."

전생에도 성희롱이 있긴 했지만 이런 건 세계가 바뀌어도 변하지 않는 건가…….

"우리 가게는 직원을 소중히 여기는 건전한 경영을 목표로 하고 있으니 잘 부탁드립니다."

내가 그렇게 말하자 모두 웃는 얼굴로 앞으로도 잘 부탁한다고 말해주었다.

손님이 끊임없이 밀려드는 지금, 정기 휴일을 만드는 건 아깝다고 해서 일주일에 한 번씩 교대로 쉬기로 했다.

*자전거 조업: 만성적으로 자기 자본이 부족하기 때문에 타인의 자본을 잇달아 거두어들이며 가까스로 계속하는 영업을 비유적으로 이르는 말.

그런 이야기를 나누며 셀마 씨가 만든 저녁을 먹은 후, 9시가 다 된 것을 보고 모두에게 인사를 하고 가게를 나섰다. 또 밤이 늦어져서 혼날지도 모르겠다…….

■ ■ ■

숙소에 도착하자 다른 사람들은 이미 돌아와 있었다.

차를 마시면서 이야기를 들어보니 오늘은 모두 관청에서 접대를 받았다고 한다. 새로운 책임자가 도착해서 이런저런 불상사를 일으킨 관청 직원들 중 남아 있는 사람들이 잘 보이려고 했다는데 그런 아부가 통할 리 없다.

화려하게 환영회라고 적힌 현수막 옆에서 진상조사회를 열고 있는 이미지가 떠오른다.

그리고 실제로 그것과 비슷한 상황이 펼쳐졌다고…….

이야기를 들려준 라인바흐 님과 세바스 씨 외의 사람들은 이미 잠들었다고 한다.

오늘은 오래 있으면 폐가 될 것 같으니 그만 방으로 돌아가자.

{2장 34화} 우연히 얻은 진귀한 것

다음 날.

"으, 으으…… 아, 아야…… 머리가……."

어젯밤 만나지 못한 아가씨와 다른 분들을 보려고 방으로 찾아가니 라인하르트 씨가 숙취로 고생하고 있었다.

"어머, 료마 군, 잘 잤니?"

"모두 잘 주무셨어요?"

"료마 군……."

"힘들어 보이시네요. 제가 약이라도 조제해 드릴까요?"

"……이렇게 된 거, 부탁해도 될까……?"

워프를 이용해 마을에 있는 가게를 돌아다니며 숙취에 잘 듣는 약재와 같이 먹어도 괜찮은 과일을 구입해서 숙소로 돌아온다.

"자, 이걸 드세요. 그리고 수분을 충분히 섭취하시는 것이 좋아요."

감을 팔고 있으면 좋을 텐데……. 아니면 바지락 된장국. 이 세계에는 전이자가 많으니까 어딘가에 있지 않을까? 다음에 한 번 찾아볼까.

"아…… 고맙다……. 잘 먹으마……."

"과음은 삼가시는 게 좋습니다."

"면목 없군……. 어제는…… 으으…… 아얏……."

괴로워하는 라인하르트 씨에게 들은 바로는…… 물에 빠진 사람이 어쩌고 하는 말처럼, 어제 연회에서 관청 직원은 어떻게든 잘 보이려고 라인바흐 님과 라인하르트 씨는 물론이고 공작부인과 아가씨에게까지 술과 화려한 음식을 계속 권하며 아부를 떨었다고 한다.

공작부인은 괜찮지만 아가씨는 아직 그런 자리에 익숙하지 않다 보니 라인하르트 씨가 아가씨 대신 상대해주느라 술을 많이 마시게 되었다고 했다.

이야기를 듣자 조금 불안해졌다. 아가씨, 그래도 괜찮을까? 어른이 되면 그런 기회가 더 많이 생길 텐데. 난 테큐 님의 가호 덕분에 숙취도 만취도 없어서 조금은 안심이지만……. 이 몸이 어디까지 마실 수 있는지는 아직 모르지만 일단 전생에서의 경험도 있고.

나도 얼마나 마실 수 있는지 한 번 확인해둬야 하나?

그런 생각을 하면서 라인하르트 씨가 약과 주스를 마시는 걸 다 보고 난 후 숙소를 나섰다.

■ ■ ■

오늘은 조금 늦었지만 가게에 얼굴을 비추고 간단한 확인을 한 다음 가게를 나왔다.

문제가 없는 것 같아 다행이다.

마음을 다잡고 이번에는 폐갱으로.

시험해보고 싶은 게 있어서 도중에 슬라임도 포획할 생각이다.

이왕 하는 거 약초 채취라도 같이 할까.

"안녕하세요, 메이리 씨."

"어머, 료마 군, 오늘은 길드 일?"

"네, 이제 가게는 직원들에게 다 맡길 수 있게 되었거든요."

"자기 가게를 가지고 사람을 고용하다니, 그 나이에 엄청나게 성공한 거야."

"운이 좋았던 것뿐이에요."

"정말 그럴까? 아 참, 이건 의뢰는 아니지만 료마 군에게는 좋은 이야기일지도 모르겠네."

좋은 이야기?

"실은 다른 마을에서 온 5인조 모험가들이 있는데 그 팀이 상위종 슬라임을 포획해서 들고 왔지 뭐야."

뭐라고요?!

"그 이야기, 자세히 좀 들려주세요."

"희소한 마수를 잡거나 출몰한 정보를 얻은 경우, 테이머 길드에 팔면 돈이 제법 되거든. 그래서 그 팀은 우연히 발견한 그 슬라임을 테이머 길드에서 팔려고 한 거야. 슬라임이라도 상위종은 얼마 안 되니까. 하지만 결국 매입은 거부당했어.

료마 군의 힐 슬라임처럼 마법을 사용할 수 있는 종류라면 상위종 중에서도 귀중하고 사용할 곳도 있기 때문에 고가에 매입해주지만…… 그들이 가져온 건 그런 게 아니었어. 아직 젊어서 사전 정보 수집에 실수가 있었던 것 같아. 슬라임이라도 상위종이라면 고가에 팔 수 있는 것 아니었어? 이렇게 말하며 상당히 낙담했다고 해."

"즉 돈에 따라 그 팀에게서 희귀 슬라임을 살 수 있는 건가요?"

"맞아. 가지고 싶니?"

"당연히 가지고 싶죠. 그 팀이 있는 곳을 알 수 있나요?"

"마을 동쪽에 있는 혈웅정이라는 싸구려 여관에 있을 거야. 팀의 이름은 시쿰의 선창이라고 하면 아마 만날 수 있을 거야."

"감사합니다. 얼른 다녀올게요."

즉시 길드를 뛰쳐나가 혈웅정으로 향한다.

예정? 변경!

■ ■ ■

"……여기?"

혈웅정은 금방 찾았지만…… 외관이 너무 낡았다. 이게 뭐야, 폐허?

일단 안으로 들어가자 카운터에 아저씨가 앉아있었다.

"어서 오게, 손님인가?"

"여기 묵고 있는 시쿰의 선창이라는 모험자 팀에 볼 일이 있는데 지금 있나요?"

"있지."

그러면서 오른쪽에 있는 문을 가리켰다.

"저쪽은 식당 겸 술집으로 되어 있는데 저쪽에서 밥을 먹고 있지. 한 명은 대낮부터 술을 마시면서 푸념이나 늘어놓고 있으니 조심하도록 해."

"감사합니다."

무뚝뚝하지만 좋은 사람이었다. 문을 열고 식당으로 들어간다. 손님은 5명밖에 없어서 그들이 그 파티라는 것을 금방 알 수 있었다. 5명은 모두 10대 후반 정도로 보였다.

"실례합니다. 여러분이 시쿰의 선창이라는 팀 멤버들인가요?"

내가 말을 걸자 그들의 시선이 나를 향한다.

"응? 넌 누구지?"

"소개가 늦었군요. 전 료마 타케바야시라고 합니다. 종마술사이자 모험가로 일하고 있죠."

"앙? 너 같은 꼬마가 모험가라고?"

"그만해, 세인. 미안해, 이 녀석, 지금 기분이 별로라서……."

"사정은 들어서 알고 있습니다. 희소한 슬라임을 테이머 길드에 가지고 갔는데 매입해주지 않았다면서요."

"맞아, 그래서……."

"아앙?!! 뭐야, 넌! 싸움을 거는 거냐?!"

세인이라 불린 남자가 자리에서 일어나 나를 향해 걸어오기 전에 다른 멤버가 말린다.

"싸움을 거는 게 아니에요."

"뭐야? 그럼 바보 취급하는 거냐?! 이런 꼬맹이까지……. 제기랄!! 아아, 그래! 우린 바보다! 희소한 마수를 팔면 큰돈을 벌 수 있을 줄 알고 여기까지 왔는데 결국 팔지도 못하고 손해만 봤다고!! 그런데 왜 너 같은 놈에게까지 바보 취급당해야 하는 거지?!"

세인은 그렇게 외치더니 그 자리에서 울음을 터뜨렸다. 완전히 취했군. 피해망상도 심하고.

"세인."

"진정 좀 해."

"난 세인을 방으로 데리고 갈게. 이런 상태에서는 이야기도 제대로 못하니까."

"나도 같이 갈게."

세인이라는 남자는 다른 이름을 모르는 두 사람의 손에 이끌려 방으로 돌아갔다.

"다시 소개하지. 우린 시쿰의 선창, 난 리더인 신이다."

"난 카이. 방금 전엔 세인 때문에 미안했어."

"아뇨, 괜찮습니다."

"그렇게 말해주니 고맙군. 그나저나 무슨 용건으로 우리를 찾아온 거지?"

맞다, 중요한 거 그거지! 주정뱅이가 있든 말든 상관없다!

"네. 조금 전에 말한 팔지 못한 슬라임을 제가 살까 싶어서요."

"그 슬라임을?"

"그야 사주면 고맙지만 왜지? 테이머 길드에 있던 사람들이 얼마나 우리를 비웃었는데."

"전 슬라임을 모으고 있거든요. 그리고 슬라임에 대해 연구하고 있어요. 그래서 희소한 슬라임이 있다면 꼭 손에 넣고 싶습니다."

"참 드문 일이네. 카이가 말한 대로 사주면 우리야 고맙지만."

"팔아주시는 건가요? 얼마죠?"

"보자……. 그냥 네가 정해줘. 테이머 길드에서는 아무 가치도 없다고 해서 값을 매기기가 영 어렵네."

"네가 지불하겠다는 금액이라도 우린 전혀 손해 없어. 네가 사겠다고 오지 않았으면 내일이라도 처리할 생각이었으니까."

"그렇습니까, 그럼 그 슬라임을 좀 볼 수 있을까요? 제가 기르고 있는 슬라임이라면 싸게, 기르고 있지 않은 슬라임이라면 비싸게 구입하겠습니다."

"좋아."

"지금 가져올 테니 기다리고 있어."

그렇게 말하고 카이 씨가 자리에서 일어나더니 3분 정도 후에 돌로 된 상자를 들고 왔다.

"이 안에 슬라임이 있다. 조심해서 보도록 해."

"실례하겠습니다."

주의하면서 뚜껑을 열고 안에 든 슬라임을 본다.

그 슬라임은 검붉은 색에 일반적인 슬라임보다 질척거리는 액체에 가까운 몸을 가지고 있었다. 그것을 확인하고서 뚜껑을 닫았다.

"어때?"

"제가 기르고 있지 않는 슬라임이네요. 비싼 가격에 사도록 하겠습니다……. 실례지만 여기까지 오는 데 비용은 얼마나 사용하셨나요?"

"5명이서 5,000수트 정도 되지. 지출은 최대한 억제한다고 했지만 그래도 이 정도는 안 쓸 수가 없으니까."

그 말을 듣자 아이템 박스에서 소금화 2닢을 꺼낸다.

"그럼 돌아가시는 비용까지 포함한 여비로 10,000. 슬라임의 대가로 역시 10,000 수트를 드리겠습니다."

그 말에 당황하기 시작하는 두 사람.

"진짜냐?! 전부 20,000이라고."

"슬라임 1마리에 소금화 2닢……. 그렇게 많이 지불해도 돼?"

"괜찮습니다. 새로운 슬라임을 손에 넣을 수 있게 된 건 모두 여러분 덕분이니까요."

"그, 그러냐……. 난 불만 없는데, 너도 없지?"

"있을 리가 있겠냐."

"그럼 받아주세요."

신 씨가 머뭇거리며 내민 손에 대금을 올려놓는다.

"정확히 받았다."

"그럼 이 슬라임은 제가 가져가겠습니다. 감사합니다."

"우리가 더 고맙지."

"이것으로 당분간 돈 걱정은 없겠군. 세인도 진정하겠지."

왠지 그 사람의 마음도 알 것 같군……. 돈이 없으면 괜히 불안해지는 때도 있다. 나도 그런 시절이 있었다.

그러고 보니 이제 곧 돈을 많이 벌 수 있는 의뢰가 있을 거라고 했지?

“돈을 벌고 싶으면 한동안 이 마을에 머무르는 것도 괜찮을 것 같아요. 매년 이 계절에는 마을과 가까운 늪에 어떤 마물이 대량으로 발생한다는데 듣자하니 그 마물이 약의 재료로 비싸게 팔린다고 하더라고요. 늪의 악취만 참으면 수입은 상당한 일이라고 들었습니다.”

“정말이냐?”

“네, 길드에 가서 확인해보세요. 발생 시기에 대해선 자세히 모르지만 조만간 일어날 것 같습니다.”

“고맙다!”

“좋은 정보 고마워. 뭔가 사례를 하고 싶은데.”

사례 같은 건 필요 없는데……. 그래, 이왕 이렇게 된 거 가게 홍보나 해볼까.

“그럼 다음에 우리 가게에 손님으로 와주세요. 전 부업으로 세탁 대행 업자를 하고 있거든요. 뭐, 이젠 부업의 규모를 넘어섰지만요.”

“세탁 대행?”

“네. 가게에서 팔고 있는 주머니 하나에 들어가는 양의 옷이라면 몇 벌이든 중동화 1닢에 세탁해드립니다. 게다가 모험자 분에게는 중동화 1닢과 소동화 5닢으로 갑옷과 장비를 세척해드리는 서비스도 있답니다.”

"그런 가게가 있었구나."
"알았다. 가격도 싸니 한번 가보지."
"감사합니다. 장소는 마을 동쪽에 있는 주택가 바로 앞입니다. 모험가 분들도 많이 오시니까 혹시라도 길을 모르겠으면 물어보면 금방 알 수 있을 거예요."
"꼭 가도록 하지."
"잘 부탁드립니다."
그런 다음 서둘러 광산으로 향한다.
주위에 신경 쓰지 않아도 되고, 슬라임을 연구하기에는 최적의 장소다.

■ ■ ■

광산에 도착. 이왕 온 거, 방수천 가공도 하자. 일단 오늘은 50필이다.
그 외에 해야 할 일, 할 수 있는 일을 끝내고 나서 마침내 계약에 들어간다.
돌로 된 상자의 뚜껑을 살짝 열어 안에 든 슬라임을 응시하며 종마 계약의 마법을 외웠다.
액체 형태의 몸이 한순간 격렬하게 물결치더니 서서히 잦아든다. 역시 계약 성공!
마물 감정을 해보니,

블러디 슬라임
스킬
흡혈(4) 소취(3) 질병내성(3) 독내성(1) 의사(擬死) (10) 소화(2) 흡수(4) 분열(1)

블러디 슬라임인가. 흡혈이라는 스킬을 가지고 있고 식사는 아마도 피겠군.

소취와 질병내성, 게다가 레벨이 낮긴 하지만 독내성 스킬도 있다. 이 의사라는 스킬은 뭐지? 죽은 척? ……뭐, 이건 천천히 알아봐도 된다.

문제는 먹이다. 먹이가 피라면 어떻게 해야 하나…….

"적당한 짐승이나 마물을 사냥해 올까."

슬라임들에게는 멀리 가지만 않으면 마음대로 하고 있어도 된다는 지시를 내리고 블러디 슬라임을 데리고 사냥을 간다.

그러자 수십 마리의 슬라임들은 훈련용 봉과 창을 꺼내들고 자발적으로 훈련을 시작했다.

호신용으로 둔 것뿐인데 열심히 하는 녀석들이 있구나……. 몇 마리가 한데 뭉쳐서 내가 가르쳐준 봉술과 창술, 체술의 기본 동작을 일사분란하게 반복 연습하고 있고 두 마리가 한 조가 되어 상대를 상대하거나 시합을 하는 녀석들도 점점 움직임이 좋아지고 있다.

좋은 일이긴 한데 이건 일반적인 행동은 아니겠지…….

의아하게 생각하며 사냥감을 찾아다니자 뿔이 달린 토끼, 혼 래빗을 발견했다.

아이템 박스에서 꺼낸 활과 화살로 단번에 토끼를 잡아 블러디 슬라임에게 먹어도 된다고 말하자 피가 흐르는 것처럼 혼 래빗을 향해 스르륵 다가가 상처에서 나오는 피를 빨기 시작했다.

상처를 통해 피를 빨아 마시는 건가. 지구에도 모기나 벼룩처럼 피를 마시는 생물은 있지만……. 그러고 보니 피를 마시는 새도 있었지. 그것과 비슷한 느낌인가……?!

블러디 슬라임의 행동을 관찰하며 생태를 예상하고 있자 보통 슬라임보다 액체에 가까운 몸에서 끈기가 사라지더니 혼 래빗의 체내로 사라졌다.

“상처를 통해 안으로 들어간 건가?”

이건 예상 밖의 일이었다.

블러디 슬라임의 몸은 다른 종류의 슬라임에 비해 점도가 거의 없다 보니 끈적거리지 않고 보슬보슬한 느낌의 액체로 변할 수 있는 것 같다. 그렇게 해서 다른 생물의 혈관 안으로 들어가 몸속의 피를 빨아 마시는 모양이다.

“이건…… 지금까지의 슬라임과는 또 성질이 다르군. 이런 슬라임도 있구나.”

내가 블러디 슬라임의 행동을 보고 놀라고 있자 흡혈이 다 끝났는지 혼 래빗의 몸에서 블러디 슬라임이 빠져나왔다. ……몸의 색이 검붉은 색이다 보니 피가 뿜어져 나오는 것 같아서 조금 섬뜩하다.

블러디 슬라임이 완전히 다 나온 것을 확인하고 혼 래빗의 사

체를 감정한다.
상태는 어떻지?

혼 래빗의 사체
뼈, 고기, 가죽을 얻을 수 있다.
목에 화살을 쏴서 일격에 처리했기 때문에 뿔과 가죽에 상처가 적어서 고품질.
죽자마자 신속하면서도 완벽하게 피가 제거되었기 때문에 냄새가 현저히 줄어들었고 고기는 최고품질.

뿔과 가죽은 알겠는데 피를 뺀 고기라고? 블러디 슬라임의 흡혈 행위겠지만 질병 같은 건 없겠지?
한 번 더 감정해서 알아보니 질병은 없고 안전한 것 같다.
"모험가나 사냥꾼에게는 굉장히 편리하지 않아?"
광산으로 돌아가 혼 래빗의 사체를 해체해서 고기를 구워 먹어 보니 정말 잡내가 나지 않고 맛있었다. 냄새 문제는 소취 스킬도 관계되어 있을지 모른다. 처음 보는 슬라임인데 편리한 능력을 가지고 있다니, 역시 사길 잘 했다.
그렇지만 의도적으로 블러디 슬라임으로 진화시키려면 대량의 피가 필요할 것이다.
"실험을 하려면 아무래도 피가 대량으로……. 그렇다고 이 근방에 있는 짐승과 마수들을 대량으로 사냥하고 다닐 수도 없는 일이고……."

슬라임을 총동원하면 그럭저럭 모을 수 있겠지만 생태계가 파괴될지도 모르고 다른 모험가들의 일감을 빼앗는 셈이 된다.

"맞다! 지크 씨에게 말해보자."

지구에서는 동물의 피를 식재료로 삼는 요리도 있지만 이 세계에서는 그렇지 않다.

왜냐하면 혈액에는 그 생물의 마력이 함유되어 있어서 피를 마신 인간은 그 마력을 체내로 흡수하게 된다. 이에 따라 마력 멀미라 불리는 마력 과다증에 걸리기 때문이다.

이는 마력 결핍증과 마찬가지로 특별히 치료할 필요는 없지만 가능한 한 피해야 된다고들 생각하고 있다.

지크 씨는 정육점 점주. 모험가가 들고 온 고기를 매입한다고 들었다. 만약 가게에서 피를 제거하는 작업을 하고 있다면 그 피를 받을 수 있을지도 모른다.

마을로 돌아가면 가보자.

그 후, 폐갱으로 돌아갈 때 슬라임을 포획한다는 걸 깜빡 잊고 있었던 게 생각나서 폐갱 안에서 슬라임 3마리를 포획, 계약에 성공. 천은 아직 마르지 않은 상태라서 그대로 실험에 들어가기로 했다.

{2장 35화} 먹이 준비

호흡을 가다듬고 3마리의 슬라임을 향해 마력을 방출한다.

슬라임은…… 몸을 떨면서 마력을 향해 달려들었다. 전해져오는 감정은 기쁨.

얼핏 보면 그냥 슬라임이 떨고 있는 것처럼만 보이지만 마력 감지 스킬 덕분에 슬라임이 마력을 조금씩 흡수하고 있다는 것을 알 수 있었다.

"역시……."

어제 진화하는 슬라임이 몸에서 마력을 내보냈다가 다시 끌어들이는 것을 보고 마력과 슬라임에 대해 생각했다.

우선 힐 슬라임도 회복 **마법**을 사용하니까 마력을 가지고 있는 건 확실하다. 힐 슬라임으로 진화했을 때의 원인도 회복 마법이라는 게 내 생각이다.

그때는 불의 속성과 물의 속성을 가진 마법을 사용할 수 있는 슬라임도 있지 않을까? 이런 생각에 실험도 했다. 하지만 그때는 공격 마법으로 슬라임만 다치게 만든 결과로 끝났기 때문에 중단했는데 이번에는 어떨까?

각 속성의 마법을 사용할 수 있는 슬라임. 예전에는 회복 마법을 사용할 줄 아는 슬라임이 있으면 다른 마법을 사용할 수 있는 슬라임도 있을 거라고 예상했다. 그리고 그 예상은 어제 메이리 씨에게 들은 이야기로 확정되었다.

기존의 슬라임이라면 지금까지와 마찬가지로 식량으로 진화시킬 수 있는 가능성은 충분히 있다고 생각한다. 남은 건 슬라임이 마력을 식량으로 삼고 있는가 하는 건데…….

한 번 더 마력을 방출. 이번에는 화속성 마법을 사용하는 것처럼 마력이 가스처럼 불타는 이미지를 가지고. 이미지는 사람에 따라 다르다고 들었지만 이렇게 하면 인체에 갖춰진 무속성 마력을 화속성 마법에 쓰는 화속성 마력으로 변화시킬 수 있다.

이 변환은 속성 마법을 사용하기 위해서는 반드시 필요한 기능. 하지만 보통은 변환과 동시에 마법으로서 방출되기 때문에 마법이 되기 직전에 멈춰서 속성을 바꾼 마력의 상태로 방출하는 건 처음이다.

"마법을 사용하는 것보다 더 집중이 필요한 작업이네……."

익숙하지 않아서 그런 거겠지만…….

"무속성은 별로야?"

그대로(무속성) 마력을 방출해보니 아까보다 흡수량이 적어진 것 같다.

다른 속성으로 바꿔서 시험해보니 3마리 중 2마리가 토속성, 남은 1마리가 암속성 마력을 가장 많이 흡수한다는 것을 알 수 있었다.

개체에 따라 마력의 속성에 대한 기호도 다른 모양이다.

마력에 맛이라는 게 있는 건가?

일단 슬라임은 좋아하고 있으니 앞으로도 계속 해보자.

그리고 천이 마를 동안 마력이 고갈되기 직전까지 마력을 주고 휴식을 취한 다음 건조된 방수천을 회수. 마을로 돌아가 지크 씨의 정육점으로 향했다.

■ ■ ■

"어서 옵쇼! 오늘은 어떤 고기를 찾으십니까?"

정육점에서 나를 맞이한 건 10대 남자아이. 대략…… 14세, 15세 정도 되어 보인다.

"죄송합니다만 점장인 지크 씨에게 드릴 말씀이 있어서 왔는데 잠깐 뵐 수 있을까요?"

"그러시군요. 점장님! 점장님, 손님이에요!"

그러자 안쪽에 있는 작업장에서 피로 얼룩진 옷을 입은 지크 씨가 나왔다.

창백한 피부, 병약하게 마른 몸, 피로 얼룩진 옷…… 일하는 중인 지크 씨의 모습은 워건 씨와 다른 방향으로 무섭구나…….

"료마 군이 어쩐 일로 다 왔지? 무슨 일이라도 있나?"

"네, 실은……."

사정을 이야기하고 부탁해본다.

"……음, 그런 슬라임이 있단 말이지. 좋아, 지금 당장 필요한가? 오늘은 젊은 모험가가 대량으로 사냥을 해 왔는지 아주 많이 있어."

“감사히 받겠습니다.”

그대로 작업장으로 함께 들어갔다. 안에서는 5명의 남자들이 일하고 있었고 작업장 벽가에는 천장의 커다란 대들보에 달린 수많은 고리와 끈에 피가 떨어지는 짐승이 매달려 있었다.

“이쪽이다.”

안내 받아 간 곳은 그 짐승의 아래. 커다란 용기가 2개 있고 그 안에는 피가 고여 있었다. 용기는 방의 길이와 거의 동일하다.

“감사합니다. 이대로 먹여도 괜찮나요?”

“괜찮고말고.”

허락이 떨어지자 블러디 슬라임을 용기 안에 넣는다. 그러자 블러디 슬라임은 순식간에 피를 빨아들여서 용기 안에 든 피를 다 마셔버리고 말았다.

“호오…… 이거 꽤 편리하네.”

“지크 씨도 그렇게 생각하세요?”

“피를 빼내고 나면 피를 퍼내서 버리는 작업도 해야 되거든. 가뜩이나 꼼꼼하게 씻어야 하는데…… 용기가 커서 그만큼 무겁고 힘들기도 하지.”

“특히 큰 게 오거나 오늘처럼 대량으로 피를 빼는 작업을 해야 하는 경우는 손이 많이 가서 귀찮아.”

“그렇군요.”

옆에 있던 종업원까지 손이 많이 가는 작업, 그렇지만 하지 않으면 안 되는 작업이라고 말하기 시작한다.

그런데 피를 이용한 요리는 없느냐고 물어봤지만,

"피를 식재료로? 난 모르겠는데."

"피는 버리는 게 상식 아닌가?"

"먹을 수 있다면 버리는 게 아깝긴 하지만……."

"피의 마력은 방치해두면 빠진다고 들은 적이 있어. 하지만 그렇게 빠져봤자 썩거나 말라서 그건 그것대로 먹을 수가 없지."

마력이 함유된 혈액은 거추장스러운 폐기물에 지나지 않는다고 한다.

그 후, 지크 씨와 직원들은 앞으로도 피가 필요하면 언제든지 오라는 말은 물론이고 팔고 남아 상태가 좋지 않은 고기와 뼈 같은 것도 주겠다고 했다. 어차피 쓰레기가 될 것이니 상관없다며 흔쾌히 내주었다. 이로써 스캐빈저와 애시드 슬라임의 먹이도 구했다.

"감사합니다!"

생각보다 더 많은 이익을 거두자 기분이 좋아져서 지크 씨에게 감사 인사를 전하며 가게를 나왔다.

그런데…….

"빨리빨리 걸어!"

"아프잖아!"

"어이, 뭘 봐, 이 자식들아!"

"구경이라도 났냐?"

"닥치고 걷기나 해!!"

우리 가게에서 몇 명, 질이 나빠 보이는 남자들이 경비대에 연행되어 나오고 있었다.

무슨 일이 있었나?!

서둘러 가게 안으로 들어가자 직원들이 다 모여 있었다.

"여러분, 괜찮으세요?!"

"앗, 점장님!"

"경비대에게 연행되어 가는 남자들이 우리 가게에서 나오는 것을 보고……. 그보다 다들 다친 곳은요?"

"괜찮아요~, 아무도 다치지 않았어요~."

"페이 씨가 혼자가 제압하셨거든요!"

"그러셨군요. 정말 감사합니다, 페이 씨."

"신경 쓰지 마라해. 이것도 내 일이다."

"오늘 정말 감사했습니다. 페이 씨와 리링 씨는 물론이고 미리 이 2분을 고용해주신 료마 님 덕분에 가게와 직원들, 그리고 손님들에게도 아무 피해가 없었어요."

"아뇨, 전 아무것도 하지 않았는걸요."

난 일이 완전히 끝나고 와서 왔다.

잠깐 생각에 빠져있자 리링 씨가 나를 불렀다.

"점주, 할 이야기가 있어. 앞으로의 일을 위해 대책, 세울 필요가 있어."

그래서 난 페이 씨와 3인조 소녀에게 가게를 맡기고 믿음직한 쌍둥이까지 데리고 집무실로.

"대책이라고 했지만 현재로선 큰 문제는 없어. 나나 아버지가 가게에 있으면 문제없거든. 불량배 정도는 혼자서도 충분. 그런데 점주에게 한 가지 묻고 싶은 게 있어. 점주, 다른 사람에게 원한을 살 만한 일이 있어?"

"다른 사람에게 원한을 살 만한 일?"

"그 불량배들, 누군가에게 고용되었다고 했다. 제압해서 경비대가 오기 전까지 가지고 있던 자백제로 알아낸 거니까 확실해."

"누군가에게 고용되었어?"

그러고 보니…….

"예전에 아이들을 협박해서 돈을 뜯어내려던 불량 모험가 집단을 흠씬 두들겨 패준 적이 있긴 한데……."

여기 오기 전까지는 숲에 틀어 박혀 있었고 그 전에는 이세계에 있었다. 마을로 나온 후에도 기본적으로 좋은 사람들 밖에 만나지 않았고 다른 사람에게 싸움을 건 적도 없다. 분쟁을 일으킨 것도 정말 그때 밖에 없다.

"아까 그 불량배, 큰돈을 받았다고 했다요. 의욕은 작았지만."

"작았다니?"

"근처에 있는 손님에게 시비를 걸거나 큰소리로 고함을 지르는 정도였습니다."

"그 모습을 보고 페이 씨가 주의를 주자 달려들어서 페이 씨가 제압했지만요."

가게를 부수거나 직원들에게 위해를 가하는 게 아니라 영업 방해가 목적이었던 것 같다.

"……역시 짐작 가는 건 전혀 없네요."

"질투인지도 몰라요. 다른 곳에서 볼 땐 갑자기 나타나서 급격

하게 이익을 올리고 있는 가게잖아요."

"그런 치들은 어디에든 있습니다. 어쨌든 주의하도록 하죠."

"불량배가 뭔가 아는 게 있으면 좋겠지만 의뢰인도 들키지 않도록 조심하고 있는 것 같다요."

"매출이 올라가면 많든 적든 생기는 일입니다. 사전에 대비를 해서 그때마다 대처하는 수밖에 없어요."

이렇게 이야기가 진행되어 우선 카를라 씨와 카룸 씨가 세르쥬 씨와 상업 길드의 길드 마스터에게 오늘 있었던 일을 보고, 내가 공작가 사람들에게 오늘 일을 이야기하기로 했다.

그리고 앞으로 기본적으로 낮에는 페이 씨와 리링 씨에게 가게 경비를 맡기고 야간에는 슬라임들을 가게와 부지 안에 풀어두기로 결정했다.

그리고 숙소로 돌아가 라인하르트 씨에게 이야기했더니…… 공작가의 연줄을 이용해 가게 경비원을 고용하겠다는 등, 일이 꽤 커질 뻔 했다.

즉시 고용할 수 있는 것을 전제로 이야기가 나온 사람들은 모두 전직 군인이나 기사. 퇴역하거나 부상을 입고 사직한 실력자들을 소개해주겠다고 했지만 하나같이 우리 가게에서 일하기엔 과분했다.

참고로 소개해준 사람들 중에 가장 뛰어난 실력을 가진 사람은 퇴역해서 은거 중인 전직 기사단장. 라인바흐 님의 전우라고 하는데…… 감히 어떻게 그런 분을 고용할 수 있겠습니까!!

꽤 오랜 시간 교섭한 후, 일단 지금은 조용히 지켜보는 선에서 끝내주기로 하셨다.

그러고 보니 깜빡 잊고 있었는데 자백제라니……. 페이 씨와 리링 씨, 그런 것까지 가지고 있었나……. 뭐, 마음 든든하긴 하다만.

오늘은 그만 자자.

{2장 36화} 종마술

다음 날.

"료마 씨, 일어나셨어요?"

아침부터 아가씨가 내 방을 찾아왔다. 세바스 씨도 함께다.

"무슨 일이신가요?"

"오늘은 종마술을 배우는 날인데 료마 씨도 같이 하시는 게 어떨까 해서요."

종마술이라……. 그러고 보니 내가 지금 사용하는 건 종마 계약과 마수 감정, 그리고 계약 해제……. 그 외에도 마법은 있겠지? 지금이라면 시간도 있다.

그렇지만 어제 불량배 문제도 있고…….

그런 생각을 하고 있자 세바스 씨가 가까이 다가와 귓속말을 했다.

"갑작스러운 이야기이지만 최근엔 료마 님도 시간을 만드실 수 있다고 들었습니다. 휴식을 취한다 생각하시고 엘리아 아가씨와 함께 어울려주시지 않겠습니까? 료마 님과 이 마을에서 헤어지게 되어서 아가씨도 가능한 한 함께 있을 수 있는 시간을 만들고 싶어 하고 계신답니다. 가게에는 오늘 하루 사람을 붙여

두겠습니다.”

아~…… 그러고 보니 자립하기로 결정하고 나서는 줄곧 생활비 확보와 가게 일에 집중하느라 아가씨와 함께 있는 시간은 여행 때보다 더 짧아졌구나.

마법 훈련을 할 때도 같이 할 수 있다며 기뻐했었고……. 아마 친구가 생겨서 기뻤던 것이리라.

……좀 미안하네…….

“알겠습니다. 저도 같이 배울 수 있을까요?”

“정말이에요?!”

그렇게 말하며 눈부시게 환한 미소를 짓는 아가씨.

왠지 죄책감이…… 라고 할까, 듣기 전까지 눈치 채지 못한 내가 나쁜 놈이지…….

‘가게에 들러서 이야기하자 모두 웃는 얼굴로 가게는 걱정하지 말고 맡겨주세요!’라고 말해주었다.

어제 그런 일이 있었는데도 불평 한마디 하지 않다니……. 옛날 직장이라면 비난이 쏟아졌을 텐데 참 좋은 사람들이다. 정말 이 사람들을 고용하길 잘한 것 같다.

■ ■ ■

그리고 도착한 곳은 이미 꽤 익숙해진 폐갱 광장.

훈련은 이곳에서 하는 모양인지 공작부인이 나와 아가씨 앞으로 새장을 들고 왔다.

"자, 시작하자. 우선 종마술이란 뭘까? 엘리아."

"종마술이란 마수와 계약해서 그 마수의 힘을 빌리는 마법이에요. 종마 계약을 할 때, 술자와 마수 사이에 마력에 의한 연결이 생기고 그것을 통해 마수와 의사소통을 할 수 있게 되죠."

"맞아. 그리고 오늘 우리가 두 사람에게 가르쳐주는 건 그 연결을 이용한 **감각 공유** 마법이야. 이름 그대로 술자와 종마의 감각을 공유해서 정보를 얻거나 종마에게 술자의 위기를 알리기도 하는 마법이지."

"이건 소환술로는 하지 못하는 종마술의 특징적인 마법이야."

그런가?

"왜 소환술로는 못하는 거죠?"

"보통 소환술의 계약은 마법의 힘을 이용해 억지로 마수를 복종시키는 거야. 유대가 있더라도 일방적이지."

그렇구나……. 소환술에 대해서는 잘 몰랐다.

"그렇군요, 이제 이해가 되네요."

"감각 공유를 잘 사용하기 위해서는 숙달된 기술이 필요하단다. 오랜 시간 서로 돕고 깊이 이해하고 있는 종마일수록 편하고 확실하게 감각을 공유할 수 있다고도 하지. 그럼 오늘 두 사람은 준비해둔 마수와 계약을 맺어서 훈련을 하도록 할까."

"왜 일부러 새로 계약을? 슬라임으로는 안 되나요?"

"물론 슬라임과도 감각 공유는 할 수 있지만 효과를 알기 어렵고 의미가 없잖니."

"슬라임에게는 눈과 귀, 코도 없으니까. 감각을 공유할 수 있더라도 시각, 청각, 후각, 그리고 미각도 공유할 수 없지. 어떻게 주위 상황을 인식하고 있는지도 모르고.”

확실히 효과를 알기 힘들 것 같긴 하다.

“납득이 가네요.”

그리고 나와 엘리아는 새장 안에 있는 비둘기처럼 생긴 마수, 크루 버드와 계약을 맺기로 했다.

그러고 보니 슬라임 이외의 마수와 계약을 하는 건 처음이다!

그 사실을 깨닫고 좀 긴장하긴 했지만 계약은 무사히 끝났다.

“계약은 성공했지? 그럼 자신과 종마 사이에 연결고리가 생겼다는 사실을 의식하고 그것을 통해 종마가 보고 있는 광경을 보고 있는 모습을 상상해보렴. 그러면 감각 공유는 주문을 외울 필요도 없이 사용할 수 있을 거야.”

난 일본의 전자 제품 가게에 있는 카메라와 연결된 TV를 상상했다. 그러자 곧장 머릿속으로 영상이 흘러들어…… 오긴 했는데…….

“……왠지, 기분이 이상해요…….”

자신의 시야와 종마의 시야가 동시에 머릿속으로 들어온다. 표현하기 어렵지만 두 개의 다른 TV 화면을 강제로 동시에 보면서 억지로 상황을 인식하게 만드는 느낌이라고 하면 될까? 별로 좋은 기분은 아니구나…….

“어머, 료마 군은 벌써 성공한 거니?”

“역시 대단하군. 이건 이미지를 잡지 못하는 사람이 꽤 많아서 좀체 습득하기 힘든 마법이란다.”

"어렵기 때문에 빨리 가르친 다음, 장기간 훈련시킬 생각이었는데……. 그 불쾌감은 감각 공유에 갓 성공한 종마술사라면 누구나 겪는 일이야. 훈련을 계속하면 익숙해지니까 열심히 노력해서 익숙해지도록 하렴. 처음엔 눈을 감고 종마의 시야에만 집중하도록 해봐."

익숙해지면 괜찮아진단 말이지……. 시키는 대로 눈을 감고 종마의 시야에 집중.

내가 계약한 크루 버드는 지면에 있다. 시야가 많이 낮긴 하지만 시야는 그것 하나뿐.

……음, 이 정도면 꽤 괜찮군.

그 후로 2시간 정도 훈련을 한 다음, 최종적으로 눈을 감은 상태이긴 하지만 감각 공유를 한 채로 크루 버드에게 하늘을 날도록 지시를 내리고 하늘에서 내려다 보는 영상을 보는 데도 성공했다. 이건 경계와 감시 등에 요긴하게 쓸 수 있을 것 같다.

그런 생각을 하는 사이, 아가씨도 감각 공유에 성공한 것 같다.

"이건…… 느낌이 이상해요……."

역시 위화감을 느끼고 있는 모양이다.

하지만 내 경우는 지구의 지식으로 사용할 수 있는 이미지가 있었기 때문에 가능했지만 아가씨는 아무것도 없는 상태에서 시작해서 오늘 중에 습득한 것이니 정말 대단하다.

둘 다 성공했기에 한 번 휴식을 취하기로 하자 메이드들이 차를 준비해준다.

"그건 그렇고 두 사람 다 이렇게 빨리 습득하다니."

"엘리아는 자밀 가의 핏줄이라 빨리 배울 거란 생각은 했지만 이 정도일 줄은 몰랐다. 게다가 료마 군도 감각 공유를 습득하는 데는 조금 애를 먹을 줄 알았는데."

"오히려 잘 됐지. 습득하는 속도가 빨라서 나쁠 건 없잖니. 이젠 훈련만 하면 돼."

"그 감각이 앞으로도 계속 되는 거군요……."

아무래도 아가씨는 눈을 감고 있어도 감각에 익숙해지는 건 쉽지 않을 것 같은 느낌이 드는 모양이다. 하긴 갑자기 시야가 뒤섞이니……. 난 TV를 보고 있는 느낌으로 하고 있기 때문에 괜찮지만 아가씨는 자신의 시야에서 하고 있는 것과 마찬가지니까……. 가르쳐주고 싶어도 TV를 모르는 아가씨에게는 어떻게 가르쳐주면 좋을지 모르겠다.

힘내세요, 아가씨.

그대로 대화를 나누고 있자 공작부인이 내게 이렇게 물었다.

"료마 군, 슬라임 이외의 마수와 계약한 느낌은 어떠니? 위화감은 없어? 연결고리가 약한 느낌 같은 건 없고?"

"아뇨, 딱히 그런 느낌은 없어요."

"그럼 료마 군은 조류계 마수와도 적성이 맞는 건가."

적성? 무슨 말이지?

"적성이라는 게 뭐죠?"

그 질문에 대답해준 사람은 라인하르트 씨였다.

"몰랐나? 종마술사와 소환술사에게는 각각 적성이 있는데 개인에 따라 어떤 마수와 궁합이 맞는지, 많은 마수와 계약할 수 있는지, 강력한 마수와 계약할 수 있는지에 대한 적합 여부가 있단다. 마법의 속성과 비슷하다고 보면 돼.

료마 군은 슬라임과 궁합이 잘 맞는 거겠지. 안 그러면 그렇게 많은 수의 슬라임과 계약을 맺진 못할 테니까."

"적성을 잘 파악해서 자신에게 맞는 종마를 아는 일도 종마술사에게는 필요하단다. 적성이라는 건 애매하기 때문에 스스로 찾아가는 수밖에 없지. 예를 들어 난 비늘을 가진 마수와 궁합이 좋아. 그리고 너무 많은 수의 종마와 계약하진 못하지만 한 마리, 한 마리의 힘이 아주 강력하지."

"난 사족보행을 하는 마수와 적성이 맞아. 단 그런 반면, 조류계 마수와는 전혀 적성이 맞지 않아서 계약조차 못하지."

"난……."

공작부인이 무언가를 중얼거리자 부인의 옆에 빛나는 은빛 털을 가진 커다란 늑대가 나타났다.

"?!"

난 화들짝 놀랐지만 다른 사람들은 아무렇지도 않게 그대로 앉아 있다. 부인도 괜찮다고 말하며 웃고 있다.

순간적으로 넣은 힘을 천천히 뺀다.

"놀라게 해서 미안하구나. 이 아이는 루오그. 내 종마인 리틀 펜리르란다."

펜리르……, 라면 전설에 나오는 녀석 아니야?!

"어머, 혹시 펜리르로 착각한 거니?"

"다른가요?"

“다르지. 펜리르는 신수이고 리틀 펜리르는 마수야. 리틀 펜리르는 빙마법을 조금 사용할 줄 아는 늑대형 마수. 강한 마수인 건 사실이지만 말이야.”

“그렇군요…….”

대단하다, 리틀 펜리르……. 그리고 그것을 완벽하게 길들인 부인도…….

리틀 펜리르는 부인이 쓰다듬어주자 그 발치에서 기분 좋게 누워 있다. 마치 개처럼.

“이 아이는 무리의 대장이고 난 이 아이와 똑같은 리틀 펜리르를 20마리, 그 외에도 종류가 다른 늑대형 마수를 100마리 정도 종마로 데리고 있어. 난 늑대 마수와 궁합이 좋은 편이거든.”

이런 리틀 펜리르가 20?!

내가 가진 슬라임의 수에는 미치지 못하지만 질적으로 너무 다르다. 리틀 펜리르가 나타났을 때의 위압감은 블랙 베어와는 수준 자체가 다르지만.

“엘리제는 종마술사로서 뛰어난 실력을 가지고 있거든. 리틀 펜리르라니, 보통은 그렇게 따르도록 길들이지 못한단 말이지. 옛날엔 이런 엘리제를 보고 얼마나 열등감에 시달렸는지.”

“어머, 그랬었나? 내게는 검이 있다! 라면서 그런 건 신경 쓰지도 않고 검술 실력만 갈고 닦았잖아. 게다가 종마술도 그리 재능이 없는 건 아니었다고 생각하는데?”

“……아버지나 너와 같이 있으면 평범한 종마술사는 압도적으로 볼품없어 보이지.”

"그렇지만 특별히 신경 쓰지도 않았지 않느냐. 애당초 넌 어렸을 때부터 종마술 훈련은 내팽개치고 검술 훈련에게만 빠져 있었지. 우리들 탓으로 돌리지 말거라."

라인바흐 님의 잔소리를 듣는 한편 루오그를 곁눈질하면서 생각한다.

이 리틀 펜리르 20마리와 늑대 마수 100마리를 거느린 공작부인. 그런 부인과 동일선상에 있는 라인바흐 님.

이 세계의 기준으로 이게 보통은 아니겠지? 우수하다고도 했었고.

그러자 아가씨가 말을 걸어왔다.

"료마 씨, 무슨 생각을 하고 계세요?"

"음……. 공작부인과 비등한 실력을 가지고 계신 라인바흐 님도 대단하신 분이구나 하는 생각을 했습니다."

가족이 칭찬을 받자 기쁜 걸까, 웃음을 짓는 엘리아. 하지만 공작부인이 옆에서 그런 내 말을 부정했다.

"료마 군, 조금 달라. 나보다 아버님이 훨씬 더 강하신 걸."

"정말이에요?"

"그래. 아버님의 종마는 수준 자체가 다르단다. 수는 채 20마리가 되지 않지만 모두 모험가 길드에서 토벌 의뢰를 내면 A랭크 이상이 되는 마수들이고 절반은 용종이니까."

"용?!"

지금까지 용을 본 적은 없지만 10마리 가까이 되는 용이 얼마나 위험한지는 알고 있다. 게다가 전부 다 A랭크 이상의 마수라니 한 사람이 가진 전력치고는 너무 과잉된 거 아닌가? ……라인바흐 님, 나보다 더 치트 아니십니까?

"음……. 용이 어쨌단 말이냐?"

내 말을 들은 라인바흐 님이 물었다.

"방금 라인바흐 님의 종마에 대한 이야기를 들었거든요. 용종의 마수를 몇 마리나 종마로 데리고 있다니, 정말 대단하세요."

"내 경우에는 운이 좋았지. 물론 적성이 있긴 했지만 처음 계약을 맺은 1마리가 너무 강해서 그 녀석을 따르는 용들까지 모두 내 종마가 된 거란다. 든든한 아군이긴 하지만 웬만한 일로는 불러내지도 못해. 주위에서 난리가 나거든."

그렇긴 하겠다…….

"게다가 우린 종마술의 개조인 시호 자밀 님에게는 한참 미치지 못한다. 시호 님은 모든 종마에 적성을 가지고 계셔서 아무리 강하고 계약을 맺기 어려운 마수라도 계약이 가능하셨다고 하니 말이야. 종마의 수도 제한이 없었다고 기록에 남아 있단다."

개조는 전생자이고 신의 치트를 가졌기 때문이다. 신들의 이야기에 따르면 좋은 사람이었던 모양이고.

내막을 알고 있는 나로서는 개조보다 라인바흐 님의 용들이 평소엔 어떻게 지내고 있는지 신경 쓰였다.

"그 시호란 분은 대단한 분이셨군요. ……그런데 라인바흐 님의 종마들은 평소엔 어떻게 지내고 있나요?"

"영지의 산 속에 살고 있다. 마수가 너무 강해서 위험한 산이지. 일단 아무도 접근하지 못하도록 하고 마수들 역시 마을로 내려

오지 못하도록 하면서 살고 있단다."

"루오그들도 다른 산에 살고 있어. 귀중한 약초를 캘 수 있는 산으로 밀렵꾼이 많아서 경비를 시키고 있지."

"그렇군요."

"종마술사는 강력한 마수를 가질수록 마땅히 거주할 곳을 찾기 힘들어지는 경향이 있으니까. 료마 군도 나중에 강력한 마수와 계약을 해서 살 곳이 없어지면 우리에게 의지하도록 해."

"감사합니다."

공간마법으로도 공간이 부족해지면 상담하기로 하자.

{2장 37화} 강제 휴일

휴식이 끝나고 훈련을 재개…… 할 줄 알았는데 오늘 훈련은 이것으로 끝이라고 했다.

"두 사람 다 이미 감각 공유를 사용하는 방법은 익혔으니까 남은 건 각자 시간을 들여 익숙해지는 것뿐이다. 료마 군은 여기서 엘리아의 연주라도 들으며 느긋하게 쉬고 있어. 딸 바보라고 생각할지 모르지만 우리 딸아이의 연주 솜씨는 수준급이거든."

"연주? 왜 갑자기요?"

무슨 일이지?

"저번에 리무르 버드에 대해 한 이야기, 기억하나요?"

"네, 여러분이 이 마을에 온 목적이잖아요."

"맞아요. 리무르 버드는 빨리 날고 풍마법도 사용할 줄 알죠. 그렇다 보니 산 채로 상처 없이 포획하는 게 매우 어려워서 여간해선 보기 힘들어요. 그렇지만 리무르 버드는 마수이기 때문에 계약을 맺을 수가 있어요!"

옳거니, 가능하면 계약도 할 생각인가. ……그런데 악기는 왜?

"연주와 관계가 있나요?"

"많이 있죠. 리무르 버드와의 계약에 연주는 필수불가결이거든요."

그런가? 이렇게 생각하고 있던 내게 세바스 씨가 보충 설명을 해준다.

"리무르 버드는 체내에 마력을 많이 가지고 있으며 높은 지성 또한 가지고 있지요. 그렇다 보니 일반적인 방식으로 계약을 하려고 하면 저항하기 일쑤여서 실패하고 맙니다.

하지만 리무르 버드에게는 아름다운 울음소리로 의사소통을 하고 동료를 판별하는 습성이 있어서 계약 전에 음악을 연주해서 녀석의 마음에 들면 계약을 받아준다고 합니다."

역시 이세계, 내가 가진 상식을 뛰어넘는 포획 방법이다! 연주를 통해 동료로 인정하게 만든다니…….

"그런 방법으로 계약을 맺는 거군요. 몰랐어요."

"성공률이 현저히 낮아서 의심스러운 이야기라고 생각하는 분도 계시지만 이것 말고 다른 방법으로 계약에 성공한 분이 있다는 이야기도 들어본 적은 없습니다. 제일 가능성 높은 방법이라 할 수 있죠."

"그래서 엘리아도 연주를 선보여서 계약을 시도하려는 거다. 오늘 오후에는 그 연습을 하는 거고."

"료마 씨는 거기서 들어주세요. 주무시거나 듣지 않으셔도 상관없지만 돌아가시면 안 돼요."

무슨 말이지? 잘 들어달라는 말이면 또 몰라도 듣지 않아도 되지만 돌아가진 말라니…….

그러다 문득 세바스 씨를 비롯한 다른 분들을 보자 모두 웃으며 나를 보고 있었다.

………………아, 설마!!

“눈치 챘느냐?”

“료마 군이 연일 너무 많이 일을 하니까 좀 쉬게 해주려고 그러는 거야.”

“마수 토벌에서 가게 만들기, 그리고 가게 직원을 새로 고용하고 그 동안 모험가 길드에서 의뢰도 받고, 게다가 이곳의 순찰과 방수천 만들기. 제대로 쉬지도 못했다고 들었다.

어제는 가게에 불량배까지 왔었다고 하니 그 일에 대한 대처 때문에 앞으로 더 바빠질 가능성도 있고. 그래서 그 전에 오늘 종마술 훈련을 구실로 잠깐 일에서 떼어놓은 거야.”

“료마 님의 업무량을 제가 아는 한 범위 안에서 관계자 분들에게 이야기했더니 모두 흔쾌히 승낙해주셨습니다.”

“언제 그런 일을…….”

전혀 눈치 채지 못했다.

“오늘은 우리가 단단히 망을 보고 있을 거야. 절대 일은 안 시킬 거야.”

“이런 식으로 쉬게 하면 마음이 편하지 않을 수도 있지만, 억지로라도 쉬게 하지 않으면 몸이 상할 우려가 있다고 생각했다네. 앞으로도 이런 식으로 일을 하면 억지로라도 우리 집으로 끌고 갈 생각이다.”

“걱정을 끼쳐서 죄송합니다.”

“네가 볼 때는 무리하는 게 아닐지도 모르지만 보통 사람이 네 작업량을 소화하다가는 반드시 몸이 상할 거다. 무리하고 있다는 자각이 없는 것뿐인지도 모르니 주의하도록 해."

"그러니 오늘 료마 씨는 억지로라도 쉬셔야 해요. 그럼 전 연주를 시작할게요."

평소와 달리 아가씨도 꽤 강제적이네. ……아니, 평소에도 그런가? ……천진난만하다는 게 맞을 것이다.

그렇게 생각하는 동안 아가씨는 세바스 씨에게 바이올린을 받아서 연주를 시작했다. 이 세계에도 바이올린이 있구나……. 어쩌면 전생자가 가져온 건지도 모른다.

쓸데없는 생각을 하며 들은 아가씨의 연주는 훌륭했다.

느긋한 곡조라 듣고 있으니 마음이 편해진다.

그리고 한 곡이 끝나자 내게 감상을 물었다.

"료마 씨, 제 연주, 어땠나요?"

"정말 훌륭했습니다."

진심이다. 나도 전생에서 다른 사람에게 받은 기타를 치긴 했지만 그렇게 잘 하진 못했다. 특별히 음악에 대한 지식이 있는 것도 아니지만 듣고 있으면 기분이 좋아지는 연주였다는 건 확실하다.

내 간단한 감상을 듣고도 아가씨는 기뻐했다. 그리고 다시 시작되는 연주.

연주를 들으며 의외로 사람을 잘 따르는 루오그와 슬라임들을 어루만지며 느긋하게 시간을 보낸다.

그러다 먹이 시간이 되어 새로 잡은 세 마리에게 마력을 흡수

시켜주자,

"엇?!"

1마리에게 변화가 일어났다.

"시작되었어!"

"무슨 일이죠?!"

"료마 군, 갑자기 왜 그래?"

"뭐가 시작되었다는 거냐?"

내 목소리에 아가씨가 연주를 멈추고 다른 사람들도 무슨 일인가 싶어 다가왔다.

"슬라임의 진화예요!"

그러자 내가 쓰다듬고 있던 슬라임에게 모두의 시선이 모인다. 그 슬라임은 아이언 슬라임이 진화할 때처럼 부들부들 떨던 것을 멈추고 마력의 방출과 흡수를 반복했다.

그와 동시에 색도 변해가는 모습에 모두 눈도 떼지 못하고 있었다.

이번에는…… 갈색으로 변했구나.

그리고 진화가 끝난다. 마수 감정을 해보니.

어스 슬라임

스킬

토마법(2) 토속성 내성(8) 토속성 마법 흡수(1) 점프(1) 소화(3) 흡수(3) 분열(1)

토마법! 실험 성공이다!!

"료마 씨, 무슨 일이에요?"

"어스 슬라임, 토마법을 사용할 수 있는 슬라임으로 진화했습니다."

"오! 이거 또 드문 슬라임이 되었군."

"료마 군, 어스 슬라임도 상당히 희귀한 슬라임이야. 도대체 어떻게 한 거니?"

그래서 할 수 없이 설명. 그리고 방법을 들은 아가씨와 공작부인이 시도해보지만.

"어째서 안 되는 거죠……?"

"의외로 어렵네……."

속성을 변화시킨 마력을 방출시킬 때 마법이 되거나 또는 무속성으로 돌아간다고 이야기한다.

아무래도 변화시킨 상태를 계속 유지하기 위해서는 마력 제어 능력이 뛰어나야만 하는 것 같다. 난 신경을 조금 쓰는 정도였지만 그건 계속 놀면서 마력 조작 스킬이 레벨 4로 올라갔기 때문이고 지금 두 사람에게는 무리라는 결론에 이르렀다.

그게 분했는지, 아가씨는 연주 연습을 그만두고 마법 제어 훈련을 시작했지만 결국 성공하지 못했다. 그리고 마지막에는 앞으로 마력 조작 스킬 습득을 목표로 하겠다고 했다. 아가씨의 눈은 도전하는 동안에도 내가 진화시킨 슬라임들에게 못 박혀 있었다…….

어쨌든 이것으로 어스 슬라임이 2마리, 그리고 또 1마리는 다크 슬라임으로 진화했다.

다크 슬라임
스킬
암속성(2) 암속성 내성(8) 암속성 마법 흡수(1) 점프(1) 소화(3) 흡수(3) 분열(1)

슬라임의 진화로 조금 놀라긴 했지만 내 마력의 고갈이 가까워지자 다시 느긋한 공기가 흐른다.
"……앗, 혼 래빗."
재개된 음악을 듣고 슬라임을 어루만지면서 크루 버드를 날려 보냈더니 혼 래빗 무리가 보였다.
고기……. 가게 사람들에게 답례로 가져갈까?
사냥을 하러 가겠다고 하자 라인하르트 씨와 아가씨 등, 다른 일행도 도와줘서 손쉽게 많은 양의 사냥감을 입수.
내가 활로 몇 마리를 잡고 스티키 슬라임과 라인하르트 씨가 대기하고 있는 곳으로 몰아간다. 그리고 포획과 회수만 하면 되는 간단한 작업. ……역시 인원수가 많으니까 사냥 하나를 하는데 드는 수고도 다르구나.
그런 생각을 하며 아가씨와 다른 사람들이 있는 곳으로 돌아가서 새장으로 돌아온 크루 버드와의 계약을 해제.
공작부인은 데리고 가도 된다고 했지만 정중하게 거절했다.
크루 버드의 시야가 없어도 특별히 곤란하진 않기 때문에 필요해지면 그때 내가 직접 잡고 싶다.

"그럼 슬슬 돌아갈까?"

……어느새 시간이 꽤 많이 지나 있었다.

어두워지기 전에 마을로 돌아가기 위해 탄 마차. 서두를 정도는 아니라 마차는 조용히, 딱 기분 좋을 정도로 흔들린다. 게다가 낮의 기분이 남아 있기 때문일까? 아니면 내가 생각했던 것보다 더 피로가 쌓여 있었기 때문일까? 그날은 결국 그대로 꾸벅꾸벅 졸다가 숙소에 도착하자마자 방으로 돌아가 잠들고 말았다.

{2장 38화} 고용을 위해

다음 날.

기분 좋게 잠에서 깨어난 나는 개점 전에 가게로 갔다.

"여러분, 좋은 아침입니다."

""좋은 아침이에요, 점장님.""

""""""좋은 아침입니다.""""""

"어제는 정말 감사했습니다. 덕분에 푹 쉴 수 있었어요."

"그러셨다니 다행입니다."

"무리해서 일하는 건 몸에 좋지 않으니 건강도 챙기시면서 일하세요."

"점주, 그거 일중독. 우리들, 점주의 업무량을 듣고 깜짝 놀랐다해."

"열흘 정도 만에 이 가게를 세웠다니, 말도 안 된다해. 나와 리링이라도 무리. 어린 나리에 그렇게 무리해서 일하면 나중에 일찍 죽는다해."

"주의하겠습니다."

"아무쪼록 부탁드립니다."

"점장님은 어른스러운 것 같아도~, 아직 어린아이이니까요~."

"어른이라도 무리하지 않으면 안 되는 일은 하면 안 되죠."

가게 사람들에게도 걱정을 끼쳤구나. 직원들 덕분에 그 정도로 무리하진 않았는데.

그렇지만 이렇게 걱정해주는 게 고맙고 순수하게 기뻐서 감사의 말을 전한 다음 주방으로 향한다.

"셀마 씨, 계신가요?"

"네, 점장님, 무슨 일이시죠?"

주방에는 직원 식당을 맡고 있는 셀마 씨 1명. 스프를 만들고 있었나? 젓고 있던 냄비 앞을 떠나 나를 향해 걸어온다.

"어제 쉬면서 마을 밖으로 나갔는데 그때 사냥한 것을 좀 가지고 왔어요. 모두 함께 드세요. 잡자마자 피를 빼서 얼려두었으니 상태는 좋을 겁니다."

그렇게 말하고 아이템 박스에서 고개를 꺼낸다.

"어머나, 세상에, 감사합니다. 혼 래빗이군요. 냉장고에 넣어두세요. 점심 때 다 같이 먹겠습니다."

"잘 부탁드립니다."

그리고 나머지 고기도 냉장고에 넣으러 간다.

"어머, 잔뜩 있네요……."

"무리를 발견해서 사냥했거든요."

"냉장고가 있어서 정말 다행이에요. 이 냉장고라는 것, 참 편리하네요."

"그래요? 확실히 편리하긴 하죠."

하루에 한 번, 보냉 결계를 쳐야 하기 때문에 상당히 귀찮다.

결계 마법이 조금 더 향상되면 시간도 늘어나겠지만……. 그야 한 시간에 한 번씩 다시 결계를 쳐야 했던 숲에서 사용하기 시작했을 즈음에 비하면 훨씬 낫지만.

"편리하고말고요. 보통 다 사용하지 않고 남은 식재료는 금방 못 쓰게 되어버리거든요. 야채라면 몰라도 고기 같은 건 금방 그렇게 돼요! 여름이나 더운 날은 하루 만에 상해버리고 물건에 따라서는 상하기 쉬운 식재료도 있으니까요. 그런데 냉장고가 있으면 남은 식재료는 고기라도 따로 보관해뒀다가 다음 날에 사용할 수 있고 그만큼 낭비도 줄어서 돈도 절약할 수 있어요.

마법 도구도 있다고 듣긴 했지만……. 그건 비싸서 엄두가 나야 말이죠."

"아아, 그렇게 말씀하시니……. 전 지금까지 제가 먹을 건 숲에서 사냥을 해서 손에 넣었고 남으면 상하기 전에 슬라임에게 먹였거든요……. 보존할 음식은 따로 가공을 했었고요."

"슬라임들도 얼마나 편리한지 몰라요. 동물의 뼈나 요리하고 난 후에 생기는 쓰레기를 먹어줘서 정말 큰 도움이 되고 있어요."

그런 잡담을 나누고 냉장고의 결계를 다시 친 다음 주방을 나온다.

그러자 카룸 씨가 할 이야기가 있다며 말을 걸어왔다.

"직원 증원이라구요?"

"보통 직원은 지금 이대로도 충분하지만 앞으로 지점을 늘릴 경우, 그때가 되어서 인재를 육성하기 시작하면 괜히 시간만 걸리니까요. 적어도 지점장처럼 가게의 핵심이 되는 인재의 육성

만이라도 시작하시지 않겠습니까?"

"그렇군요……. 좋은 인재가 있다면 늘려도 괜찮습니다. 교육에는 시간이 걸린다는 것도 알고 있고요. 결국 카룸 씨와 카를라 씨에게 맡기게 될 것 같은데……. 하지만 그렇다면 종마술사도 필요하지 않을까요?"

"확실히 이 가게에는 클리너 슬라임과 종마술사가 필수불가결. 슬라임을 몰래 가지고 도망치거나 부정 유출하지 않는, 신용할 수 있는 종마술사를 어떻게 고용할지도 고민해보지 않으면 안 되겠죠."

"테이머 길드에도 슬라임을 전문으로 하는 분은 드문 것 같고 말이죠……. 뭐, 어떤 의미에서는 누구든 사용할 수 있는 마수라서 그렇다고 듣긴 했지만요. 그렇다면 역시."

"문제는 인격과 신용의 여부이군요……."

"……그런데 영업 방해는 지금으로선 아무 문제없죠?"

"네. 그때 한 번 이후로 불량배는 오지 않았습니다."

"……일단 주의는 하도록 하죠. 테이머 길드에 가서 이야기를 들어보는 것이나 종마술사 문제는 저도 고민해보겠습니다."

"잘 부탁드립니다."

난 그대로 가게를 나왔다.

"후우! 여어…… 료마잖아."

오늘도 폐갱에 가려고 하는데 도중에 제프 씨와 마주쳤다.

어쩐 일로 오늘은 갑옷을 입지 않고 창도 들고 있지 않다. 고기 꼬치를 사서 볼이 미어터져라 먹으며 이쪽으로 오고 있다.

"안녕하세요, 제프 씨. 오늘은 쉬는 날인가요?"

"매일 싸우기만 하면 피곤하니까. 넌 오늘도 일이냐?"

"폐갱을 둘러보러 가는 길이에요."

"폐갱이라면 우리가 사냥하러 갔던 곳?"

"네. 그곳의 관리를 맡게 되었거든요. 정기적으로 둘러보며 마수가 살지 못하도록 하고 있어요."

"그런 일까지 하고 있는 거냐? 모험가, 세탁소, 관리인, 바쁘지 않아?"

"세탁소는 이미 사람을 고용해서 맡기고 있기 때문에 딱히 할 일은 없어요. 모험가는 자유롭게 쉴 수 있고 관리인 업무도 매일 가서 하는 건 아니거든요. 앞으로 가게를 늘리게 되면 힘들어지겠지만 그때까지는 그리 바쁘지도 않아요."

"그렇다면 다행이지만……. 맞다, 이거 하나 먹을래? 내가 주는 거야."

제프 씨는 그렇게 말하면서 들고 있던 고기 꼬치 봉지를 내밀었다.

"그럼 잘 먹겠습니다. ……음!"

한 입 베어 물어보니 허브나 소금이 아닌, 매콤한 맛이 나는 고기였다.

설탕과 향신료는 비싸기 때문에 기본적으로 이런 길거리 음식은 소금맛이 많이 나는 편인데…… 이건 맛있다!!

"이거, 맛있어요!"

"그렇지? 저기 노점에서 파는 꼬치인데 조금이지만 향신료를 사용하고 있지. 그만큼 비싸지만 맛은 훌륭해. 저쪽에 작은 광장이 있으니까 이왕 이렇게 만난 거 거기 앉아서 같이 먹고 가자."

제프 씨를 따라 옆길로 들어가자 광장에 다다랐고 우물을 에워싸듯 놓여 있는 벤치 하나에 앉았다. 공원 같은 곳인가?

"그런데 가게를 낸지 얼마 되지도 않았는데 벌써 새로운 가게를 낼 생각이냐? 아까 가게를 새로 내니 어쩌니 했었잖아."

"상업 길드의 길드 마스터와 직원에게 그것도 생각해두라는 말을 들은 것뿐, 바로 낼 건 아니에요. 게다가 해결해야 할 문제가 많아서……."

"뭐야, 곤란한 일이라도 있냐?"

"앞으로 새로 낼 가게는 다른 마을이기 때문에 종마술사를 고용하거나 제가 빈번하게 마을 사이를 이동해야 하거든요. 우리 세탁소를 위해서는 슬라임을 관리할 사람이 필수니까요."

"곤란할 게 뭐 있어. 테이머 길드에서 고용하면 되잖아."

"그것도 하나의 방법이긴 하죠. 그런데 듣자 하니 슬라임 전문가는 없다는 것 같더라고요. 초보자들이나 하는 일이지 보통은 눈길도 주지 않고 다른 마수에 관심을 둔다고. 게다가 얼마 전에 누가 돈을 주고 고용한 불량배가 우리 가게에 와서요……. 경호를 맡은 직원이 제압하긴 했지만, 그래서 더더욱 지금은 인격을 중시하고 싶어요."

그렇게 말하고 꼬치를 베어 문다. 알싸하게 매운맛이 고기의 맛을 더 돋구어주어 정말 맛있다.

그러자 제프 씨가 두 개째 꼬치를 들고 이렇게 말했다.

"그럼 나한테 좋은 생각이 있어."

"정말이에요?"

"그럼! 난 장사니 어쩌니 하는 일에는 별로 힘이 되지 못하지만 인력에 대한 거라면 힘이 되어줄 수 있거든. 테이머 길드에서 사람을 고용하지 못하겠으면 슬럼가 사람을 고용하는 건 어떠냐?"

"슬럼가 사람이요?"

"그래. 슬럼가 사람들은 가난하긴 하지만 아무것도 못하는 건 아니야. 나도 슬럼가 출신이지만 이렇게 모험가로 잘 살고 있잖아? 마찬가지로 종마술을 사용할 수 있는 놈도 내가 아는 녀석들 중에 몇 명 있어.

게다가 이 마을은 다른 곳보다 일거리가 많아서 그런지 아무리 가난해도 입에 풀칠도 못해서 범죄를 저지르는 녀석은 별로 없거든. 인간적으로 썩어빠지지 않은 놈들도 많아. 그리고 무엇보다 동료 의식이 강하지. 네가 관청 녀석들처럼 억지로 급여를 깎거나 배신하지 않는 이상 슬럼가 녀석들도 널 배신하진 않을 거다.

그 녀석들도 안정적인 수입과 여유 있는 생활을 원해. 그러니 네가 고용할 생각만 있다면 지금 당장이라도 고용할 수 있어. 거기서부터 신뢰관계를 구축할 수 있을지는 네가 하기 나름이지만."

눈이 확 트인다는 게 이런 걸 말하는 걸까?

듣고 보니 길드는 어디까지나 중계소니까 연줄만 있으면 아무 문제도 없다. 이쪽에서 사람을 찾아서 테이머 길드나 상업 길드를 통해 고용하면 된다.

나쁜 이야기는 아니지 않나? 라인바흐 님도 슬럼가 사람들을 고용해서 정화조 청소 일을 시키셨다. 적어도 고용하지 못할 건 없고 신용할 수 있는 사람이 있을 가능성도 있다…….

"그런 방법도 있다는 거니까 한번 생각해봐. 진짜 고용할 마음이 있으면 내가 중간에서 주선해줄 테니까. 지금도 슬럼가에서는 내 얼굴이 제법 통하거든."

"감사합니다. 한번 생각해볼게요."

자리에서 일어난 제프 씨는 어딘가로 갈 모양이었다.

마침 다 먹은 꼬치구이에 대한 인사를 건네고 나도 다시 폐갱으로 향하기로 했다.

■ ■ ■

이젠 제법 익숙해진 공간마법을 이용해서 눈 깜짝할 사이에 목적지에 도착.

지난번엔 50필도 문제없었으니 오늘은 방수천 70필 만들기에 착수한다.

그 일이 끝나면 이번에는 훈련.

스티키, 포이즌, 애시드, 스캐빈저는 괜찮지만…… 아무래도 블러디는 전투 능력을 바라긴 힘들 것 같다.

몸이 보통보다 액상에 가까워서 타격력이 전혀 없다. 공격 수

단도 없고…… 장점은 움직임이 매끄러워서 이동이 가장 빠르다는 점. 도주는 할 수 있을 것 같은 게 그나마 다행인가? 일단 시간을 두고 관찰해보는 수밖에 없다.

메탈과 아이언은 딱딱하지만 아직 계약한지 얼마 되지 않아서 몸을 능숙하게 움직이지 못한다. 몸을 촉수 형태로 만드는 건 무리야……. 그게 가능하면 경화를 합해서 이래저래 사용할 수 있을 것 같은데……. 이것도 길게 보는 수밖에 없겠다.

어스 슬라임과 다크 슬라임은 마법을 문제없이 사용할 수 있다는 것을 증명해주었다.

어스 슬라임은 〈록〉과 〈브레이크 록〉. 그리고 위력이 약한 〈어스 니들〉과 비슷한 무언가. 다크 슬라임은 주위를 어둡게 하는 〈다크니스〉와 검은 어둠의 구체를 쏘는 〈다크 볼〉을 사용할 수 있다.

다크 볼…… 난 거의 사용하지 않지만 생명력을 빼앗는 공격마법이었다. 움직임은 일반적인 슬라임과 비슷하지만 마법을 단련하면 다소 이동이 가능한 포대로서의 역할을 맡길 수 있을까?

공격 마법은 실전에서 사용하려면 경험 같은 것도 필요하니 일단 시간을 들일 필요가 있다.

지금은…… 어스 슬라임 2마리가 브레이크 록과 록을 사용할 수 있다는 것을 확인했으니 크리에이트 블록을 가르쳐보자.

그렇게 생각하고 시켜보니 2마리는 연습 몇 번 만에 습득했다. 습득이 빨라서 놀랐지만 빨라서 문제가 될 건 없다. 어스 슬라임에게는 훈련 겸 석재를 만들도록 시킨다. 다 만든 석재는 갱도로 옮겨두면 나중에 사용할 일이 있을 것이다.

다크 슬라임은 자유롭게 마법을 사용하게 놔뒀다……. 다크 볼 연습을 하는 건가?

……나도 암속성은 별로 손을 대보지 않았는데…… 이건 같이 시간을 들여 훈련해 가기로 하자.

슬라임의 상태를 보면서 나도 몸을 움직이고 있자 꽤 즐겁다.

게다가 오늘은 평소보다 컨디션이 좋았는지 천이 마르는 시간보다 연습 시간이 더 길게 이어졌다.

■ ■ ■

밤이 되자 숙소로 돌아가 공작가 일가의 방을 찾았다.

"어서 오세요, 료마 씨."

"잘 왔다."

"무슨 일 있었니?"

"조금 상담하고 싶은 게 있어서요."

"호오, 뭔지 한번 들어볼까."

오늘 제프 씨와 나눈 이야기를 들려주자 대체로 나쁘지 않다는 반응이다.

"슬럼가 사람을 고용하는 건 상관없겠지. 물론 신용할 수 있는 사람이어야 하지만, 신용할 수 있는 연줄이 있다면 문제는 없을 거야."

"조금이라도 일자리가 늘어나는 건 우리 입장에서도 기쁜 일이니까. 다만 길드는 통하는 게 좋을 거야. 나중에 트집을 잡힐 일은 가능한 한 줄이는 게 좋아."

"그건 그렇겠네요. 테이머 길드나 상업 길드, 둘 중에 본인이 희망하는 곳에 등록하도록 할 생각이에요. 그래도 괜찮겠죠?"

"괜찮아. 료마 군도 종마술사이지만 상업 길드에도 등록되어 있는 것처럼 일을 선택하는 건 자유인걸. 비난 받을 이유는 전혀 없는 거야."

"양쪽 길드 마스터에게 사전에 이야기를 해두는 건 어떨까. 그러면 문제없이 일을 끝낼 수 있을 거다."

그것도 그렇다. 좋아!

"그럼 내일은 길드 순회를 해야겠네요."

결론이 나오자 홍차를 마시며 한동안 잡담을 나누다가 방으로 돌아왔다.

{2장 39화} 사전 교섭

오늘도 아침부터 상업 길드에 얼굴을 내밀자 역시 또 응접실로 안내되었다. 몇 번이나 반복되다 보니 이젠 익숙해졌다…….

"잘 왔구나, 료마. 또 일손이 부족한가?"

"네. 그런데 상담 드리고 싶은 게 좀 있어서요."

"응? 뭐지?"

우선 사정을 이야기한다.

"그렇군……. 하긴 우리도 첫날에 소개해준 게 그랬으니. 알았다. 신용할 수 있는 녀석이 있으면 데리고 오도록 해. 딱히 범죄인 것도 아니니 즉시 수속할 수 있도록 준비는 해두지."

"그럼 찾게 되면 데리고 올 테니 잘 부탁드립니다."

"그래, 열심히 해라."

이야기가 매끄럽게 마무리되어서 소파에서 일어나자 길드 마스터가 불러 세웠다.

"료마, 잠깐만. 깜빡 잊고 말하지 않은 것이 있으니 다시 좀 앉아봐."

"무슨 일이신가요?"

엉거주춤하게 들고 있던 엉덩이를 다시 내린다.

"아까 한 이야기에도 나왔지만 얼마 전 네 가게를 찾아온 불량배 말이다. 우리 쪽에서도 조사해봤는데…… 누군가에게 고용된 것까지는 알아냈지만 정작 고용주는 누구인지 파악하지 못했다. 어둠의 길드의 녀석들이 관련되어 있을 가능성도 있으니까 조심하도록 해."

"어둠의 길드……."

범죄자 집단이라는 거겠지?

"도적이나 암살자 집단인가요?"

"맞아. 단순히 범죄를 실행하는 놈들만 있는 게 아니라 불법 물건이나 범죄에 사용하는 도구를 준비해주는 놈들, 그런 놈들과의 연락책을 맡는 녀석들, 어쨌든 무슨 일이든 하는 놈들이지. 도둑질이나 협박만이 아니라 살인을 전문으로 하는 놈들도 있으니까 조심해야 한다."

"알겠습니다, 충고해주셔서 감사해요."

"이 정도는 아무것도 아니다. 그리고 좀 있다가 테일러에게도 갈 거지? 가는 김에 하나 들고 가줬으면 하는 게 있는데."

길드 마스터가 직원을 불러서 몇 마디 하자 유리병을 들고 왔다. 병은 연한 녹색 액체로 가득 채워져 있고 바닥에는 분말이 가라앉아 있었다.

약?

틀림없다는 것을 확인하자 직원이 같이 들고 온 나무상자 안에 그 병을 집어넣었다.

그런데 저 약물의 색, 점도, 침전물……. 특징을 보건대 영양제인 것 같다.

그것도 자양강장 효과가 강한 녀석.

"신경 쓰이나?"

"아, 죄송합니다."

그리 고개를 깊이 들이밀고 보지도 않았지만 신경 쓰인 것도 사실이라 한 번 물어보니.

"그러고 보니 워건에게 아이디어를 알려준 것도 너였지. 무슨 약인지 알고 있다면 말할 필요도 없겠지만 특정 질병은 아니니까 걱정은 접어둬. 나이가 들면 아무리 해도 피로가 가시지 않는 날이 있는 법이니까."

길드 마스터는 그렇게 말하며 옆에 있는 필기도구로 무언가를 써서 내게 건넸다.

"그 편지를 접수처에 전해주게. 이 상자는 늘 주는 것이니 특별히 말하지 않아도 알 거야. 자네가 직접 전해줄 거라고 써뒀으니 이왕 간 김에 자네 용건도 끝내도록 하고."

"거듭 감사합니다."

"영감에게도 안부 전해주게."

길드 마스터의 배웅을 받으며 다시 길드를 나섰다.

■ ■ ■

"이렇게 된 겁니다. 그러니 길드에서 모집하거나 제가 찾아낸 인재를 길드에 등록시킬 수 있을까 해서요."

"그렇군……."

전해줄 물건이 있다는 이유로 테일러 지부장과 면회하는 데 성공하자 상업 길드의 길드 마스터에게도 이야기한 내용을 설명. 그쪽에서는 흔쾌히 승낙해주었지만 이야기를 들은 테일러 지부장은 심각한 얼굴로 생각에 잠겨 있다.

"……응? 아, 미안하네. 어서 차를 준비하도록 하지."

"아, 신경 쓰지 마세요. 그런데 무슨 문제라도 있나요?"

"아니, 문제라고 할까……. 잠깐 기다리게. 편하게 앉아서 이야기하도록 하지."

지부장은 자리에서 일어나더니 사무실 한쪽 구석에 있는 작은 선반에서 티 세트를 꺼냈다.

휴대용 가스버너 같은 마법도구도 있는지 차를 준비하기 시작했다.

"테일러 지부장은 손수 차를 준비하시네요."

"귀찮게 사람을 부를 필요도 없고 한숨 돌릴 수도 있으니까."

지부장은 공작가의 메이드들과 비교해도 전혀 손색없는 손놀림으로 홍차를 타서 들고 왔다.

"자, 아까도 말했지만 자네의 제안 자체에는 아무 문제도 없어. 신용할 수 있는 사람을 찾아내서 데리고 와도 되고 물론 현재 소속되어 있는 사람을 고용할 수도 있네. 이건 통상적인 업무 중 하나야. 게다가 자네 가게는 길드를 내세워 지원해주고 싶을 정도이긴 하지만…… 불안 요소가 있네."

"불안 요소. 그리고 지원이라는 건 무슨 뜻이죠?"

"음…… 자네의 가게가 테이머 길드에 모집 의뢰를 내주면 그건 일감을 알선해주는 곳이 하나 더 늘어난다는 뜻. 앞으로 가게를 하나, 둘, 늘려간다면 그만큼 많은 사람들이 직장을 구할 가능성이 늘어난다는 거잖나. 이건 길드 입장에서도 충분히 환영할 일이지.

무엇보다 자네의 가게에서 일하기 위해 필요한 마수가 슬라임이라는 점도 내가 지원을 하고 싶은 이유 중 하나네. 자네가 등록할 때 내가 했던 말, 기억하고 있나?"

"……혹시 제가 할 수 있는 일이 없다는 이야기입니까?"

지부장은 맞다며 고개를 끄덕였다.

"테이머 길드는 종마술사와 그 종마가 그 일을 해낼 수 있다고 판단한 경우에 일을 알선해주지. 아무리 봐도 의뢰를 잘 해내지 못할 것 같은 경우에는 알선하지 않아. 그 대신 할 수 있는 일이 있으면 소개는 해주지만 마수의 종류에 따라 적성이 있는 건 어떻게 할 도리가 없다네.

일감을 찾기 힘들고 급여가 싸고 종마를 키우려면 돈이 든다는 이유로 생활에 곤란을 겪는 자들도 어느 정도 존재해. 유감스럽지만 일감에도 한계가 있으니까. ……종마를 바꾸려고 적성이 없는 마수에 손을 댔다가 실패했다는 이야기도 종종 듣고."

그 점을 해소하기 위해 가능한 한 다방면에 걸친 일거리를 모으고 있지만 한계는 있으리라.

여기서 슬라임이 이야기에 나왔다.

"힘은 약하고 움직임은 느리지. 도움이 되지 않는 마수라는 낙인이 찍혀 있지만 종마술사라면 누구나 한 번은 신세를 져본 적이 있는 마수다."

"처음엔 슬라임으로 연습을 하죠?"

"맞아. 이 일을 오래 하고 있지만 슬라임 이외의 마수와는 계약하지 못한 예를 한 해에만 해도 제법 듣지. 하지만 슬라임과도 계약하지 못한 예는 종마술을 익히지 못한 사람들 밖에 없어. 그만큼 계약에 용이하다는 점도 연습에 사용되는 이유 중 하나이고.

……자네 가게의 급여가 얼마인지는 모르겠지만 슬라임으로 생활할 수 있는 임금을 받을 수 있는 일이 있다면 그만큼 곤궁하게 살아가는 종마술사의 수도 줄어들겠지. 이게 내 생각이다네. 자네에게는 소개해줄 수 있는 일이 없다고 해놓고 참 웃기는 이야기지만."

"아뇨, 그건……."

길드 입장에서는 무리란 걸 알고 있는 일은 시킬 수 없다는 것도 이해는 간다.

"그렇게 말해주니 고맙군. 어쨌든 그런 이유로 난 자네의 가게를 길드를 앞세워 지원해도 괜찮다고 생각하고 있네. 그런데 문제는…… 길드의 상층부다."

지부장은 고개를 끄덕이더니 홍차를 한 모금 마셨다.

설탕이 들어가서 꽤 단 맛이 나는 홍차인데…… 지부장은 떫은 얼굴을 하고 있다.

"지원만 하는 것이라면 내 권한으로 어떻게든 할 수 있다……. 하지만 길드로서 지원을 하는 건 그 일을 그쪽에도 보고하지 않으면 안 돼. 그렇게 되면 그쪽에서 괜한 참견을 하지 않는다는 보장도 없지."

즉 길드가 주주로? 아니면 지원해줬으니까 말을 들으라는 식으로 나오는 걸까…….

"슬라임이 무능하다는 인식을 바꾸지**못하는** 사람도 분명 나오겠지."

"……궁핍한 생활을 견뎌오다가 마침내 안정적인 생활을 할 수 있게 된 사람의 경우엔 '제일 약해서 간단히 잡을 수 있는 슬라임으로 먹고 사는 녀석이 나왔다'라고 생각하면 머리로는 이해해도 납득하지 못하는 사람도 나올 수 있겠네요."

그 분노가 이쪽을 향하면 곤란하다. 가게를 그만둘 생각도 없지만.

"뭐, 소문을 듣자하지 지원은 필요 없겠더군. 모집은 좋은 결과로 이어질지 모르겠으니 일단 몇 명, 내가 신용할 수 있는 사람들에게 개인적으로 물어보지."

"감사합니다. 잘 부탁드립니다."

"아니야, 이 정도 밖에 못해줘서 미안할 뿐이다. 그런데 오늘은 계속 바쁜가?"

"글쎄요……. 여기를 나서면 모험가 길드에 갈까 해요. 일손을 소개해준다는 분을 만나려요."

"상당히 급작스럽군. 조금 더 천천히 이야기를 진행시킬 수 있을까 싶었더니."

"지부장님의 이야기를 듣고 마음이 조금 변했어요. 분명 신중

하게 움직여야 하지만 제가 게를 늘려서 힘든 생활을 하는 사람을 조금이라도 줄일 수 있다면 그보다 좋은 일은 없잖아요. 그러니 좀 더 적극적으로 움직여도 괜찮지 않을까 싶네요.

어쨌든 이번에 사람을 고용하는 건 거의 결정된 사항이니 이런저런 고민을 해보기 위해서도 빨리 이야기를 들어두는 게 좋을 것 같습니다."

"음…… 고민해준다니 고맙지만 너무 신경 쓸 건 없네. 그리고 모처럼 이렇게 왔으니 홍차를 다 마실 때까지 좀 더 앉아 있다 가지?"

"물론이죠."

지부장이 찻주전자를 흔들며 홍차 한 잔을 더 따라준다.

홍차를 다 마실 때까지, 본론과는 다른 느긋한 분위기 속에서 잡담이 이어졌다.

{2장 40화} 새로운 종마술사

태양이 하늘 꼭대기 가까이 접어들 무렵.

"왔다!"

오늘은 이제 곧 돌아올 거란 이야기를 듣고 길드 한쪽 구석에서 기다리기를 1시간. 제프 씨를 발견했다. 의뢰 완료 보고를 마치기를 기다렸다가 말을 건다.

"제프 씨."

"응? 료마잖아. 무슨 일이냐?"

"지난번에 이야기한 일을 부탁드리고 싶어서요."

"오, 빠르군. 좀 더 있다가 찾아올 줄 알았는데. 그럼 당장 가 볼까?"

"그래도 괜찮을까요?"

"괜찮아. 안 그래도 오늘 슬럼가에 갈 생각이었거든. 게다가 우리 집도 그쪽 방향이고."

"그럼 잘 부탁드립니다."

제프 씨를 따라가면서 도중에 식료품을 구입하는 일도 거들었다. 아무래도 슬럼가 사람들에게 줄 식량인 것 같다. 기무르 마을에 사는 예전 슬럼가 주민들은 모두 이렇게 조금씩이라도 원조를 해주고 있다고 한다.

"특히 최근엔 문제의 그 사건으로 수입이 줄었거든. 저기 봐, 이제 거의 다 왔다."

이야기를 들으며 걷고 있자 점점 인기척이 줄어들더니 건물은 낡고 드문드문 보이는 아이들의 옷은 초라해지기 시작했다.

그들은 제프 씨를 보더니 손을 흔들거나 말을 걸었고 제프 씨도 대꾸해준다. 그 온화한 모습을 보니 모두 제프 씨를 존경하고 있다는 걸 알 수 있었다. 뒤를 따라 걷는 내게도 시선이 모였지만 악의는 느껴지지 않았다. 아무래도 노상강도 당할 걱정은 없어 보인다.

조금 더 걸어가자 역시 낡았지만 튼튼하게 지어졌고 다른 건물보다 큰 건물에 도착했다.

"할아범, 있어?"

제프 씨가 그렇게 말하며 문을 살짝 두드리자 문이 저절로 열린다.

마력이 살짝 느껴졌다. 마법이군…….

"있는 것 같군. 들어가자, 이리 와."

제프 씨를 따라 안으로 들어가 보니 그곳은 물건이 별로 없이 널찍한 방이었다.

문을 지나자 바로 앞에는 간소한 책상. 그 너머에는 커다란 의자에 앉은 60대 정도 되는 남자가 있었다.

"또 왔냐."

남자는 자신의 백발을 어루만지며 의자 등받이에 몸을 기댄 채 조용히 말한다.

"제프, 늘 고맙지만 난 아직 할아버지라 불릴 나이가 아니다."
"충분히 영감이구만."
"이렇게 다리와 허리가 튼튼한 할아버지가 어디 있냐?! 그보다 그 아이는 뭐지? 또 여기서 돌봐달라는 건가?"
"이래봬도 이 녀석은 우수한 모험가다. 자기 생활비 정도는 스스로 벌거든. 그보다 오늘은 슬럼가에도 도움이 되는 이야기를 가지고 왔어."
"오……."
그 말을 들은 남자가 나를 쳐다본다.
"처음 뵙겠습니다. 료마 타케바야시라고 합니다."
"이곳에서는 그렇게 정중한 말투를 사용할 필요는 없다. 난 리브르, 이 기무르 슬럼가의 관리역이지. 제프의 소개라고 하니 어느 정도 믿을 수 있겠지만, 그래도 일단 말해두지. 여기서 마음대로 행동하진 말도록 해. 좋은 관계를 유지할 수 있다면 이쪽도 고맙지만."
그 말과 동시에 강한 위압감이 느껴졌다. 책임자라서 그런지 역시 다르구나.
"물론입니다. 저 역시 쓸데없는 분쟁은 원하지 않습니다."
내가 그렇게 말하자 리브르 씨는 코웃음을 치며 씩 웃는다.
"겁을 먹지도 않는군……. 좋은 배짱이다."
"당연하지. 내가 인정한 녀석이라고."
"그런가. 그래서 좋은 일이라는 건 뭐지?"
"그 이야기는 제가 하겠습니다."

내 가게의 일이니 내가 이야기하는 게 맞다.

"——이렇게 된 겁니다."

"시비를 걸어오는 놈이 있지만 정체는 불명. 넌 신용할 수 있는 사람이 필요하고. 신뢰할 수만 있다면 슬럼가 사람이라도 상관없다, 이건가…….

확실히 나쁜 이야기는 아니군. 제대로 생활할 수 있는 급여를 받을 수 있는 직장이 생긴다면 우리도 불만은 없다.

그쪽에서 사람을 고용해서 제대로 돈을 지불하기만 한다면 마음에 드는 녀석을 데리고 가도 좋아. 우린 그만큼 한 명당 나눠줄 수 있는 식량과 물자의 양이 늘어나는 셈이니까."

의외로 간단히 허락이 떨어졌다. 소개료를 요구할지도 모른다고 생각했는데……. 제프 씨의 소개 덕분인가? 어쨌든 이제부터는 직원이 될 사람의 신용을 얻는 일이 중요하다.

우린 양해를 구한 다음 그 집을 나와 제프 씨의 지인인 종마술사의 집으로 향했다. 도중에 제프 씨는 두 아이에게 말을 걸어서 사람을 부르러 보냈다.

"저 아이들은 어디로 보낸 건가요?"

"나중에 알게 될 거다."

마침내 어떤 건물 앞에 도착하자 제프 씨는 거칠게 문을 두드렸다.

"어이! 코킨! 안에 있는 거 다 알아! 어서 나와!"

옆에서 보면 마치 빚쟁이처럼 보인다…… 라고 생각하고 있자 문이 벌컥 열리며 비쩍 마른 중년 남자가 튀어나왔다. 분위기는 정리해고된 샐러리맨에 가깝다.

“시끄러워, 제프! 그렇게 문을 두드리지 않아도 다 들린단 말이다!”

“당신은 아무리 불러도 나오지 않을 때가 많으니까 그렇지!”

“그건 한창 연구 중일 때만 찾아오는 네가 잘못한 거다!”

“또 말도 안 되는 소리 한다!”

“연구 같은 건 해본 적도 없는 네가 뭘 알아! 연구라는 건 깊은 사고의 바다 속에 들어가 거품처럼 떠올랐다가 사라지는 아이디어를 사라지기 전에 검증하는 거다. 거기엔 다른 일에 신경 쓸 틈 따윈 없어!”

“그렇게 다른 일은 하나도 신경 쓰지 않은 결과, 성과가 나오지 않는 연구에 많은 돈을 쏟아 부었다가 파산해서 여기로 온 거잖아!”

“윽, 그런 식으로 말하면……. 그만 됐어, 용건은 뭐냐?”

“일할 생각이 없는지 물어보러 왔어. 종마술사로서 말이야.”

그 순간, 코킨이라 불린 남자는 눈을 깜빡였다.

“나한테 일? 종마술사로서의 일이?”

“그래, 의뢰인은 여기 있는 료마다.”

그제야 그는 내가 있다는 걸 알아챈 모양이다.

“처음 뵙겠습니다, 료마 타케바야시라고 합니다.”

“이거 실례, 보기 흉한 꼴을 보였군. 자네가 의뢰인인가? 종마술사로서의 일이라 하면…….”

“일단 안에 들어가서 얘기하지, 코킨?”

아, 그렇지, 라며 머리를 긁적인 그는 우리를 안으로 들여보내고 문을 닫았다. 건물 안에는 어두컴컴한 방 하나가 있었는데 광원은 등불로 쓰이는 마법석 하나. 그리고 방 한쪽 구석에는 이불 대신 사용하는 것으로 보이는 천이 있을 뿐이다.

의자조차 없어서 바닥에 앉아 이야기를 한다.

"그나저나 내가 무슨 일을 해줬으면 하는 건가? 유감스럽지만 난 종마술사로서의 실력이 그리 뛰어나다고는 할 수 없어. 내게 종마술사로서의 능력을 원한다면 과연 그 기대에 부응할 수 있을지……. 연구라면 제법 힘이 될 수 있겠지만."

"연구라면 무슨 연구를 하시는지?"

내가 그렇게 묻자 그는 자조하는 것처럼 이렇게 말했다.

"옛날에 근무했던 연구소에서 마지막으로 주어졌던 연구 주제인데…… 슬라임이야."

슬라임이라고?!

"정말입니까?!"

"그래, 결국엔 결과를 내지 못해서 잘렸지만. 이미 10년도 더 전의 일이지만 여전히 연구소에 미련이 있어서 연구를 계속하고……………… 자네는 왜 그렇게 눈을 반짝이고 있는 거지?"

자조 섞인 대답을 하던 코킨 씨가 나를 보더니 의아한 표정을 짓는다.

"연구소에서는 한직 취급, 위에서 쫓아내고 싶어 하는 사람에게 주어지는 연구지. 내 경우도 그랬어. 그런데 자네는 왜 얼굴을 반짝이고 있나?"

“저도 개인적으로 연구를 하고 있습니다. 슬라임 연구를.”

“뭐?!”

그 후 나와 코킨 씨는 몇 초 동안 서로 말없이 눈을 바라보다가………… 동시에 오른손을 내밀어 굳건한 악수를 나누었다.

“동지여!”

“선배님!”

“방금 몇 초 동안 도대체 무슨 일이 있었던 거야!”

“아니, 지금 왠지 모르게 무언가가 이렇게…….”

“외부인이 알 턱이 있겠나. 같은 연구를 하는 동지를 만난 기쁨을.”

“응, 진짜 모르겠어…….”

그 순간 문을 두드리는 소리가 들렸다.

“또 손님인가? 오늘은 왜 이렇게 시끄럽지…….”

코킨 씨가 일어나 문을 열러 가자 밖에는 2명의 남녀가 서 있었다.

“코킨 씨? 여기서 일을 얻을 수 있다는 말을 듣고 왔는데 진짜야?”

“종마술사로서 할 수 있는 일이 생길 줄은 몰라서 서둘러서 왔어요!”

“뭐야, 로벨리아와 토니에게도 이야기한 거냐? 그래, 종마술사를 찾고 있는 의뢰인이 와 있어. 게다가 우리의 동지다!”

“동지?”

“그 말은 혹시…….”

"일단 안으로 들어와!"

코킨 씨는 그렇게 말하고 두 사람을 집안으로 들인 다음 문을 닫았다.

그 후 나와 두 사람은 서로 인사를 나누고 자기소개를 했다.

우선 남자는 토니 씨, 23세. 종마술사로서는 우수한 편이었지만 그의 재능을 시기한 사람들이 있었다. 결국엔 그의 솔직한 성격이 화근이 되어 상사와 동료에게 속았다고 한다. 그 결과, 실험 실패와 불상사에 대한 책임을 떠안고 좌천. 슬라임 연구를 명령 받고서 그대로 결과를 내지 못했다는 것을 빌미로 해고된 사람.

우수하다면 왜 종마술사로서 일을 하지 않느냐고 묻자 예전에 살던 마을의 길드에서 길드의 권력자에게 찍히는 바람에 일거리를 얻지 못해 애를 먹었다고 한다. 그는 이미 테이머 길드의 연락망을 통해 불량 종마술사로 알려져서 다른 마을에 가도 종마술사로서의 일은 얻지 못했다고 한다. 현재는 일용직 광부로 일하고 있다는데…….

"……이 마을의 테이머 길드에는 가보셨나요?"

"다른 마을에서 호되게 당하는 바람에…… 먹이를 구할 돈도 벌지 못해서 종마를 다 놓아준 후였거든."

이 마을에 온 건 광산에서 일하기 위해. 테이머 길드는 이미 포기했다고 한다.

테일러 지부장님과 한 번 만나보게 해야 하나…….

"그런 일도 있는 게 인생이야."

토니 씨를 위로한 여자의 이름은 로벨리아 씨. 25세로 연구직에 종사했지만 상사에게 성희롱을 당했다. 당시에는 연구 외길 인생이었기 때문에 남자에 면역이 없다 보니 깜짝 놀라 연구 중에 종마로 삼았던 마수를 보내 공격하고 말았다.

강한 마수는 아니었기 때문에 위협 정도로 끝났지만 상사는 머리끝까지 화가 나서 자신의 잘못은 아랑곳 않고 그녀를 좌천. 그 후, 슬라임 연구를 거쳐 해고된다. 현재는 일주일에 3일, 유곽에서 허드렛일을 하고 있다고 한다. 그 외에도 옷 수선 같은 일을 하며 생계를 꾸려가고 있다고.

"그렇군요……."

남은 건 내 소개뿐이다.

내 소개와 함께 하게 될 일이 어떤 일인지 말하자 세 사람 모두 흥미를 보였다.

"그런 슬라임이 있다고?"

"처음 들었어."

"능력도 보기 드물어요."

이렇게 된 거, 실연을 해보이자.

몸을 깨끗하게 유지할 수 있도록 늘 클리너 슬라임 한 마리는 디멘션 홈에 넣어둔다. 그 한 마리를 꺼내서 우선 신발을 깨끗하게 해보인다.

"""오오……."""

"진짜 슬라임이 맞아."

"이 신발, 더러운 게 싹 깨끗해졌어. 소화된 건가?"

"그렇지만 신발 형태는 남아 있어요."

"으음…… 정말 더러운 것만 먹는 건가……."

안전성을 증명하기 위해서 이번에는 내 몸으로 클리너 슬라임 목욕.

"""……."""

우려일까, 기대일까. 잘 모르겠지만 관찰하는 시선을 받으며 평소처럼 클리너 슬라임 목욕은 끝났다.

"한 번 시험해보시겠어요?"

안전하다는 걸 보여준 후 세 사람에게도 권해본다.

"""그럼 내가……. 에?"""

세 사람은 앞다투어 지원했다.

하지만 오늘은 한 마리밖에 데리고 오지 않아서 순서대로 시험해보기로 했다.

묘하게 시간이 걸리긴 했지만…… 놀랍게도 그들이 클리너 슬라임 목욕을 하자마자 피부의 윤기와 색이 한결 좋아졌다.

"호오…… 난 비누보다 이게 더 좋은 것 같군."

"이거, 기분이 너무 상쾌하네요."

"이런 느낌, 몇 년 만인지 모르겠어!"

슬럼가 생활로 지워지지 않았던 때와 각질이 떨어진 모양이다.

많이 더러웠던 만큼 시간도 더 걸렸고 그 결과도 두드러져 보였다.

"아주 흥이롭군. 우리가 할 일은 이 슬라임과 함께 세탁소를 하면 되는 거지? 빈 시간에는 연구를 해도 되나?"

"이거라면…… 우리와 슬라임 연구자를 우습게 봤던 놈들도 다시 보게 될 거야!"

"게다가 급여는 지금까지보다 단연코…… 그리고 종마술사로서……. 일하겠습니다, 아니 꼭 하게 해주세요!"

……다소 과하다 싶을 정도의 기세와 열의가 느껴진다. 조금 다른 의미로 고용할지 말지 망설여졌지만……. 뭐, 나도 그런 말을 할 입장은 아니고 배신하지 않을 인재라면 상관없다.

목적의 방향성이 비슷해서일까, 이 정도면 고용해도 괜찮을 것 같다. 완전히 신용할 수 있을 때까지 한동안은 카를라 씨와 카룸 씨에게 잘 지켜봐달라고 부탁하자. 그렇다면…….

"세 분 모두 지금 하시는 일은 마음에 드시나요?"

"자금은 아무 일에도 종사하고 있지 않아. 얼마 전에 맡았던 일이 끝나는 바람에 다음 일은 언제 들어올지 몰라 곤란하던 참이었다."

"저도 원래 일용직이라서 아무 문제없습니다."

"전 유곽에 한 마디 하기만 하면 돼요."

"그렇습니까? 그럼 세 분 모두 산술은?"

"""물론 어느 정도는."""

"그렇다면 아무쪼록 우리 가게에서 일해주세요. 아직 2호점을 낼 장소도 정하지 않았지만 당분간은 일을 배워야 하니까……. 집은 어떻게 할까요? 이대로 슬럼가에 사시거나 가게에 입주하는 것 중에 선택하시면 됩니다."

"""입주로!"""

"그럼 그런 것으로 알고 있겠습니다. 그러면 가게로…… 라고 말하고 싶지만……. 제프 씨, 이 근처에 옷가게는 어디 있나요?"

이 사람들, 옷이 너무 초라하다. 클리너 슬라임으로 때는 벗겼지만 찢어지거나 구멍이 난 옷은 그대로라서……. 일반적으로 유니폼은 고급 상점에서만 입고 대부분의 가게는 대개 사복 차림으로 일한다. 우리 가게도 그렇긴 하지만, 역시 이대로 일하게 할 수는 없다.

그래서 제프 씨와 로벨리아 씨에게 부탁해서 가장 가까운 옷가게에서 옷을 몇 벌 사왔다. 남자만 있다면 제프 씨 혼자만 가도 상관없지만 여성용 옷은 그녀 외에는 아무도 모르기 때문에 직접 가서 고르는 수밖에 없었다.

그 동안 난 얼른 가게로 가서 카룸 씨에게 새 직원을 고용했다고 전해둬야겠다.

{2장 41화} 전조

가게에서 돌아와 제프 씨를 비롯해 옷을 갈아입은 코킨 씨 일행과 합류.

"자, 그럼 난 이쯤에서 가마."

"제프 씨, 감사합니다!"

"괜찮아, 다음에 보자!"

내가 오자 제프 씨는 이제 자신이 할 일은 끝났다며 가버린다.

그렇게 떠나는 제프 씨의 뒷모습을 향해 머리 숙여 인사한 다음 코킨 씨 일행을 데리고 길드로.

참고로 세 사람이 등록할 곳은 상업 길드. 어떤 길드가 좋겠냐고 물었더니 만장일치로 결정이 났다.

상업 길드에 도착하자 역시 응접실로 안내되었고 길드 마스터와의 면회가 이어진다.

"이 녀석들이 고용하겠다던 그 신입 직원인가?"

"네, 조금 전에 지인을 통해 찾아낸 인재입니다."

"자네는 매번 행동으로 옮기는 게 참 빨라. 이야기를 하러 온 건 오늘 아침이었지 않나. ……뭐, 결정과 행동이 빠른 건 상인으로서 강점이지만. 그건 그렇고. 당신들, 이 아이의 가게에서 일할 생각인가?"

"""네!"""

그 대답을 들은 길드 마스터가 세 사람을 보더니 눈을 약간 커다랗게 뜨는 것 같은 느낌이 들었다.

"호오…… 료마, 자네 도대체 무슨 짓을 한 건가? 이 녀석들에게서 묘한 야심이 느껴지는데. 하지만 자네를 배신할 것 같진 않아. 아무리 봐도 오늘 처음 만난 사이처럼 보이지 않는군."

역시…….

이 세 사람은 모두 한때는 슬라임 연구자였기 때문에 클리너 슬라임의 가치를 알아채고 그것을 찾아낸 나를 나이나 외모와 관계없이 높이 평가해주고 있다.

그와 동시에 그들의 울분도 영향을 주었을 것이다. 그 울분을 풀 수 있는 가능성이 있다는 기쁨과 안정된 생활을 할 수 있는 급여를 받을 수 있다는 안도감까지 더해져서, 만난 지 얼마 안 되었지만 나를 믿고 따라주고 있는 것 같다. 특히 테이머 길드와 관련해서 쓴맛을 본 적 있는 토니 씨는 울분이 상당히 많이 쌓여 있는 것 같다…….

이유는 어찌 되었든 문제는 없을 거라는 길드 마스터의 보장을 받고 세 사람의 등록과 계약을 진행한다.

그들에게는 주로 클리너 슬라임의 관리를 맡길 생각인데 누구에게도 넘기지 못하도록 길드 직원 입회하에 계약서도 작성했다. 계약용지에도 다양한 종류가 있는데 이번에 사용한 것은 원래라면 큰 거래에만 사용하는 특별한 계약용지라고 한다.

이 계약용지는 마법을 사용하는 건 아니지만 그 종이 자체가 중요 문서라는 표시인 동시에 길드에서 엄중하게 관리되기 때문에 계약서의 위조 · 변조는 불가능하고, 따라서 계약 위반에도 무거운 벌이 내려진다고 한다.

예외적으로 점포를 또 늘릴 경우, 내 허락이 있으면 그 가게를 담당하는 종마술사에게 양도하는 건 가능하다. 이렇게 하지 않으면 새로운 지점을 늘리지 못한다.

필요한 수속을 대충 마친 우리는 길드 마스터에게 인사를 하고 함께 길드를 뒤로 했다.

■ ■ ■

이제 남은 곳은 단 하나. 가게에서 카룸 씨를 비롯한 직원들에게 소개를 시키고 서둘러 일을 시작했다.

"13, 14, 15번 손님~!"

"38, 39, 40번, 이곳에 놓아두겠습니다!"

참고로 가게나 길드로 가는 길에 들은 이야기로는 코킨 씨는 전(前) 귀족이라고 했다. 그래서인지 말투가 조금 거만한 느낌이 있어서 세탁물 운반 담당으로.

토니 씨는 일용직 광부로 일했던 만큼 체력이 좋아서 세탁물 운반 담당.

로벨리아 씨는 사람을 대할 기회가 많은 일을 했기 때문에 접수를 맡겼다. 느닷없이 일을 맡게 되었는데도 잘 하는 것 같다. 그나저나, 이전 가게에서 배운 걸까…… 가게에 오는 몇몇 모험가가 뇌쇄당하고 있어? 그렇게 노출이 심한 복장도 아닌데……. 그런 건 상관없나. 보이는 것만이 전부는 아니다.

어쨌든 뇌쇄된 남자 모험가들은 앞으로 단골이 될 가능성이 높다고 생각하자.

그러고 보니 우리 가게, 다시 보니 일하는 여자들이 모두 미인이잖아……. 아니, 이 세계 사람들의 수준 자체가 높은 건가? 지금까지 못생긴 사람은 본 적이 없는 것 같고, 나이를 들어도 근사하게 늙어가는 느낌이다.

그런 생각을 하고 있는데 가게 쪽에서 큰 소리가 들렸다.

"코킨이잖나?! 왜 네가 여기 있는 거지?!"

"그 말투, 레이핀인가?!"

"……두 분 모두 아는 사이였어요?"

운반하는 중이었던 세탁물을 그대로 들고 있는 코킨 씨, 카운터 너머에서 놀라는 레이핀 씨. 딱딱하게 굳어서 꼼짝도 않고 있는 두 사람에게 말을 건다.

"으, 음. 레이핀은 예전 동료다."

"내가 옛날에 근무했던 마수 연구소의 동기였다. 난 몇 년 만에 그만뒀지만……. 설마 이런 곳에서 만나게 될 줄은 몰랐군. 코킨, 이 마을에는 언제 온 건가?"

"그건……."

뭔가 복잡한 사정이 있는 것 같네…….

"코킨 씨, 좀 쉬고 오셔도 돼요. 레이핀 씨도 이쪽으로 오셔서 안쪽에서 대화 나누세요."

두 사람을 안쪽에 있는 응접실로 안내했다.

■ ■ ■

그로부터 수십 분 후.

사정을 들은 레이핀 씨는 깊은 한숨을 내쉬었다.
"설마 나보다 먼저 이 마을에 와 있을 줄은 몰랐군……. 당연히 최근에 온 건 줄 알았는데."
"……나도 네가 이 마을에 있을 줄은 몰랐어. 마수를 쫓아 이 마을 저 마을을 오가고 있을 줄만 알았지."
"이리저리 오가도 거점으로 삼고 있는 마을은 있으니까. 그나저나 이런 식으로 재회하다니, 정말 대단한 우연이군……."
"나도 이제 만날 일은 없을 줄 알았어. 네가 연구소를 그만 둘 때 했던 제안에 응했어야 했다고 얼마나 후회했는지."
"그러니까 내가 말했잖아. 너도 나도 연구는 할 수 있어도 연구소는 성격에 맞지 않다고."
"너와 달리 내겐 마법의 재능이 없어. 게다가 마수를 거느리는 재능도 없고. 모험가 일은 너무 위험해서 도저히 감당하지 못할 것 같아서 거절한 거네. 지금도 그 일에 대해서는 잘못된 선택을 했다고 생각하진 않아.
……하지만 연구소를 빨리 포기했어야 했다는 생각은 해. 그랬다면 재산을 낭비하고 파산하는 일은 없었을지도 모르지."

코킨 씨의 이야기로 분위기가 우울해졌지만 그것을 깬 사람 또한 코킨 씨였다.

"하지만 오늘부터는 이곳에서 일하게 되었으니 그렇게 나쁜 인생도 아닐지 몰라. 이곳이라면 우리를 비웃었던 놈들에게 본때를 보여줄 수도 있을 것 같거든. 게다가 아직 몇 시간 밖에 지나지 않았지만 클리너 슬라임을 알게 되면서 후회와 미련과 타성에 젖어 있던 슬라임 연구에 의욕이 생긴 것 같네. 점장에겐 정말 고맙게 생각하고 있어."

"저야말로 앞으로 많이 의지하게 될 것 같으니까 열심히 해주세요."

"물론이다."

"……어쨌든 무사히 잘 살고 있어서 다행이네. 료마의 가게라면 앞으로의 생활도 안심할 수 있겠어."

그렇게 이야기는 일단락되었다. 그런데 레이핀 씨는 뭘 하러 온 거지? 세탁을 맡긴 것도 아닌 것 같고…… 아이템 박스에 넣어 뒀나?

"그나저나 레이핀 씨, 오늘은 세탁을 의뢰하러 오신 건가요?"

"아, 맞다! 오늘 용건은 세탁이 아니다. 세탁은 어제 대량으로 맡겼기 때문에 괜찮아."

그렇구나. 내가 없을 때 왔었나?

"오늘은 료마에게 알려주고 싶은 게 있어서 왔어. 그렐 프로그를 알고 있나?"

"이 마을 인근에 있는 늪에서 대량으로 발생하는 마수 말이죠?

가죽은 갑옷의 재료로, 내장은 약으로 쓰인다는."

"알고 있다니 이야기가 빠르겠군. 그 마물의 대량 발생이 시작되었다."

"정말이에요?!"

"피크는 3, 4일 후이겠지만 내일부터 그렐 프로그 포획 의뢰가 길드에 나올 거야. 그렐 프로그는 약재로도 비싸게 팔리는 마수이기 때문에 많은 돈을 벌 수 있고 그렐 프로그를 먹이로 삼는 리무르 버드는 종마술사와 귀족들 사이에서 인기가 많아.

리무르 버드와 계약을 맺을 수 있으면 종마술사로서 몸값이 올라가고 길드의 평가도 높아지지. 흥미가 있으면 한번 시도해보는 것도 나쁘지 않을 거다."

테이머 길드의 평가는 그렇다 쳐도 리무르 버드는 나는 속도가 빠르다고 들었으니 연락 수단으로는 좋을지도 모르겠다.

"좋은 정보, 감사합니다. 다른 마을에 지점을 내면 빠르고 확실한 연락 수단도 있는 게 좋을 테니 시험해볼까 해요."

"그렇군. 열심히 해봐."

그 순간, 갑자기 방문을 두드리는 소리와 함께 카룸 씨의 목소리가 들려왔다. 목소리도 카를라 씨와 비슷해서 목소리만으로는 누구인지 알기가 어려워…….

"점장님, 모험가인 아사기 님 외에 네 분이 오셨습니다. 점장님과 이야기를 하시고 싶다네요."

무슨 일이지? 일단 먼저 온 손님인 두 사람에게 양해를 구하고 대답한다.

"이쪽으로 안내해주세요."

"알겠습니다."

카룸 씨는 일단 물러났고 코킨 씨도 다시 일을 하러 가야겠다고 했다. 레이핀 씨는 앞으로도 만날 수 있다면서. 그런 그와 엇갈리듯 아사기 씨와 미야 씨, 웰안나 씨, 미제리아 씨, 시리아 씨가 들어왔다.

"어서 오세요, 여러분. 어쩐 일로 이렇게 오셨나요?"

"갑자기 찾아와서 미안하다냥, 응? 레이핀도 있었냥?"

"난 료마에게 그렐 프로그의 대량 발생이 시작되었다는 걸 알려주러 왔다."

"음, 레이핀도 그것 때문에 왔소이까? 졸자들도 그 일로 할 이야기가 있어서 온 것이오."

"서둘러 본론으로 들어가서, 료마, 네가 전에 입었던 작업복, 그걸 어디서 살 수 있는지 가르쳐주지 않겠나?"

"옷을 세탁하는 건 이곳에 맡기면 되지만 오가는 게 여간 귀찮은 일이 아니거든. 특히 수인과 드래고뉴트인 우리는 말이야. 그래서 조금이라도 덜 더러워지는 옷을 구하고 싶어서 그래."

아아, 그렇구나, 그래서…… 마침 잘 됐다. 세르쥬 씨의 가게를 소개해주자. 방수천은 이미 납품했으니 벌써 만들기 시작했을 것이다.

"이 마을에 있는 모건 상회에서 취급하고 있어요. 아직 지명도가 낮아서 수요도 적고 재고도 얼마나 준비되어 있는지 모르지만요. 어쩌면 제품이 몇 개 안 남았을지도 모르는데……. 다들이 가게의 완성 축하 연회에서 회장인 세르쥬 씨를 만났을 테니 제 소개라고 하면 아마 상담에 응해주실 겁니다."

적어도 무시하진 않으리라.

"정말입니까?! 감사합니다!"

"이 정도는 아무것도 아닌걸요."

"아니, 정말 고마워. 수인의 코는 인간족이 생각하는 것 이상으로 예민하거든."

"잔향만으로도 얼마나 힘든지……."

그렇게 심한 건가…….

"고맙소. 그럼 졸자, 당장 모건 상회로 갈 테니 여기서 이만."

아사기 씨는 그렇게 말하고 서둘러 돌아갔다.

"무슨 일이지? 드문 일이네."

"평소의 아사기라면 이렇게 갑자기 찾아온 데 대해 좀 더 장황하게 사과할 줄 알았는데……."

"아앗?!"

"왜 그러냥?!"

"왜 그러세요, 시리아 씨?"

"료마 군이 가지고 있는 작업복! 얼마 안 남았을지도 모른다고 했죠?!"

"""!!"""

"그래서였군!"

"아사기, 혹시라도 못 사게 될까봐 서두른 거였어!"

"이렇게 있을 순 없다냥! 서두르자냥! 료마 군, 고맙다옹!"

미야 씨를 비롯한 다른 사람들도 황급히 나갔다. 그렇게 싫은 건가…… 수인이나 드래고뉴트의 후각은 도대체 얼마나 뛰어난 걸까?

"소란스러운 녀석들이군……."

"레이핀 씨는 가지 않으세요?"

"난 악취와 더러움에 익숙하다. 마수 연구에는 으레 따르기 마련인 것들이지. 게다가 난 마법으로 그렐 프로그를 포획하기 때문에 늪에는 들어가지 않아. 그래서 딱히 더러워질 일도 없다."

"그렇군요."

그리고 한동안 레이핀 씨와 마수에 대한 잡담을 나누었다.

그에게 들은 이야기로는 그렐 프로그는 길드에서 매입할 경우, 1마리에 중은화 1닢이라고 했다. 내장으로 만드는 약이 다양한 효과를 가지고 있기 때문이다.

그 이야기를 듣고 이 세계에 왔을 때 주어진 약학 지식을 통해 그렐 프로그를 재료로 하는 약을 떠올려봤다. 대충 50종류 이상. 게다가 의외로 정력제나 자양강장에 효과가 있는 약들이 많았는데 이런 것들은 귀족 남성들에게 고가에 팔리는 것 같았다.

중요한 건 처리 방법이다. 서투른 사람이 하면 금방 질이 떨어진다. 그래도 약은 되지만 품질도 떨어지고 만들지 못하게 되는 약도 있다. 그래서 길드에서 나온 의뢰에서는 포획. 절대 스스로 해체 작업을 하지 못하도록 주의를 주고 있다고 한다.

특히 중요한 처리는 피를 빼는 작업. 최대한 심혈을 기울여서 피를 빼내야 하는데 이 작업을 제대로 하지 않으면 단숨에 품질이 떨어진다……. 어라? 이거, 블러디 슬라임이 있으면 완벽하잖아?

그리고 내장을 건조시켜서 잘 보존되도록 하는 작업. 이것도 그냥 하면 상하기 때문에 풍마법 등을 사용해서 재빨리 작업하지 않으면 안 된다. 얼마나 빨리 건조시키느냐에 따라 질이 크게 달라지는데…… 이것도 연금술로 하면 되지 않나?

처리는 간단, 용도가 다양하고 보존도 가능.

의뢰를 받지 않으면 팔 곳을 찾지 못하거나 팔 때 터무니없이 싼 가격에 팔리기 쉽긴 하지만 약초 채취처럼 의뢰를 받지 않더라도 포획하러 가도 된다고 한다. 약재료로 확보해둘까…….

그렇게 이야기를 나누다 보니 생각보다 시간이 많이 지났다.

"벌써 시간이 이렇게 되었나? 내가 늦게까지 폐를 끼쳤군."

"아뇨, 저도 즐거웠어요."

돌아가는 레이핀 씨를 배웅하고 나자 머지않아 영업시간도 종료.

가게 매출을 확인하고 돌아가기로 했다.

{2장 42화} 준비

공작가 가족들의 방에서 평소처럼 아로네 씨가 타주는 홍차를 마시며 보고를 한다.

"길드에는 이야기 해뒀니?"

"네, 게다가 오늘 벌써 종마술사 3명을 고용했어요."

"벌써 고용했다고? 너무 서두른 것 아닌가?"

"그럴지도 모르겠지만 좋은 인재를 찾아내서요. 상업 길드의 길드 마스터도 좋은 사람들이라고 말해주었구요."

"음, 그렇다면 안심이군."

"게다가 세 사람 모두 직장에서 좌천되어 슬라임 연구를 하던 사람들이라서 상당히 의욕적이에요. 이번에야말로 본때를 보여주겠다! 라면서……."

"과연, 그랬었군."

"이런저런 이유를 대면서 그럴싸하게 구는 사람보다는 신용할 수 있을지도 모르겠네."

그렇게 가게 이야기를 한 후, 라인하르트 씨에게도 그렐 프로그의 대량 발생에 대한 이야기를 들었다. 리무르 버드와의 계약 일정은 모레로 잡고 있다고 했다.

■ ■ ■

다음 날.

아침부터 가게에 들러 일정을 비워두기 위해 내일 일을 이야기한다. 그러자 코킨 씨가 리무르 버드에 관한 주의사항을 알려주었다.

"감사합니다. 잘 알고 계시네요."

"하하하, 매년 재기를 위해 계약을 시도했었거든. 계속 성공하지 못했지만 지식은 있지."

"올해는요?"

"작년까지는 갈 생각이었지만…… 이 가게에서 일하게 되었으니 이제 리무르 버드는 아무래도 상관없어졌다."

라며 속 시원해 보이는 얼굴로 말했다.

우리 가게를 그렇게 말해주니 기쁘다. 기분 좋게 가게를 나와서 다음은 세르쥬 씨의 가게로.

"잘 오셨습니다, 료마 님."

"안녕하세요, 세르쥬 씨. 방수천을 납품하러 왔습니다."

"감사합니다. 그저께 부탁드린 천이군요. 어제는 홍보도 해주셔서 손님 다섯 분이 오셨습니다."

"매출 상황은 어떤가요?"

"료마 님의 소개로 오신 다섯 분 외에도 하루에 몇 번은 반드시 팔리고 있답니다. 특히 모험가들 중에는 이미 알고 계신 분도 많아서 동료의 것까지 구입해 가시는 분도 계세요."

"그러고 보니…… 전에 정화조 청소 의뢰를 받았을 때 매일 그 작업복을 입고 거리를 걸어 다녔어요. 그때 눈에 띄었기 때문인지도 모르겠네요."

"아마 그럴 겁니다. 이대로라면 예상했던 것보다 더 빨리 수요가 많아질지도 모르겠습니다."

"오늘은 70필을 가지고 왔는데 생산량에는 아직 더 여유가 있습니다. 작업장을 확장해 가능한 한 생산량을 늘려볼까 해요."

"부탁드립니다. 하지만 무리는 하지 않도록 하십시오."

아, 세르쥬 씨도 내가 일을 엄청나게 많이 한다는 이야기를 들은 건가.

"괜찮아요. 가게는 이미 제가 필요하지 않고 방수천도 가공 후의 건조에 걸리는 시간이 대부분이라 오히려 무료하거든요."

"그렇다면 다행입니다만……."

세르쥬 씨는 말은 그렇게 했지만 나를 왠지 의심스럽게 보더니 내가 꺼낸 방수천을 확인하고 가공비를 지불. 그리고 가공비와 미가공 천을 받아 폐갱으로 향한다.

■ ■ ■

폐갱 도착 직후.

스티키 슬라임에게 천의 가공을 부탁한 후, 어스 슬라임 2마리와 스캐빈저 슬라임들을 데리고 다른 폐갱에서 새로운 작업장을 만든다.

어스 슬라임 2마리에게는 크리에이트 블록으로 구멍 파기, 스캐빈저들에게는 벽돌 운반을 지시. 그리고 내가 벽의 보강을 맡아 작업을 척척 진행시킨 후 늘어난 작업대에서 방수천의 생산을 늘리는 작업에 돌입했다.

그 결과, 지난번의 두 배인 140필을 가공하는 데 성공. 스티키 슬라임에게도 아직 여유는 있는 것 같지만……. 150필 정도에서 그만둘까. 너무 무리시키는 것도 좋지 않다.

"그럼…… 이제 하고 싶은 대로 해도 좋아."

오늘은 일을 많이 해주었으니 훈련도 시키지 않기로 했다.

토마법으로 만든 돌그릇에 수마법으로 만든 물을 넣어준다.

……오오, 느리긴 하지만 몰려온다. 마시고 있어, 마시고 있어. 응?

모여든 슬라임들을 보면서 문득 생각한다.

어스 슬라임과 다크 슬라임 이외의 슬라임도 마력을 흡수할 수 있을까?

……해보지 않으면 모른다.

무속성 마력을 살짝 방출해본다.

……어스 슬라임이나 다크 슬라임과는 흡수하는 기세가 다르지만 다른 슬라임들도 다 마력을 흡수하는 것 같다.

속성을 바꾸자 스티키는 무속성, 포이즌은 독속성, 메탈과 아이언은 토속성 마력을 좋아했다. 어스 슬라임과 다크 슬라임은 말할 것도 없다.

그런데 놀랍게도 블러디는 무(無)와 물, 애시드는 독과 물, 클리너 슬라임은 물과 빛, 스캐빈저는 흙과 어둠…… 두 가지 속성을 비슷하게 좋아했다.

복수의 속성을 좋아하는 경우도 있구나…….

그리고 힐 슬라임은 무속성, 수속성, 광속성, 이렇게 3속성도 좋아했는데 회복 마법을 가장 좋아하는 것 같다. 왜 이 녀석은 마력이 아니라 마법을 더 좋아하는 걸까? 뭐, 내 회복 마법을 훈련하는 데도 도움이 되니 좋지만…….

바로 그때 힐 슬라임의 분열이 가능해졌다. 마력도 영양과 같은 건가? 앞으로 검증해볼 필요가 있겠군…….

일단 분열시키고 계약을 맺는다. 이것으로 힐 슬라임은 4마리가 되었다.

그 후에는 내일 있을 리무르 버드와의 계약을 준비하기 위해 아이템 박스에서 기타를 꺼내 연습을 한다.

"……그럭저럭이군."

취미로 조금 하는 정도지 굉장히 잘 하는 건 아니다. 이 실력으로 잘 계약할 수 있으면 좋겠는데……. 뭐, 어떻게든 되겠지. 실패하면 다른 조류계 마수를 찾으면 된다.

천이 건조될 때까지 시간을 보내고 마을로 돌아간 다음, 평소처럼 세르쥬 씨의 가게로.

"수고 많으셨습니다."

이것으로 당분간 방수천 재고는 확보되었다고 한다. 제품에 가공할 시간도 필요하니 한동안은 납품할 필요가 없다고 했다. 역시 조금 배려라고 할까, 너무 일을 많이 시키지 않으려고 신경 쓰고 있는 것 같다. 가공은 진짜 슬라임에게 일임하고 있는데 말이지…….

남은 천은 전부 방수천으로 만들어서 모아두자.

세르쥬 씨의 가게를 나온 나는 하늘을 보며 조금 고민한다.

"……또 애매한 시간에 일이 끝났네……."

지금 돌아가 봤자 딱히 할 일이 없다. 폐갱에서 훈련을 하려고 해도 지금 폐갱에 갈 정도의 시간은 없고. ……이럴 때는 역시 교회인가.

■ ■ ■

교회에 도착하자 오늘은 스테이터스 보드를 만들어줬을 때의 여자가 문 앞에 있었다.

"어머, 당신은 일전의……."

"그때는 감사했습니다."

"어서 오세요. 오늘은 무슨 일로 오셨나요?"

"오늘은 기도를 좀 드리고 싶어서요."

"그러시군요. 그럼 이쪽으로 오세요."

저번처럼 예배당 의자에 앉아 두 손을 모으고 기도를 드린다.

…………………………응?

어라? 평소처럼 신의 세계로 가게 될 줄 알았는데 아무 일도 일어나지 않는다.

……하긴 매번 그곳에 가는 게 이상하지.

라고 생각한 순간, 눈앞이 새하얘진다.

"?! 여긴…… 평소와 똑같은 곳인가. 그런데 이상하게 시간차가……."

"미안, 미안, 거의 사용하지 않는 힘이다 보니까 시간이 좀 걸렸다."

뒤쪽에서 들리는 대답에 돌아보니 덥수룩한 털에 키가 작은 아저씨가 있었다. 오른쪽 어깨에는 술통을 짊어지고 왼손으로는 술병에 든 술을 마시며 서 있다. 누가 봐도 알겠다. 술의 신이다!

"술의 신, 테쿤 님이시죠?"

일단 그렇게 묻자 술병에 입을 떼고 대답해준다.

"그래, 내가 테쿤이다. 그렇게 정중한 말투는 필요 없어. 이래봬도 신이니 마음만 먹으면 네 마음도 다 볼 수 있으니까 경어 따윈 아무 의미 없다고. 무엇보다 귀찮아. 나를 부를 때도 그냥 테쿤이라고 불러. 자, 앉자고."

듣고 보니 그렇네……. 인간이 상대라면 몰라도 마음을 훤히 다 들여다 볼 수 있는 신을 상대로는 무의하지…….

시키는 대로 테쿤을 따라 그 자리에 앉는다.

"그럼 평범하게 말하는 걸로……. 난 료마 타케바야시라고 해. 가호, 고마워."

"내 입장에서는 처음 만나는 사이 같지 않군. 가호는 신경 쓰지 마. 우연히 재미있어 보이는 놈을 발견해서 가호를 준 것뿐이고, 그냥 그게 어쩌다 보니 너였을 뿐이다.”

테쿤은 그렇게 말하더니 손에 든 술병에서 술을 마신다.

“오늘 있는 건 테쿤 뿐이야?”

“어, 다른 녀석들은 각자 원하는 대로 지내고 있지. 전쟁의 신, 마법의 신, 대지의 신……. 온통 새하얗게 보이지만 각자 마음 편하고 좋은 장소가 있거든. 인간들의 표현을 빌리자면 집 같은 곳을 만들어서 살고 있어.”

“그렇구나, 몰랐어……. 그렇다면 여긴 테쿤의 집?”

“아니, 난 집이 없다. 난 술과 장인의 신. 술은 다양한 곳에 있고 장인도 다양한 곳에 있지. 난 그곳을 적당히 떠돌아다니고 있고.”

“떠돌아다닌다고?”

“일단 신계와 너희들이 살고 있는 세계는 이어져 있다……. 자세한 설명은 다른 녀석에게 듣도록 해. 난 설명 같은 건 잘 못하니까. 그보다 마셔.”

테쿤이 공중에서 술이 가득한 잔을 꺼내서 내밀었다. 잔의 형태는 고블릿. 금색 잔으로 군데군데 은과 작은 보석으로 장식되어 있다.

“자, 건배!!”

“거, 건배!”

덩달아 건배를 하는 바람에 일단 마셔본다.

“……맛있어!”

단맛이 나는 아주 맛있는 술이었다.

“대지의 신의 가호를 받는 토지에서 농업의 신의 가호를 받은 인간이 키운 과일과 꽃의 꿀. 그것을 내가 가호를 준 상인이 만든 과실주다. 당연히 맛있을 수밖에.”

“호오……. 돌아가면 한번 구해볼까. 그런데 토지에도 가호가 주어지는 거야?”

“마음에 들었다니 기쁘지만 이건 신에게 바쳐지는 술이다. 우리에게 바치거나 남는 건 장인과 가족들이 나눠 가지지. 손에 넣긴 힘들 거야.

가호는, 그래……. 난 인간에게만 가호를 주지만 대지의 신은 토지에 가호를 내리지. 그 이외에도 마음에 든 장소에 가호를 주는 녀석도 있고. 너도 아는 가인은 옛날에 이 세계 모든 것에 가호를 준 적이 있어. 누가 뭐래도 그 녀석은 창조신이니까.”

그러고 보니 그랬지…….

“뭐, 지금은 이쪽 세계의 생물이 성장하면서 자기들 좋을 대로 바꾸는 바람에 가인의 가호가 있는 곳은 점점 줄어들고 있지만 말이야. 나도 그렇지만 가호를 주는 걸 그만두는 경우도 있어.

예를 들면 열심히 대장장이 수행을 쌓는 녀석이 마음에 들어서 가호를 줬는데 그걸로 좋은 물건을 만들 수 있게 되자 작업을 대충하게 되면 가호를 회수하는 거지.”

테쿤은 그렇게 말하고 나서 술을 마셨다.

“그런데 최근에 가인을 비롯한 다른 녀석들이 어디로 갔는지 알고 있나?”

"어디 다른 곳으로 갔어?"

"그래. 최근 들어 영 보이지 않고 갑자기 없어지는 일이 많아졌거든. 딱히 일이 많은 건 아니라서 곤란할 일은 없지만 지금까지 이런 일은 없었기 때문에 영 신경이 쓰이네."

"그렇지만 난 그쪽에서 먼저 부르지 않으면 이곳에 오지도 못하고 이야기도……."

그때 문득 지난번에 들은 크포의 말이 생각났다.

"혹시 내가 있던 세계에 갔는지도 몰라."

"네가 있던 세계? ……뭐라더라? 지구라고 했나?"

"맞아, 전에 이곳에 왔을 때 크포가 그랬어. 가인과 루루티아는 지구로 관광을 갔다고."

"뭐어?! 이세계로 관광?! 그 자식들, 대체 무슨 생각인 거야!"

테쿤은 깜짝 놀라 외친다.

"이상한 거야?"

"……보통 신은 자신이 관리하는 세계와는 다른 세계에 간섭하지 않아. 기본적으로 불간섭이다. 너 같은 녀석들을 저쪽 세계에서 데리고 오는 건 이쪽 세계가 위험해지니까 특례로 하는 거고. 그렇게 마음 편하게 관광 같은 건 못 가."

"그렇지만 전에 크포와 만났을 때, 분명히 그렇게 말했어. 가인은 아이돌에 빠져 있고 루루티아는 디저트 순회, 크포는 지구의 비경 순례를 한다고."

그 말을 들은 테쿤은 뭔가 골똘히 생각하기 시작했다.

"어떻게 된 거지? 그 말, 사실이지? 아이돌인지 뭔지 하는 건 잘 모르겠지만…….”

“응, 거짓말 아니야.”

“가는 건 불가능하지 않지만……. 보통은 저쪽 세계 신이 싫어하거든. 애당초 네가 이쪽 세계로 오기 전까지 그런 일은 없었는데……. 설마!!”

테쿤은 갑자기 분노의 형상을 하고 일어났다.

“왜 그래?!”

“그 녀석들……설마 너무 한가한 나머지 그쪽 세계의 신과 교섭이라도 해서 관광 허가를 받은 거 아니야? 그 녀석들만 한가한 게 아닌데 치사하게 자기들만 즐기다니!”

부들부들 떨기 시작한 테쿤은 바닥에 놓아둔 술통을 서둘러 둘러메고 이렇게 외친다.

“지금 이러고 있을 때가 아니야! 그 자식들, 내가 반드시 찾아내겠어!”

그렇게 말하고 뛰어가려는 테쿤을 허둥지둥 불러 세운다.

“어, 어이! 난 어떻게 하면 돼?!”

“아, 미안……. 그대로 시간이 지나면 돌아갈 수 있잖아? 술이라도 마시면서 돌아갈 수 있을 때를 기다리고 있어. 그 잔은 마력을 흘려 넣으면 얼마든지 술을 만들어낼 수 있으니까 안심하고. 미안하지만 지금은 바빠서 좀. 그럼 다음에 보자!”

“잠깐, 헉, 벌써 가버렸어?!”

테쿤은 외모와 달리 엄청나게 빠른 속도로 달려갔다. 아니 그보다, 보폭과 이동 거리가 맞지 않는다. 아아, 이젠 보이지도 않아……. 정말 놔두고 가다니…….

"이런 곳에 두고 갈 줄이야……. 일단 술이라도 마시면서 기다려볼까……."

잔 안에 든 술을 한 모금 마신다.

"음, 역시 맛있어. 그런데 이왕 마시는 거, 안주도 있으면 좋을 텐데."

하지만 이곳에는 술과 잔 밖에 없다. 테쿤은 이 잔에 마력을 주입하면 술이 나온다고 했으니까 아마 안주는 나오지 않을 테고……. 그나저나 마력을 사용할 수 있으면 마법도 사용할 수 있는 건가?

"〈아이템 박스〉."

공간에 검은 구멍이 생기는 걸 보니 아이템 박스를 사용할 수 있는 모양이다.

"사용할 수 있잖아……. 장소는 상관없는 건가? 뭐, 그런 건 됐고, 안주가 될 만한 게……. 애당초 식량은 과일…… 도 없지? 최근엔 숙소에서 지내느라 전부 다 가게에 있는 냉장고에 넣어 뒀으니까……."

아이템 박스 안에 든 물건을 대충 꺼내봤지만 안주로 먹을 만한 건 보이지 않았다.

그러고 있는 동안 돌아갈 시간이 됐음을 알리는 빛이 빛나기 시작한다.

큰일이다! 어서 정리해야지!

단숨에 잔에 든 술을 다 마시고 꺼냈던 물건을 서둘러, 어쨌든 가능한 한 빨리 수납.

그리고 물건을 다 넣고 아이템 박스의 입구를 닫은 순간, 빛이 강해지면서 원래의 세계로 돌아왔다.

"오오…… 세이프!"

아이템 박스를 열어보니 저쪽에서 꺼냈던 물건들이 다 들어 있는 것을 확인할 수 있었다. 다행이다…….

……그나저나 그 술, 이제 와서 생각하니 마지막에 한 번에 다 들이킨 게 좀 아쉽다……. 찬찬히 음미하면 좋았을걸…….

그 술은 정말 맛있었던 만큼 아쉬움이 남았다.

술 하나로 이런 기분이 드는 건 처음이다.

살짝 기분이 가라앉은 채, 기부를 조금 하고 돌아가기로 했다.

{2장 43화} 늪지로

다음 날.

오늘은 드디어 리무르 버드와 계약을 시도하는 날. 그 일을 위해 나와 공작가 4명, 그리고 세바스 씨, 질 씨, 제프 씨, 카밀 씨, 휴즈 씨, 이렇게 10명이 폐갱으로 향하는 길을 걷고 있다.

아가씨와 다른 분들은 갱도에서 훈련을 했을 때처럼 갑옷과 무기를 갖추고 있지만 난 작업복 차림. 나만 복장이 너무 달라서 두드러져 보이네…….

아가씨의 훈련을 위해 마차는 사용하지 않았지만 의외로 체력이 있는 것 같다. 중간에 휴식을 취하긴 했지만 지금까지 한 번도 약한 소리를 하지 않았다.

"휴우…… 료마 씨, 괜찮으세요?"

"전 괜찮습니다."

"체력이 좋으시군요."

살짝 풀이 죽기 시작하는 아가씨. 조금 지친다고 큰일 나는 것도 아닌데.

산길에 오르막, 심지어 포장도 되어 있지 않은 길이라 걷기 힘든 건 어쩔 수 없다. 지쳤다는 말을 하지 않는 것만 해도 대단하다고 생각한다.

같은 생각을 했는지 카밀 씨가 엘리아를 격려한다.

"괜찮습니다, 아가씨. 같은 또래의 평범한 아이들과 비교하면 아가씨는 아주 잘 걷고 계신 거예요."

"맞아, 아가씨. 료마와 비교하지 마. 이 녀석은 규격을 벗어난 놈이니까. 보통은 벌써 나가떨어져도 전혀 이상하지 않다고. 그나저나 료마, 넌 땀도 안 흘리냐?"

"땀을 흘리라고 해도."

생리 현상인데…….

"도련님, 보통 땀 정도는 다 흘린다고."

"아가씨의 속도에 맞추느라 그리 빠르진 않지만 우리처럼 단련을 해온 사람이라면 알 수 있지……. 료마, 넌 도대체 어떤 훈련을 했던 거냐?"

"글쎄요……. 간단하게 말하면…… 한계까지 단련을 하고, 쓰러지거나 움직임을 멈추면 크게 다쳐도 이상하지 않은 공격을 계속 받으면서, 괴로워할지 아니면 계속 단련을 할지 선택해야 하는 일을 매일 같이 했더니 이렇게 되었습니다."

"네 스승은 피도 눈물도 없냐?!"

"부정하진 못하겠네요."

어렸을 때는 아버지가 그렇게 무서웠다……. 눈앞에 있으면 위압감으로 숨도 제대로 쉬지 못할 정도로.

그런 생각을 하고 있자 출발하자고 한다.

"엘리아의 땀이 완전히 마르기 전에 걷기 시작해야지."

"조금만 더 가면 되니까 힘내라."

우리는 다시 걷기 시작했다. 그리고 쉬고 있던 곳에서 30분 정도 더 걸었을 즈음 길을 벗어났다. 그리고 숲을 가르고 들어가 다시 30분. 악취가 나기 시작했다. 이게 늪의 냄새구나…….

조금 더 가자 적갈색 늪이 보였다.

위치적으로는 정확히 숲과 광산의 경계선 부근에 있는 것 같다. 숲속이지만 나무가 별로 없고 비나 다른 무언가로 인해 광산의 흙이 흘러들어온 것 같은 늪지. 가까이 다가가니 냄새는 더 심해졌다. 아가씨는 손으로 입가를 막은 채 참고 있다.

"여기가 이야기했던 늪이야. 주위 나무들에서 떨어진 낙엽과 늪에 서식하는 생물의 사체가 썩어서 이런 냄새가 나는 거지."

"지독한 냄새네요……."

"확실히 심하긴 하지만 다른 영지도 다니려면 이런 환경에도 익숙해지지 않으면 안 된단다."

그러고 보니 자밀 공작령은 라인 바흐 님이 환경을 정돈했기 때문에 다른 영지보다 환경이 좋은 편이었지…… 그렇다는 건 자밀 공작령 이외는…… 이 정도는 아니기를 바라자.

"흠, 이 근방에는 아직 그렐 프로그도 리무르 버드도 없는 것 같군. 늪은 이것 하나가 아니니 다른 곳을 둘러보자."

라인바흐 님의 말에 다시 이동한다. 10분 정도 지나 아까 그 늪의 3배는 족히 되는 늪이 보였고 그곳에는 30명 정도 되는 모험가와 종마술사, 그리고 200마리가 넘는 파란 새의 모습도 보였다.

"저게 리무르 버드다!"

"저건……."

"너무 예뻐요……."

겉모습은 대형 앵무새에 가까운데 눈길을 끄는 건 긴꼬리닭처럼 긴 꼬리. 몸은 파란색, 머리와 꼬리는 녹색인 아름다운 깃털을 가지고 있어서 인기가 많다는 것도 납득이 갔다. 적갈색 늪에 그 모습이 신비롭게 반사되고 있다.

너무 아름답지만 그런 만큼 주위에 있는 모험가들이 거슬린다는 생각도 들었다.

"그쪽으로 갔다!"

"어서 잡아!"

"앗?!"

"서둘러! 먹히기 전에!"

모험가는 늪으로 들어가서 그렐 프로그를 사이에 두고 리무르 버드와 옥신각신하고 있다.

거친 남자들이 진흙투성이가 되어서 늪의 색과 똑같아서 잘 보이지도 않는 적갈색 개구리를 향해 그물을 던지거나 맨손으로 달려드는 광경……. 보고 있기만 해도 숨이 막힐 정도로 덥다.

바로 그때, 늪 주위에서 두 남자가 악기를 준비하기 시작했다.

"저 사람들, 계약을 시도하려는 것 같아. 잘 보도록 해."

한 사람이 피리를 불기 시작했다. 리코더처럼 생긴 피리다. 하지만 썩 잘하는 것 같진 않았다.

"연주 실력은 계약에 어느 정도 영향을 미치나요?"

"딱 잘라 말하긴 힘들죠. 판단하는 건 저 녀석들이니까요."

"자신 있게 연주한 곡으로 실패하자 화가 나서 악기를 때려 부쉈는데 그 소리로 계약에 성공한 예도 있다고 해요."

"그건 참, 뭐라고 해야 할지……."

그 와중에 남자는 한 곡을 다 불렀는지 연주가 멈추자 리무르 버드가 일제히 울기 시작했다.

「깔깔깔깔깔깔깔깔!!」

「아하하하하하하!!」

인간이 상대를 바보 취급하는 것 같이 신경에 거슬리는 울음소리로.

코킨 씨에게 받은 정보에도 있었다. 리무르 버드는 연주를 듣고 인정하지 않는 경우에는 경계음을 발하는데 그 경계음이 굉장히 짜증나는 소리라고.

짜증나는 소리라는 게 이런 의미인가! ……확실히 듣고 있으면 기분 좋은 소리는 아니지만.

흔히 있는 일인지 모험가들은 전혀 신경 쓰지 않고 지금이 기회라는 듯 그렐 프로그를 잡아들이고 있다. 그 모습이 상대조차 해주지 않는 분위기를 더 무르익게 만든다.

"들어서 알겠지만 이게 실패야. 이렇게 되면 계약은 무리다. 여러 번 다시 할 순 있지만 너무 연속해서 하면 습격해오니까 연주는 한 번, 많아도 두 번에서 멈추도록 해야 해."

라인하르트 씨가 설명을 하고 있는 동안 다른 남자가 피리를 불기 시작한다. 이 사람은 아까 그 남자보다 더 심하다……. 이번에는 한 곡 다 불기도 전에 리무르 버드가 웃음을 터뜨렸다.

그 모습에 화가 났는지, 남자는 허리춤에서 호신용으로 보이는 단검을 뽑아들고 늪으로 들어가 리무르 버드를 향해 나가갔다.

"앗, 큰일이군……. 방심하지 마라."

""""앗!""""

라인바흐 님의 말에 4명의 호위가 앞으로 나선다. 세바스 씨와 라인하르트 씨까지 경계태세다. 공작부인은 나와 엘리아 옆으로 왔다.

"켁!"

"으악! 히, 히익!!"

칼을 들고 다가온 남자에게 위기감을 느낀 걸까, 남자 근처에 있던 리무르 버드가 운다. 그러자 남자의 어깨가 살짝 베이면서 비명소리가 터져나왔다.

"풍마법……."

다른 리무르 버드도 일제히 남자를 보고 있자 남자는 방금 전까지 보이던 분노는 어디로 갔는지, 공포와 초조함에 휩싸여 걸음아 나 살려라 도망치려 하고 있다. 근처에 있던 사람들도 덩달아 허둥지둥 흩어진다.

그 등을 향해 리무르 버드 몇 마리가 윈드 커터를 날린다.

명중도는 썩 좋지 않은지 하나같이 다 빗나갔지만 남자는 더 필사적으로 도망친다.

"저 남자처럼 되어선 안 돼. 리무르 버드는 온순한 마수지만 약한 건 아니거든. 저렇게 깔보고 힘으로 복종시키려고 하면 당연히 저항을 받게 되는 거야."

공작부인이 주의를 줬지만 난 그 남자가 이쪽을 향해 오는 게 더 신경 쓰여서……. 위험하다!

남자는 늪 둔치에 도착했지만 거기서 긴장이 풀렸는지 그대로 멈춰 있었다.

그때 날아든 일격이 남자의 다리에 명중했다.

"크악?! 아아……."

""〈어스 월〉!!""

「켁!!」

나와 카밀 씨가 동시에 외운 마법이 남자와 리무르 버드 사이에 흙으로 된 벽을 만들었다. 남자를 노리던 10여 발의 윈드 커터가 벽면을 깎는 것 같은 소리를 냈지만 그럭저럭 막아내는 데 성공.

그러자 윈드 커터는 멈췄다. 하지만 다음 순간 주위에 커다란 울음소리가 울려 퍼졌다.

"쿠켁! 쿠켁!! 쿠켁!!! 쿠켁!!!!"

"꺄아아아아!"

"윽?!"

"이건?!"

"다들 정신 똑바로 차려!!"

갑자기 모두 고통스러워하기 시작했다. 아가씨 같은 경우는 그 자리에서 덜덜 떨며 휘청거렸다. 그러자 공작부인과 세바스 씨가 얼른 부축해줬다.

갑자기 무슨 일이지?!

주위를 둘러보니 늪에 있던 모험가들 중에서도 괴로워하는 사람, 정신이 나간 것처럼 소리를 지르며 웅크리고 있는 사람들이 있었다.

이렇게 광범위한 영향, 게다가 동시에 느껴지는 강한 마력. 아무리 생각해도 이 울음소리가 원인인 것 같은데……그런데 도대체 어떤 새지?

소리와 마력의 출처를 찾고 있자니 몇 초만에 무리 중 한 마리에 시선이 멎었다. 내 풍마법처럼 공기를 조종해서 그 소리를 주위에 흩뿌리고 있는 것 같다. 덕분에 의외로 빨리 찾아낼 수 있었다.

"〈사일런트〉!"

마력의 발생원인 한 마리를 향해 마법을 사용.

소리가 원인이라면 공기의 진동을 멈추는 풍마법으로 멈추게 하면…….

의도했던 대로 소리가 멎고 라인하르트 씨를 비롯한 다른 사람들의 표정이 편안해진다.

다행히 효과는 있었던 것 같은데……. 힘들다.

저쪽도 당연히 저항하고 있다.

녀석은 내 〈빅 보이스〉처럼 공기의 진동을 증폭시키는 마법을 사용하고 있었다. 같은 풍마법으로 정반대의 일을 계속 하고 있기 때문일까, 마력과 마법의 제어력 승부가 되었다. 방심하면 다시 소리가 새어나올 것 같다.

제어 능력은 대등…… 아니, 서서히 밀리고 있다. ……그렇다면 억지로 밀어붙이는 수밖에 없다!

조금 전보다 많은 마력을 담아서 다시 한 번 주문을 외운다.

"〈사일런트〉!"

"……쿠켁!"

몇 초의 반항 후, 불리하다고 느낀 건지, 그 리무르 버드는 갑자기 날아올랐다. 다른 리무르 버드도 그 뒤를 따라 일제히 날아오른다. 하늘에서 쏟아질 공격을 경계…… 했지만 새 무리들은 쏜살같이 멀어져간다.

"도망친 거야? ……일단락, 된 건가?"

"카밀, 저 남자를 치료해줘! 질, 제프, 휴즈는 늪 속에 쓰러진 사람을 늪 밖으로! 세바스, 엘리아는?"

라인하르트 씨가 지시를 내리고 세바스 씨에게 그렇게 묻는다. 하지만 그 질문에는 아가씨가 대답했다.

"문제, 없어요……."

"엘리아, 괜찮아? 속은 괜찮고?"

"네……. 갑자기 무서워져서…… 그렇지만 그것뿐이에요. 이젠 진정되었어요."

"그렇군. 다행이다……. 료마 군, 고맙다. 방금 그건 네가 한 거지?"

"원인은 리무르 버드의 울음소리잖아요? 일단 그런 것 같아서 막긴 했는데 그건 도대체 뭐였죠?"

""뭐?""

그 소리를 낸 사람은 공작부인과 아가씨였다.

"료마 씨, 아무렇지도 않았어요?"

"전 딱히……."

울음소리가 시끄럽다는 생각을 했을 뿐이다. 그래서 주위를 둘러볼 여유도 있었던 건데……. 오히려 주위 사람들이 쓰러지거나 괴로워하는 걸 보고 더 놀랐다.

"시끄럽다니, 그게 전부였니?"

"네."

내 대답에 고개를 갸웃거리는 공작부인, 그 옆에서 라인바흐 님과 세바스 씨가 설명을 해주었다.

"료마 군이 울음소리를 막은 건 아마 리무르 버드가 아니라 상위종인 나이트메어 리무르 버드일 거다. 풍속성 마법에 암속성 마법도 사용할 수 있는 종류로 가장 큰 특징이 울음소리와 함께 발하는 암속성 정신공격이지."

"그 소리를 들으면 공포와 혼란, 착란을 일으키고 환각을 보거나 기절하는 분들도 계십니다. 저 분들처럼요."

세바스 씨가 가리키는 곳에는 늪 가장자리에 누워 있는 사람들이 있었다. 질 씨를 비롯해 다른 무사했던 사람들의 도움을 받아 늪에서 나온 그들의 대부분은 바닥에 주저앉아 있었고 일부는 의식이 없는지 여전히 웅크린 채 떨고 있는 사람도 있었다.

"이렇게 보니 심각한 상황이네요……."

"그만큼 강한 정신 공격입니다. 육체의 강인함과 정신의 강인함은 다르기 때문에 베테랑 모험가라도 의식을 놓는 경우가 있습니다. 저들은 아직 대부분 신입이니 당연한 결과라고 말할 수 있죠."

"아무리 단련했다 해도 괴로운 일임에는 변함이 없지만 말이야. 그냥 견디는 것뿐이야."

그러고 보니 난 정신적 고통 내성 스킬을 가지고 있었지. 그래서일까?

그 이야기를 했더니 고개를 갸웃거리고 있던 공작부인이 '그거야!'라며 납득했다.

난 내성이 강해서 견뎌내는 것을 넘어서서 아무것도 느끼지 않았던 것 같다.

정신 공격 같은 경우는 내게 아무 효과도 없을 거라고 했지만 그런 마법에 대한 대책은 지금까지 한 번도 세우지 않았다. 게다가 효과가 없는 건 좋지만 공격을 받고 있다는 자각조차 없는 건 좀 조심해야 될 것 같다…….

그러고 있는 동안 질 씨와 다른 사람들이 돌아왔다. 그 자리에 있던 사람들의 구조와 부상자 치료가 끝난 모양이다.

"저쪽의 피해는?"

"부상자가 1명, 원인이 된 남자뿐입니다. 그것도 이미 치료가 끝났으니 마을까지 문제없이 돌아갈 수 있을 겁니다."

"그나저나 어떻게 합니까? 방금 전 소동으로 리무르 버드들이 전부 다 도망쳤다고요."

"둥지를 찾을까요?"

"그건 어려워, 도련님. 리무르 버드는 하늘을 날 때 풍마법을 사용해서 바람을 일으킨 다음 그 바람을 타면서 나는데 그 덕분에 속도도 거리도 다른 마수와는 비교조차 되지 않거든. 범위가 넓어서 찾는 건 거의 불가능에 가깝지."

"그래서 계약을 하고 싶은 사람은 이 늪에서 매복하고 있는 거지. 오늘 또 올지는 모르지만 기다릴까?"

"기다릴 거예요. 여기까지 왔으니까 꼭 한 번은 시도해보고 싶어요."

아가씨의 말에 우리는 이곳에서 한동안 기다리기로 했다. 그동안 늪가에 있던 모험가들은 점점 회복되었고 정신을 잃고 있던 사람도 깨어났다.

하지만 오늘은 이대로 사냥을 계속 할 마음이 없어진 건지, 아니면 공작가 사람들이 있어서 얼른 자리를 떠나고 싶은 건지, 결국 아무도 남지 않게 되었다. 우리는 늪에서 조금 떨어진 곳에서 돌로 의자를 만든 다음, 거기에 앉아서 이런저런 잡담을 나누며 시간을 보내기로 했다.

그때 들은 이야기에 따르면 나이트메어 리무르 버드의 정신 공격은 강력하지만 그렇다고 공격해서 막으려고 하면 주위에 있는 다른 리무르 버드들까지 단숨에 전투태세에 들어가서 상황이 악화된다고 한다. 그것을 피하기 위해서는 그저 참거나 일단 도망치는 것이 통상적인 대처법이다.

내가 사용한 사일런트는 공격이 아니라 소리를 막는 것뿐이었기 때문에 괜찮았던 건가? 사전에 코킨 씨와 공작가 사람들에게 리무르 버드에게 위해를 가하려는 행동은 금기라는 말을 들어서 다행이다.

그리고 리무르 버드의 상위종은 모격 사례가 10년에 1번 정도의 빈도로 밖에 없는, 아주 희귀한 마수라고 한다. 고생하긴 했지만 우리들, 특히 그 모습을 확실하게 볼 수 있었던 난 아주 운이 좋은 셈이다.

"어떤 모습이었지?"

"다른 개체보다 몸의 색이 약간 어두웠던 것 같아요. 어둡다고 해도 조금 진한…… 짙은 파랑과 초록으로 고급스러운 느낌. 그 외의 특징은……."

잠시 이런저런 잡담을 나누고 있었는데 갑자기 침울한 분위기가 흐르기 시작했다.

"료마 씨와도 한동안은 작별이네요……."

아가씨의 말을 듣고서야 깨달았다. 그들은 리무르 버드를 보러, 그리고 계약을 시도하기 위해 왔다. 그러니 오늘 이곳에 온 시점에서 목적은 거의 달성한 셈. 남은 건 돌아가는 것뿐, 함께 할 시간도 얼마 남지 않았다.

……뭐라고 대답하면 되지? 쓸쓸하긴 하지만…….

그렇군요. ……너무 담담하다.

가지 마세요! ……마흔 넘은 아저씨가 그러면 징그러워!!

외모만 보면 OK일지도 모르지만 내 정신적으로 무리.

또 만날 수 있을 거예요. ……이거다. 좀 더 근사한 말을 할 수 있으면 좋겠지만.

"더 이상 만나지 못하게 되는 건 아니란다, 엘리아. 그렇지, 료마 군?"

내가 생각하고 있는 동안 공작부인이 먼저 말해버렸다.

"물론이죠."

"편지를 주고 받으면 서로 어떻게 지내는지도 알 수 있잖니."

"그렇…… 군요! 또 만날 수 있어요! 료마 씨, 편지도 써주세요. 저도 쓸게요!"

"쓰고말고요."

"바보 같은 놈! 사내라면 포옹 정도는 해줘야지!"

휴즈 씨가 그렇게 말하며 내 등을 힘껏 후려쳤다. 그 바람에 하마터면 의자에서 떨어질 뻔 했다.

"으앗! 왜 이러세요! 도대체 무슨 생각을 하는 겁니까?! 휴즈 씨는 호위잖아요! 이런 걸 막는 사람이잖아요!"

"앙? 보고 있으면 재미있으니까 그러지!"

그렇게 말하더니 웃는 얼굴로, 꽉 쥔 주먹에서 엄지를 세워 보이는 휴즈 씨, 썸즈업이다.

"정말 그래도 됩니까?"

"뭐, 친구로서 라면 괜찮지 않을까. 친구로서. 음."

"그렇게 뭐라고 할 일도 아니다. 아직 10대 밖에 안 되잖니."

라인하르트 씨는 약간 복잡한 심정인 것 같았지만 라인바흐 씨는 신경 쓰지 않는 것 같다.

허그는 인사 비슷한 겁니까? 미국이나 유럽처럼.

"자, 어서, 사내라면 대범하게 확. 안 그러면 오히려 더 쑥스럽다고."

"……."

"컥?! 너, 너……."

왠지 모르게 열이 받아서 조금 강하게 보디에 일격. 그리고 뒤를 돌아보자 아가씨와 눈이 마주쳤다. 얼굴도 약간 발그레한 것 같다…… 그런 반응을 보이면 곤란한데…… 아까처럼 누가 좀 도와줬으면, 하고 공작부인을 쳐다봤지만 부인도 어떻게 되는지 지켜보기만 할 뿐. 아니, 즐기고 있어…….

"어이…… 무슨…… 짓을…… 윽……."

휴즈 씨가 배를 잡고 웅크리더니 괴로워하며 물었다.

"아~…… 쑥스러워서요."

내가 생각해도 말도 안 되는 대답이다……. 순간적으로 저지르긴 했는데 심했나?

"이게 쑥스러워서 한 공격이라고?! 평소에 몸을 단련하지 않은 녀석이라면 의식……. 아야야야야…… 분명 갑옷을 입고 있는데, 왜 이렇게 아픈 거냐……."

"아, 죄송해요. 버릇이라 그만."

그렇지만 갑옷을 입은 상대와 싸우는 것을 가정한 타격이기 때문에 어쩔 수 없다.

……안 돼, 나까지 약간 이상해지고 있어……. 진정해, 료마!

그 동안에도 미묘한 공기가 흐른다.

"……."

"……."

"……."

"……."

"삐로로로로로로!!"

"?!"

"흐엣?!"

호각 같은 소리가 미묘한 분위기를 찢어놓는다.

소리가 들린 방향에서 리무르 버드 무리가 이쪽으로 돌아오고 있는 것이 보였다.

{2장 44화} 계약에 도전

날아드는 리무르 버드 무리를 본 나는 할 말을 잃었다.

나무들 사이로 보이는 붉은빛 광산을 배경으로 리무르 버드는 투명할 정도로 푸른 날개를 펼친 채, 초록빛 꼬리를 나부끼며 선회하고 있다. 늪에 내려서는 모습이 얼마나 아름다운지 정확히 표현할 말이 내 안에는 없었다.

그 수는 아까보다는 조금 더 많은 것 같다. 하지만 무리를 더 이끌고 보복을 하러 온 것도 아닌 것 같았다. 각자 늪에 내려서자마자 그렐 프로그를 먹고 있다.

일단 위험은 없는 것 같지만 무리 중에 나를 가만히 쳐다보고 있는 녀석이 한 마리 있었다. 주의해서 보니 아까 그 상위종이라는 것을 금방 알 수 있었다. 그렐 프로그를 먹지도 않은 채, 내게서 한 순간도 시선을 떼지 않았다. 아까 일로 나를 경계하는 건가?

뒤에서는 아가씨가 세바스 씨에게 악기를 건네받아서 준비를 시작하고 있는데…….

"라인하르트 씨."

"왜 그러니?"

"전 일단 좀 떨어져 있을게요. 아까 일 때문에 경계하고 있는 건지, 저 상위종이 저를 계속 보고 있어서 여기 있으면 아가씨에게 방해만…….”

“괜찮아요.”

아가씨 본인이 내 말을 가로막았다.

“계약은 자신과 마수가 마주하지 않으면 안 되는 거예요. 그런데 료마 씨가 있어서 실패했다고 하는 건 변명 밖에 되지 않아요. 전 그런 말은 하지 않을 겁니다.”

평소와 달리 늠름한 분위기를 풍기며 단호하게 말하는 아가씨.

“게다가 제가 계약하는 모습을 봐주셨으면 하니까 거기 있어주세요. 료마 씨가 있으면 마음이 든든하거든요.”

그렇게 말하며 늘 그렇듯 미소를 지어 보였다.

이 정도 말까지 들으면 떨어져 있는다든 선택지는 없다.

“알겠습니다. 힘내세요.”

“네!”

자연스럽게 응원의 말이 나온다. 그 말을 하고 나서 난 뒤로 물러났다.

아가씨는 심호흡을 몇 번 하더니 연주를 시작했다.

예전처럼 편안한 곡조의 한 곡. 처음에는 작은 소리로 조용히 시작되고 점점 커져간다. 바다에 치는 파도처럼 소리의 크기가 변하고 있었다.

크든 작든 맑은 소리는 끊임없이 늪지로 울려 퍼진다.

가만히 보니 리무르 버드 무리도 아까 그 남자 때와는 달리 소리에 맞춰 목과 몸을 좌우로 흔들고 있다.

그리고 그대로 여유롭게 곡이 끝났다.

"……!"

아가씨가 긴장된 얼굴로 리무르 버드를 보고 있자 무리가 일제히 울기 시작했다. 아까 그 남자들에게 향했던 사람을 바보 취급하는 것 같은 목소리가 아니라 하프나 피아노 같은 악기가 내는 것 같은 소리를. 그것도 그저 울기만 하는 소음이 아니다.

제대로 된 연주처럼 들리는 울음소리가 1분 정도 계속되고 무리 중에서 유난히 빛나는 리무르 버드를 선두로 9마리의 리무르 버드가 발밑으로 모인다.

이건 성공한 거나 마찬가지다! 자, 어서 계약을…… 이라고 생각하는데,

"아가씨, 계약, 종마 계약."

"아, 그랬었죠!"

성공했다는 기쁨에 잊고 있었던 걸까? 딱딱하게 굳어 있던 아가씨는 내 말을 듣고서야 정신을 차리고 열심히 종마 계약을 해나간다. 잇달아 계약을 해나가는 모습을 보니 역시 계약에 성공한 것 같다. 마지막으로 가장 아름다운 리무르 버드와 계약한 엘리아는 그제야 처음으로 기쁨을 표현했다.

"성공했어요!!"

"잘 했다!!"

"열심히 했다."

"잘 됐구나, 엘리아."

"축하해."

"축하합니다, 아가씨."

계약한 리무르 버드는 모두 9마리, 1마리도 어렵다고 들었는데 설마 이렇게 많이 계약에 성공할 줄은 몰랐다.

"보세요, 이렇게 아름다운 아이들이 잔뜩 있어요!"

리무르 버드에 에워싸인 채 웅크리고 앉아서 리무르 버드를 쓰다듬으며 신이 난 아가씨. 이미 그녀를 따르고 있는지, 무릎과 어깨 위에 앉아있는 개체도 있다.

비둘기 모이가 든 봉지를 열려고 하다가 너무 힘을 주는 바람에 모이가 바닥에 떨어졌을 때의 광경처럼 보이는 게 조금 서글프다. 왜 내 눈과 뇌는 이렇게 감동적인 장면을 보고도 그렇게 쓸데없는 걸 떠올리는 걸까…….

『새들과 노는 미소녀』라는 제목을 붙여서 그림을 그려도 이상하지 않을 광경인데…….

이런 생각을 하고 있어봤자 소용없다. 나도 이 분위기를 타고 한번 해볼까!

아이템 박스에서 기타를 꺼낸다. 그 순간 아가씨가 재빨리 그것을 발견했다.

"료마 씨, 그건 악기죠? 료마 씨도 계약을 하시려고요?"

"아가씨만큼 잘 하진 못하지만 아가씨를 보고 저도 한번 시도해볼까 싶어서요."

"열심히 하세요!"

"힘 내, 료마 군."

"기대하고 있다."

모두의 응원을 받으며 준비를 갖춘다.

아가씨처럼 심호흡을 한 번.

난 기타 자체를 제대로 배운 것도 아니다. 그저 옛날에 살던 연립주택의 옆집에 살던 사람이 이사를 할 때, 필요하지 않은 기타와 교본을 받은 것뿐. 그걸 그냥 시간도 때울 겸 읽어보면서 코드를 익히고 그럴싸하게 칠 수 있게 되었을 뿐이다.

아가씨의 연주에는 한참 미치지 못하지만 최선을 다해 쳐본다.

선곡은 전생에 TV에서 자주 나왔던 곡. 악보를 산 적도 없지만 익숙함과 감각으로 적당히 치던 곡이다. 이젠 원곡과 상당히 다를지도 모른다.

하지만 그래도 상관없겠지.

그만큼 잘 친다고 생각하진 않지만 그 정도로 심하게 못한다고 생각하지도 않는다. 내가 기분 좋게 치면 그것으로 충분하다.

"!"

리무르 버드가 소리에 맞춰 몸을 흔들기 시작했다.

반응을 보이네? 조금 재미있다.

그리고 한 곡을 다 치자 리무르 버드는 몇 초 동안 가만히 있었다.

결과는………… 연주 같은 울음소리!!

"뭐?!"

내 발 밑으로 6마리나 날아오는 것을 보고 일단 깜짝 놀랐다. 그런데 그 중에 1마리가 아까 그 상위종이라는 사실에 다시 한 번 놀랐다. 너, 나를 경계하던 것 아니었냐?

"료마 씨, 어서 계약해야죠!"

앗, 이러면 안 되지. 나도 멍하게 있었다.

서둘러 1마리씩 계약, 막힘없이 6마리 모두와 계약하는 데 성공했다.

"휴우…… 성공했어요."

그렇게 전하자 주위에서 큰 박수와 축하의 말이 쏟아졌다.

"축하합니다, 료마 씨!"

"엘리아와 료마 군 모두 성공해서 다행이다."

"축하드립니다, 료마 님."

"제법이잖아, 도련님."

"리무르 버드의 계약은 아주 어렵단다. 그런데 한 번에 여러 마리와 계약을 하다니, 두 사람 모두 정말 대단해!"

공작부인의 말에 모두의 눈이 우리가 계약한 리무르 버드로 향한다. 그러자 내가 계약한 상위종과 아가씨가 계약한 리무르 버드 중에서 가장 아름다운 녀석이 사이좋게 하늘을 날거나 땅에서 뛰거나 했다.

저 리무르 버드, 정말 예쁘구나. 내가 계약한 6마리도 충분히 예쁘지만 저 1마리는 다른 녀석들보다 색도 조금 밝고 빛이 나는 것 같은 느낌이 든다.

"……아가씨, 료마 님의 상위종과 함께 있는 1마리를 불러서 마수 감정을 해보시지 않겠습니까?"

세바스 씨가 뭔가 신경 쓰이는 게 있는 모양이다. 아가씨도 고개를 조금 갸웃거렸지만 이내 불러서 마수 감정을 해본다.

덧붙여 그 1마리를 불렀을 때, 내 리무르 버드도 함께 돌아와서 내 머리 위에 앉았다.

왜 꼭 머리 위에……. 가벼워서 별로 상관은 없지만.

"어?!"

머리 위의 녀석에게 정신이 팔려 있는데 아가씨가 깜짝 놀라 외쳤다.

"왜 그러세요?"

"이 아이, 이 아이도 상위종이에요!"

뭐?! 리무르 버드의 상위종은 10년에 한 번 정도 밖에 못 보는 것 아이었나?

"정말입니까?! 제 것과 색이 다른데……."

"네, 나이트메어가 아니라 팬텀 리무르 버드라고 하는 종류인 것 같습니다. 암마법이 아니라 광마법을 사용하는 것 같네요."

"그런 것도 있어요?"

난 그냥 신기하다고 생각했지만 세바스 씨를 비롯한 다른 사람들은 깜짝 놀라서 아무 말도 못하고 있었다. 그리고 정신을 차린 후에는 그 자리에서 헹가래라도 할 것처럼 기뻐하며 엘리아를 칭찬했다.

좀 진정이 되고 나서 이야기를 들어보니 팬텀 리무르 버드는 리무르 버드의 상위종이지만 같은 상위종인 나이트메어보다 더 희귀하다고 한다.

정말인가?! 확실히 색이 다르긴 한데……. 희귀한 개체가 두 마리나 섞여 있었다니, 깜짝 놀랐다.

하지만 다른 사람들의 놀라움은 나 이상인 것 같다. 그 후, 아가씨의 훈련의 일환으로 늪에 들어가 그렐 프로그를 포획했지만 모두의 마음은 리무르 버드 쪽으로 향해 있다. 아니, 훈련을 위해 이곳에 왔다는 사실을 거의 잊을 뻔 했다

그렐 프로그도 늪의 냄새만 신경 쓰지 않으면 비교적 간단히 잡을 수 있어서 *소화 시합처럼 단순 작업을 담담하게 이어가며 마구 포획. 우리 일행 이외에 다른 사람들이 없다는 점이 작업을 더 단순하게 만드는 요인이 된다. 처음 왔을 때처럼 많은 사람들이 있었다면 사냥감을 두고 쟁탈전을 벌이느라 단순 작업은 되지 못했을 것이다.

어쨌든 작업을 끝내고 늪에서 나온 우리는 클리너 슬라임으로 깨끗하게 목욕을 하고 마을로 돌아갈 채비를 한다. ……훈련을 하러 온 건데, 이래도 괜찮은가? 더러운 상태에 익숙해지는 것이 목적이지 않았나? 아가씨의 슬라임도 클리너 슬라임이 될 테니까 상관없나?

……말리는 사람도 아무도 없으니, 뭐, 괜찮겠지.

돌아가기 전에 일단 휴식.

공작부인이 아가씨와 함께 우리의 리무르 버드들에게 둘러싸여 있고 라인하르트 씨는 그 모습을 조금 떨어진 곳에서 부럽게 바라보고 있다. 라인하르트 씨가 조류계 마수와 궁합이 좋지 않다는 이야기는 들었지만 가까이 다가가기만 해도 위협을 당할

*소화 시합: 모든 일정 종료 전에 우승 팀이나 다음 라운드 진출 팀이 결정된 상황에서 일정이 정해져 있기 때문에 수행하는 시합.

정도일 줄은 몰랐다…….

라인바흐 님은 연회 준비를 하라는 지시를 내렸고 세바스 씨는 아로네 씨를 비롯한 메이드들에게 연회 준비를 시작하라고 전하기 위해 워프를 이용해 먼저 마을로 돌아갔다. 그렇게 모두 오늘 거둔 성과에 들떠 있었다.

■ ■ ■

숙소로 돌아와보니 향신료를 과도하게 사용한 화려한 요리와 최고급 술이 준비되어 있었다. 물 흐르듯이 연회가 시작되었다. 주역은 물론 아가씨와 나. 라인하르트 씨를 비롯한 다른 사람들에게 몇 번이나 칭찬을 받으며 식사를 한다.

아가씨는 일찌감치 배가 부르다면서 대화에 집중했지만 난 거지 근성을 지우지 못했는지, 이야기를 하면서도 눈앞에 있는 요리와 술을 먹고 마셔댔다.

그도 그럴 것이 남기면 아깝잖아?

그나저나 오랜만에 이렇게 많이 먹고 마셨네……. 게다가 전생과는 이것저것 많이 다르다. 사람들에게 둘러싸여서 마시는 일은 있어도 지금처럼 즐겁진 않았다. 요리도 전생이 훨씬 더 맛있었지만 오늘이 더 맛있게 느껴졌다. 술도 마찬가지다.

……그러고 보니 테쿤이 난 전생에서 즐거운 술을 마시지 못했다는 말을 했었지. 아마 즐거운 술이라는 건 이런 걸 말하는 것이리라. 일단 오늘은 테쿤에게 기도를 하고 싶은 기분이다.

연회가 끝난 후, 남은 고급술을 공물용으로 조금 받아서 방으로 돌아왔다. 전에 만든 석상은 가게에 두었다는 게 생각나서 다시 새로운 석상을 만들고 기도를 드린다.

이 세계에 와서 연회는 두 번째인데 전생과 달리 진심으로 즐길 수 있었어. 고마워. 얻은 것이긴 하지만 고급술을 바칠게.

……이렇게 하면 되나? 일단 신상을 향해 머리를 숙인 다음 자기로 했다.

오늘은 기분 좋게 잠들 수 있을 것 같다…….

{2장 45화} 작별 전날(전편)

다음 날.

아침부터 공작가 사람들의 방을 찾아가니 방안에는 신음을 흘리는 어른들이 여럿 있었다.

"으으…… 료마 군, 미안하지만……. 또 약을……."

"나도 부탁 좀 하마. 나잇값도 못하고 과음을 해버렸어……."

"나도, 부탁할게……."

어제는 크게 기뻐하며 그렇게들 마셨으니…….

가만히 보니 아르네 씨와 릴리안 씨의 안색도 조금 안 좋다. 경사라면서 건배를 할 때 조금씩 마셨는데 이 두 사람도 별로 술이 세진 않은 모양이다.

어른들 중에서는 유일하게 세바스 씨만 괜찮았다. 그도 제법 마셨던 것 같은데 평소 그래도. 그리고 아가씨도 법적으로는 술을 마셔도 되는 나이지만 무난하게 한 잔 정도만 마시고 끝냈다.

일단 지난번처럼 워프로 약국과 야채 가게에 가서 약재를 산 다음 숙소로 돌아와 조합&처방했다.

그것을 마신 후, 라인하르트 씨를 비롯해 공작가 사람들이 이런 제안을 했다.

“료마 군……, 미안하지만 오늘은 엘리아를 좀 돌봐주지 않겠나?”

“우리 상태가 이렇다 보니 엘리아는 봐줄 여유가 없구나.”

“그러니 잘 좀 부탁할게.”

한동안 만나지 못하게 되니 추억 만들기를 하라는 뜻인가?

그렇다면 거절할 이유가 없다.

“물론이죠.”

그렇게 대답하자 세 사람은 잘 부탁한다며 침실로 가버렸다. 숙취로 힘든 건 사실인 것 같다.

세 사람을 보내고 나서 아가씨에게 묻는다.

“자, 오늘은 어떻게 보낼까요?”

“료마 씨에게는 일이 있잖아요? 바쁘신 것 아니에요?”

“이제 가게는 직원들에게 맡겨뒀기 때문에 아침과 저녁에 얼굴만 잠깐 비추면 됩니다.”

“……그러면 오늘은 료마 씨가 평소에 무엇을 하고 있는지 보여주실 수 있을까요?”

“그건 상관없지만…….”

고작 그런 걸로 괜찮을까?

“그럼 부탁드려요!”

이렇게 해서 나를 따라오게 된 아가씨, 그리고 보호자로서 따라오는 세바스 씨를 데리고 가게에 얼굴을 비춘 다음 폐갱으로 향했다.

■ ■ ■

폐갱에 도착하자 평소처럼 천을 가공하는 작업을 시작했다. 다른 점이 있다면 작업 전에 디멘션 홈 안에서 리무르 버드를 해방시켜서 자유롭게 놀게 해준 것. 그리고 아가씨도 작업을 도와준 것 정도다.

정말 이런 일만 해도 괜찮을까……?

역시 그건 안 될 것 같다. 아가씨와 무언가를 해야겠다 싶어서 뭘 하면 좋을까…… 생각하고 있는데 아가씨가 먼저 물었다.

"다음은 무엇을 하나요?"

"특별히 정해진 건 없어요. 스티키 슬라임에게 점착액을 바르도록 지시를 내리면 건조되기를 기다리기만 하면 되거든요. 이 기다리는 시간이 꽤 길고 한가해요. 이 시간에 훈련을 하거나 인형을 만들거나 했죠."

"그러셨군요. 전 료마 씨는 늘 일만 하고 계신 줄 알았어요."

"가게를 맡길 수 있게 되고 부터는 오히려 시간이 더 많아졌는데……. 그렇게 바쁘게 보입니까?"

"매일 쉬는 날도 없이 아침부터 밤까지 일을 하니까 그런 줄로만 알았죠."

"멍하게 있는 시간도 있었고 시간을 때울 방법을 찾기도 했어요. 그 후엔 집을 짓기 위한 석재를 만드는 등 꽤 느긋하게 지냈고요."

"그랬군요. ……그런데 집을 짓기 위한 석재라고 하셨는데, 료마 씨는 역시 이곳에 사실 생각인가요?"
"순찰을 하려면 역시 여기 사는 게 좋을 것 같고 이곳이라면 훈련을 위해 마법을 써도 주위에 폐가 되지 않으니까요."
"그럼 건축은 언제부터 시작하시나요? 이대로 갱도에 사는 건 아니죠?"
그러고 보니 그렇네…….
"석재로 정말 간단한 집을 짓거나 갱도 내에 옆으로 동굴이라도 파서 한동안 그곳에 살면서 조금씩 만들어볼까 싶어요."
"그렇다면 잠깐 이야기 좀 할 수 있을까요?"
"물론이죠."
작업장에서 햇빛이 들어오는 밖으로 나가 토마법으로 만든 의자에 앉아 이야기를 나눈다.
"아가씨는 올해부터 학교에 가시죠?"
"네. 귀족 자녀는 모두 12세부터 왕도에 있는 학교에 입학하도록 되어 있어요. 의무는 아니지만 특별한 이유가 없는 한, 가지 않으면 귀족들 사이에서는 평판이 나빠지죠."
"그렇군요."
"……사실은 저도 가고 싶지 않지만 어쩔 수 없어요."
"에, 정말입니까?"
"아버님과 어머님, 그리고 할아버님도 관습만 없다면 갈 필요가 없다고, 보내고 싶지 않다고 하셨어요."
"……도대체 왜죠?"
"왕도에 있는 학교의 문은 일반인들에게도 활짝 열려 있어서 매년 많은 분들이 입학하고 있어요. 그리고 학교에서는 신분의 상하와 관계없이 동등한 대우를 받지만, 이런저런 문제를 일으키는 분도 있고……."

아아…… 전형적인 이야기라고 할까, 뭐라고 할까…….

"게다가 학교에서 배우는 건 가정교사를 불러서 배우면 충분하기 때문에 학교는……."

거기서 아가씨는 말을 머뭇거린다.

"학교는?"

"……배울 만한 것을 찾을 수 있는 가능성은 낮다고."

"그래선 학교로서 무슨 의미가……?"

"저도 모르겠어요. 다른 가족들은 친구를 만들라고. 다만 학교의 분위기에 너무 물들지 않도록 조심하라고만 하세요. 공부는 학교에서 배우지 못해도, 성적이 나빠도 괜찮으니까 집에서 배운 훈련을 하라고."

뭐……, 그 세 분이 그렇게까지 말할 정도라고?

세바스 씨에게도 물어본다.

"귀족이나 어느 정도 부유한 가정이라면 아가씨가 말씀하신 대로 전문 지식을 가진 가정교사를 고용할 수 있으니까 아무래도 사교의 장으로서의 측면이 강조될 수밖에 없죠. 하지만 폭넓은 지식을 신분에 관계없이 배울 수 있는, 열린 장소라는 점도 틀림없는 사실입니다. 물론 료마 님이 다니실 필요는 없다고 생각합니다만."

"료마 씨는 부모님에게 학교에 가라는 말을 안 들으셨죠?"

“아, 그러고 보니…….”

확실히 그런 말을 듣지 않았다.

“필요 없어서 그런 걸까요?”

“료마 씨가 학교에 들어가면 분명 우수한 성적을 거둘 테니까 다른 귀족들이 눈여겨 볼 거예요. 적어도 검술과 마법 수업은 말이죠.”

“좋은 의미에서도 나쁜 의미에서도 귀찮은 일만 늘어나겠죠.”

“과연 그렇군요…….”

“그래서 별로 내키지 않아요. 관습만 없다면 료마 씨와 훈련을 하는 게 훨씬 더 좋다고 생각해요.”

음~…… 나도 학창 시절을 즐겁다고 생각한 적은 없기 때문에 아무 말도 못하겠다…… 그래도 아가씨는 공작의 영애이니 괴롭힘을 당할 일은 없겠지만…… 없겠지?

“확실히 그런 일은 없지만 친구라 부를 수 있을 정도로 친한 분은 없어요. 모두 내 신분이나 마력을 두려워해서 가까이 오려고 하지 않거든요.”

그러고 보니 스테이터스 보드를 만들 때 그런 말을 들었던 것 같다.

하지만 신분은 그렇다 쳐도 마력을 그렇게까지 무서워하나?

난 그런 취급을 받은 적이 없는데.

신경 쓰여서 물어보니 아가씨는 조금 슬픈 표정을 지었다.

“제 경우는 옛날에 실수한 적이 있어서…….”

예전에 마력이 너무 많아서 컨트롤이 어렵다고 했었는데 그게 원인인가?

"제가 5살 정도 되었을 때일 거예요."

아가씨는 그 무렵에 마법의 기초를 배우기 시작했다고 한다.

"잘 하는 속성이 불과 얼음이라서 비교적 위험이 적은 빙마법으로 컵에 든 물을 얼리는 연습을 했던 기억이 있어요. 그래서 늘 컵을 놓아두는 책상까지 얼려버리고 말았죠."

……위력이 너무 강했던 것이리라.

"줄곧 그런 상태로 컨트롤을 제대로 못했죠. 그러던 어느 날, 우리 집에 나보다 조금 나이가 많은 남자아이가 오게 되었어요. 그게…… 그쪽 부모님이 나와 사이좋게 지내길 원한다고 해서."

왠지 분위기가 바뀌기 시작했다…….

잠자코 들어 보니 그 아이는 자밀 공작가와 친분이 있는 귀족의 자식이었다고 한다. 그것 역시 정략결혼 같은 걸 노린 것이리라. 그리고 두 사람은 만났다. 그 후엔 부모님들끼리 긴히 할 이야기가 있으니 둘이서 놀고 있으라고 했지만……. 남겨진 두 사람은 딱히 대화할 거리가 없어서 화제를 찾다가 결국 마법 이야기까지 나오게 되었다.

"그는 마법에 뛰어나서 마법을 보여주겠다고 했는데……. 집에 있는 연습장에서 그가 보여준 파이어 볼은 정말 훌륭하긴 했어요. 안정적이어서 내 것과는 너무 다르다고, 마음속으로 생각하던 걸 그대로 말해버리고 말았죠."

그 아이도 남자로서 콧대가 조금 높았는지도 모른다. 그래서 가르쳐줄 테니까 같이 연습하자고 했던 것이다. 그리고 연습을 해봤지만 아무리 해도 결과는 그대로.

"그도 점점 기분이 안 좋아져서."

"여자아이 앞에서 멋진 모습을 보여주고 싶어서 그랬던 거예요……."

남자로서 그 심정이 이해가 가지 않는 것도 아니다. 하지만 아직 어린아이이다……. 그것도 듣기로는 초등학생, 아무리 연상이라도 중학생 이상은 아닐 터. 아가씨의 집안에서 가정교사를 뽑는다면 분명 평범한 사람은 뽑지도 않을테니 그런 사람보다 더 잘 가르칠 수 있을 리 없다.

성공하지 않는 마법, 연상의 남자아이는 계속 기분이 안 좋아졌다. 그런 가운데 사건이 일어난다.

아가씨는 이번에야말로 꼭 성공시키겠다며 힘을 과하게 넣었다. 그리고 나온 것은 마력이 과하게 들어간 빙마법.

그것이 컨트롤을 잃은 결과, **파열했다**고 한다.

"마력이 목표물과 다른 곳으로 향하는 바람에…… 그 분을 얼려버리고 말았어요."

그는 몸의 몇 군데가 얼음으로 뒤덮이고 말았다. 게다가 너무 놀란 나머지 꽁꽁 언 바닥에 넘어지면서 부상을 입었다나 뭐라나. 그 후엔 당연히 난리가 났다. 다행히 생명에는 지장이 없어서 양가 부모 모두 자기 자식에게 주의를 주고 서로 상대방의 아이를 나무라지 않고 화해했다고 한다.

그런데 후일. 자밀 공작가의 아가씨는 마음에 들지 않는 사람에게는 공격 마법을 쏘는 나쁜 버릇이 있다. 또는 기분이 나빠지면 본인의 의사와 상관없이 마법이 발동되어 공격을 가한다, 등등.

이상한 꼬리표가 달린 소문이 귀족들 사이에 퍼졌다고 한다.

"세상에…… 그건 정말 재난이었군요……."

"내가 주의를 어기고 실수한 건 사실이라……."

음…… 괜히 민감한 이야기를 꺼낸 건지도 모르겠다. 화제를 바꾸자.

하지만 노골적으로 화제를 바꾸면 이상하니까 나도 비슷한 경험에 대해 이야기해본다.

"료마 씨도 그런 경험이?"

"네, 제가 아직 마을에 있었을 때 일로, 학교…… 라고 할 순 없는 규모이지만 어른이 마을 아이들에게 검술을 가르쳐주는 모임에 참가했을 때의 일입니다."

그런 전제에서 이야기하는 건 중학교 시절 체육 수업에 대해.

내가 다녔던 중학교에서는 체육 시간에 검도 수업이 포함되어 있었다.

그리고 난 1학년 첫 수업 때 저지르고 말았다.

"'그날은 앞으로 이런 것들을 가르칠 것이다'라는 설명 정도만 하는 날이었어요."

준비 운동부터 방호구를 착용하는 법, 그리고 기초 훈련 등등. 그리고 마지막으로 나중에 하게 될 시합의 참고가 될 수 있게 경험자들끼리 한 번 승부를 벌이지 않겠냐며 선생님이 물었다.

처음엔 경험자만 손을 들게 해서 알게 된 것인데, 그때 우리

반에는 경험자가 몇 명 있었다. 그런데 선생님이 처음에 말을 걸고 승낙한 한 명이 좋지 않은 상대였다. 그는 당시 검도계에서는 유명한 선수였다고 한다. 검도 대회에서 여러 번 우승한 경험이 있었다. 우승은 놓치더라도 늘 상위권에 랭크되는 실력자라고 예전부터 교실에서 화제에 오른 적도 있었다. 선생님도 그걸 알고 있었기 때문에 제일 먼저 제안했던 것이리라.

그가 당연하다는 듯 앞으로 나온 것을 본 선생님은 그 상대가 될 학생을 모집했다. 하지만 아무도 나서지 않았다. 이기지 못하는 시합을, 그것도 반 아이들이 모두 보고 있는 앞에서 벌이고 싶은 사람은 아무도 없다. 어느새 경험자의 손은 내 손 밖에 남아 있지 않았다.

"그래서 시합을 하게 되었는데……."

결론부터 말하면 시합은 이겼다.

단기 결착을 노렸는지, 그는 시합이 시작되자마자 적극적으로 공격해왔다. 거기에 맞서기 위해 손목을 향해 죽도를 휘두른다. 그것으로 결착. 시작 2초 만에 그는 죽도를 떨어뜨리고 그 자리에 웅크렸다.

"방호구를 착용하고 있었지만 손목의 뼈가 부서졌어요. 시합도 수업도 거기서 종료. 그리고 그 후로 내 상대를 맡아주는 학생은 없어졌죠……. 내가 고의로 그를 다치게 만들었다는 소문도 흘렀고요."

아니, 다음 날부터 본인이 그렇게 주장하기 시작했다. 그 녀석은 웅크리고 있는 자신을 보고 웃고 있었다고.

난 그러려던 게 아니었다. 굳이 따지자면 멍하게 있었을 뿐. 하지만 둘 다 호면을 쓰고 있었기 때문에 주위에서 보고 있던 반 아이들에겐 표정이 잘 보이지 않았을 것이다.

진위 여부가 애매모호하면 남은 건 신용의 차이.

"주위 사람들의 인기는 상대가 압도적이었어요. 뭐, 그렇게 되기 전부터 왠지 나를 피하는 것 같았으니 그 일이 있었든 없었든 아무것도 변하지 않았을 겁니다. ……왠지 내 입으로 말하니까 슬퍼지네……."

"그, 그렇게 침울해하지 않아도, 저."

어느새 반대로 위로를 받는 상황이 되었다.

이야기의 주객이 완전히 전도되고 말았다…….

{2장 46화} 작별 전날(후편)

"어, 어쨌든! 그런 이유로 다들 저를 피해요."

아가씨는 내 이야기를 억지로 중단시켰다.

그녀가 이끄는 대로 따르자.

"뜬소문으로 인한 피해군요……."

"과장된 소문을 다짜고짜 믿는 사람도 있으니까요……."

부모가 집에서 취한 태도를 그대로 받아들이는 아이도 있다.

아이는 어른이 눈치 채지 못해도 어른을 보고 있기 때문이다.

"그런데……."

"네, 말씀하세요."

아가씨가 머뭇거리며 묻는다.

"료마 씨는, 괜찮으세요?"

"무슨 말씀이신지?"

"제 이야기를 해서 그런지 조금 신경이 쓰여서요."

"아……."

자신을 대하는 태도가 달라지진 않느냐 하는 말인가.

"전 괜찮습니다."

"적어도 제가 마법을 잘못 제어해서 다른 사람을 다치게 한 건 사실이에요."

하지만 고의로 한 건 아니다. 나 역시 그때 다른 사람의 손목을 부순 건 사실. 최근 몇 년은 숲으로 들어온 도적들을 수십 명 단위로 죽였다. 이건 내 의지로 한 일이다.

그에 비해 아가씨는 그 일에 대해 반성과 후회도 하고 있고 특별히 윤리관에 문제가 있는 것 같지도 않다. 그리고 아가씨의 마법을 몇 번 봤지만 그 정도는 충분히 피할 수 있다. 아이스 애로우라면 쳐서 떨어뜨릴 수도 있고 정신만 차리고 있으면 명중하더라도 별다른 효과는 없을 것 같았다.

결론……. 문제없음.

그렇게 말하자 아가씨는 쿡 하고 웃으며 이렇게 말했다.

"그렇군요. 그렇다면 료마 씨. 3년 후에 다시 만나기로 한 약속, 잊지 마세요."

"잊지 않겠습니다."

"그럼 3년 후에 확인하도록 할게요. 일 때문에 정신이 없어서 깜빡 잊고 있으면 3년 동안 단련한 마법을 날려서 생각나게 해드릴게요."

헉! 갑자기 무슨 말을 하는 거지, 이 아이?

"하하하, 그건 봐주세요……. 그런데 어디서 그런 얘기를?"

평상시 아가씨의 이미지와 조금 다른 것 같은데?

"옛날에 어머님이 약속을 잊은 아버님에게 그렇게 해서 생각나게 해준 적이 있다고 들었어요."

"그, 그렇군요……."

라인하르트 씨, 무사해서 다행이다…….

"게다가 제 마법은 듣지 않잖아요?"

그래, 분명 그렇게 말하긴 했지만. ……그것과 이건 다르잖아?

그런 생각을 하고 있자 장난에 성공한 것처럼 웃고 있던 아가씨가 갑자기 무슨 생각이 떠오른 모양이었다.

"좋은 생각이 났어요, 세바스!"

"네, 아가씨, 무슨 일이십니까?"

갑자기 아가씨가 세바스 씨를 불러서 귓속말을 하기 시작했다. 그리고 그가 고개를 끄덕이더니 아이템 박스에서 작은 상자 하나를 꺼냈다. 아가씨는 그것을 받아 내게 내밀었다.

"료마 씨, 이것을 받아주셨으면 좋겠어요."

"이건?"

"제가 10살 생일 때 어머님에게 받은 목걸이에요."

아가씨가 상자를 열자 금으로 된 체인, 그리고 역시 금으로 된 받침에 새끼손가락 크기의 루비가 박혀 있는, 아름다운 목걸이가 있었다. 심플하지만 분명 고급품일 것이다. 게다가 이 루비…….

"마력?"

왠지 루비에서 마력이 느껴졌다.

"어머, 눈치 채셨어요? 역시 대단하시네요. 이 목걸이의 루비는 마보석이랍니다."

"등불에 사용되는 것과 같은 겁니까?"

"달라요. 그건 마법석, 단순한 마법 도구죠. 료마 씨, 마석에 대해 알고 계시나요?"

"마석……. 세계에는 마력의 힘이 강한 장소가 여러 군데 있는

데 그곳에서 흔히 얻을 수 있는 마력을 함유한 돌, 이라고 알고 있습니다만."

"맞아요. 안에 축적된 마력을 보통은 마법을 사용할 때 끌어내서 사용하거나 마법 제어를 도와주는 보조 수단으로 사용하죠. 그리고 마석 중에 평범한 돌이 아니라 보석으로서 가치가 있는 것을 마보석이라 부른답니다. 또한 광석의 경우는 마광석이라 불러요."

마석은 마법의 보조. 마광석은 마법 도구나 마법 무기 등, 다양한 용도에 사용되고 있다.

"마보석은 어디에든 다 사용할 수 있어요. 마법 보조에도, 마법 도구의 성능을 높이기 위해서도, 그리고 물론 보석으로서도. 상당히 편리한데다가 사용하면 평범한 마석보다 효과가 좋은 것이 많아서 아주 귀하지만 산출량이 적은 것도 특징이에요."

단숨에 다 말한 아가씨가 잠깐 숨을 돌린다. 하지만,

"……그렇다면 이건 상당히 귀한 물건 아닌가요?"

"맞아요."

"맞다니, 그렇게 귀한 건 받을 수 없습니다."

"꼭 료마 씨가 받아주셨으면 좋겠어요!"

"아니, 그러니까 그렇게 귀한 물건은……."

이런 걸 어떻게 받으라는 거야!

단호하게 거절했지만 아가씨도 단호하게 건네주려고 한다. 그러자 세바스 씨가 끼어들었다.

"두 분 다 진정하십시오. 료마 님, 아가씨는 료마 님이 이 목걸이를 받아주셨으면 좋겠다고 하셨지 드리겠다고 한 건 아닙니다. 다음에 만날 때까지 맡아주시길 바라는 거죠."

"내가 맡는다고요? 왜죠?"

"료마 님은 잘 모르시는 것 같군요. 오랫동안 떨어져 지내게 되는 친구가 있는 경우, 자신의 소중한 물건을 그 친구에게 맡기고 재회를 바라면 높은 확률로 재회할 수 있다는 이야기가 있습니다. 언제 누가 퍼뜨린 이야기인지는 모르지만 오래 전부터 전해져 와서 지금도 실행되고 있는 미신 같은 것이죠."

아아, 그런 거구나…….

"그래서 이 목걸이를 받아 달라고."

"네, 맞아요."

"……아가씨에게 매우 소중한 물건이잖아요. 정말 그래도 괜찮습니까?"

"그게 싫으면 처음부터 말을 꺼내지도 않았어요. 믿고 있으니까 3년 후에 돌려주세요."

그렇다면야……. 게다가 재회를 바라는 풍습이라고 하니…….

진심으로 그러기를 바라고 있는 것이라면.

"알겠습니다. 제가 맡도록 하겠습니다."

"정말이죠?!"

"그 대신 반드시 돌려드릴게요."

"예, 알겠습니다."

상자를 받아 그 자리에서 아이템 박스 안에 넣어둔다.

이 안에 넣어두면 잃어버릴 일은 없다.

"다음은……."

풍습에 따른다면 나도 아가씨에게 뭔가를 줘야 한다.

……내 소중한 물건은 뭐지? 돈? 모피? 그런 걸 맡겨봤자 짐만 늘어날 뿐이고 딱히 그 정도로는……. 석재, 잉곳, 방수천…… 괜찮은 물건이 하나도 없군.

자급자족과 수렵으로 생활해온 탓일까, 무엇이든 필요하면 다시 재료 조달부터 시작하면 된다는 생각을 하게 된다. 이래선 소중한 것이라 할 수 있는 게 없다. 뭔가 괜찮은 게 없을까…….

그렇게 고민한 결과,

"〈디멘션 홈〉."

디멘션 홈에서 힐 슬라임과 스캐빈저 슬라임을 1마리씩 꺼내든 다음, 아가씨에게 건넸다.

"료마 씨, 이 2마리는?"

"제 소중한 물건을 아가씨에게 드리려고 했지만 괜찮은 게 없어서……. 소중한 게 뭐가 있을까 생각하다가, 슬라임이 떠올랐어요. 이 2마리는 도움이 될 테니 데리고 가주세요."

아가씨는 한순간 어리둥절했지만 곧이어 입을 가리고 웃음을 참기 시작했다.

역시 이상했나? 아니, 난 왜 슬라임을 선택한 거지? 딱히 적당한 물건이 없었기 때문이지만……. 아니, 슬라임이 선물에 적합한지 물으면 의문이긴 하다……. 좀 더 괜찮은 건 없나?

"후훗, 죄송해요, 료마 씨. 료마 씨답다는 생각이 들어서……. 감사히 잘 받을게요."

"정말이십니까? 감사합니다."

"아뇨, 저야말로 소중한 종마를 맡겨주셔서 감사한걸요."

안고 있던 힐 슬라임과 스캐빈저 슬라임을 바닥에 내려놓고 계약을 해제한다. 그리고 그 2마리와 아가씨의 계약을 지켜보았다.

"계약 성공이에요. 소중히 간직하고 있을게요."

"잘 부탁드립니다."

그 후로는 슬라임과 마법에 대한 이야기를 나누었고 아가씨와 연습을 하게 되었다.

"이게 제가 자주 사용하는 빙마법입니다."

"〈아이스 큐브〉, 이건 저도 사용할 수 있지만 전 아직 〈쿨러〉는 사용하지 못해요."

아이스 큐브는 음료에 넣는 네모난 얼음을 만드는 마법. 쿨러는 빙속성과 풍속성을 합친, 차가운 바람을 보내주는 마법이다. 둘 다 여름에 긴히 쓰인다.

"〈미스트 워시〉."

"앗, 성공입니다."

세바스 씨와도 수마법에 대한 이야기를 나누었다. 미스트 워시를 가르쳐줬는데 역시 불과 몇 번 만에 습득해버렸다.

"……호오, 이건 마력을 제법 사용하긴 하지만 잘 빠지지 않는 얼룩에는 효과가 있겠습니다."

이 정도면 조금 더 어려운 마법도 사용할 수 있을 것 같다.

〈미스트 워시〉를 만든 본래 목적인 〈워터 커터〉를 가르쳐준다.

그래봤자 물을 압축해서 쏘기만 하는 간단한 원리. 근처에 있는 바위를 상대로 실험해보기로 했다.

그 모습을 흥미롭게 보고 있는데…….

“이렇게 하면 됩니까? 〈워터 커터〉. 부족한가요? 〈워터 커터〉.”

연습하기를 5번. 처음부터 연습을 시작했을 무렵의 나보다 단연코 뛰어났지만 4번 만에 내 위력을 넘어서고 5번부터는 내가 실연에 사용한 **바위**를 두 동강 냈다.

……수마법의 숙련자가 사용하면 이렇게 되는 건가.

■ ■ ■

저녁이 되자 우리는 공간마법을 이용해 마을로 돌아갔다.

숙소로 돌아가는 길에 가게를 살펴보니 그 늪에 갔던 모험가들과 약사로 보이는 사람들이 악취를 풍기는 주머니를 들고서 모여 있었다. 손님들로 북적이고 있어서 다행이다.

“어서 와, 료마 군.”

“오늘은 이렇게 엘리아를 돌봐줘서 고맙다.”

“아뇨, 저도 즐거웠어요.”

“전 료마 씨에게 많은 마법을 배웠어요. 아직 능숙하게 사용하진 못하지만 열심히 연습할 거예요!”

“그게 잘 됐구나, 엘리아.”

“네! 게다가 힐 슬라임과 스캐빈저 슬라임을 받았어요.”

“어머, 그랬니? 소중히 간직해야 한다.”

“물론이죠.”

숙소로 돌아오니 모두 회복해 있었다. 마지막 날이기도 해서 오늘 있었던 일과 우리가 만난 후에 있었던 일 등등, 밤늦게까지 이런저런 이야기를 나누었다.

■ ■ ■

그리고 작별의 아침.

숙소 뒤에 있는 마차 정류장. 공작가 일행과 호위들은 이미 마차에 타서 창 건너편에서 잇달아 작별 인사를 건넨다.

"건강 조심해야 한다."

"무리하지 않도록 하고."

"적당히 휴식을 취하면서 일하도록 해라."

"무슨 일이 있으면 즉시 우리에게 연락을."

"시간이 생기면 우리한테 놀러도 오고."

"힘 내, 도련님."

"잘 지내."

"열심히 해라."

"앞으로의 활약과 건승을 기원합니다."

질 씨를 비롯한 여러 사람들, 아로네 씨와 작별 인사를 건넨다.

"아가씨도, 여러분도 모두 건강하세요. 정말 감사했습니다."

그렇게 말하고 머리를 숙인다. 장황하게 이것저것 말하는 건 서툴다. 이럴 때는 말주변 없는 내 자신이 원망스럽다. 내 마음을 좀 더 잘 전하고 싶은데…….

"료마 씨."
"네, 왜 그러세요, 아가씨?"
"그것 말인데요."
"그것이라뇨?"
뭐지?
"어제 슬라임을 받고 나서 신경 쓰인 건데요……. 우린 친구 사이인 거죠?"
뭔가 잘못 됐나? 고개를 끄덕인다.
"그럼 **엘리아**라고 불러주세요. 부모님들과 친하신 분은 모두 그렇게 부르는 데다가 료마 씨는 우리 집안을 섬기는 것도 아니잖아요? ……그런데 친구 사이인데 아가씨는 좀……."
"아~…… 그렇군요. 납득했습니다."
확실히 이상하다면 이상하다.
"알겠습니다. 아가씨만 괜찮으시다면 엘리아라고 부르도록 하겠습니다. 괜찮죠? ……엘리아."
"——네! 료마 씨, 다음에 만날 때까지 마법 실력을 키워두도록 할게요!"
"그건 저도 마찬가지입니다."
마차 위에서 그렇게 선언한 엘리아에게 나도 대답한다.
""열심히 하세요.""
말이 겹쳐지자 엘리아와 난 웃었다.
이윽고 출발 시간이 되어 호위 마차의 선두가 움직인다.
엘리아를 비롯해 모두가 창밖으로 손을 흔들었다.

나도 손을 흔들며 배웅한다.

마차는 점점 작아졌고 마침내 보이지 않게 되었다.

"자…… 나도 가볼까."

가게에 얼굴을 내민 다음 폐갱으로. 오늘부터는 숙소가 아닌 폐갱에서의 생활이 시작된다.

아가씨…… 엘리아도 열심히 한다고 했다. 그러니 나도 열심히 하도록 하자.

새로운 집도 확보헤야 하고…….

"우물쭈물 하고 있을 때가 아니지."

소리 내어 활력을 불어넣은 다음 다시 걷기 시작했다.

어제까지와는 조금 다른, 새로운 생활을 시작하기 위해.

{2장 47화} 신들의 동향

한담(閑談).

신계의 어느 장소.

여윈 남자의 모습을 한 신이 서 있는 곳에 세 명의 신이 새로 나타난다.

"아~…… 지쳤다……."

"이제야 돌아온 건가."

"뭐야, 페르노베리아. 너는 여기 무슨 일로?"

"당신이 자신의 영역에서 나오다니, 어쩐 일이야?"

서 있던 건 마법의 신인 마법신 페르노베리아.

세 신들은 료마를 데리고 온 가인, 크포, 루루티아다.

"억지로 끌려오긴 했지만 조금 신경 쓰이기도 해서."

"""억지로?"""

그 물음에 대답하는 것처럼 어디선가 4명의 신들이 나타나 가인과 크포, 루루티아를 둘러싼다.

"어, 잠깐, 뭐야, 이 상황."

"왜 우리를 에워싸고 있는 거야?"

"설명을 해주지 않겠나?"

그 말에 한 발 앞으로 나온 신이 있었다. 테쿤이다.

"자신의 가슴에 손을 얹고 물어봐라. 모른다고 하진 않겠지."

"갑자기 왜 그렇게 화를 내는 거야?!"

"자, 자, 테쿤 씨, 몰아세우면 이야기를 할 수 없잖아요."

"그래, 진정하고 일단 술이라도 좀 마시자고."

테쿤을 다독인 두 신은 대지와 풍요의 여신인 위리엘리스. 그리고 농업과 가축의 신인 그린프라고 한다. 그들은 신들 중에서도 특히 온화한 성격을 가지고 있는데 성품 좋아 보이는 중년 여성과 괭이를 짊어진 중년 남성의 모습을 하고 있다.

이 두 신은 부부이기도 한데 테쿤을 진정시키기 위해 그린프가 같이 술을 마셔주자 그 동안 위리엘리스가 설명을 한다. 찰떡궁합 같은 호흡으로 완충재 역할을 해주고 있었다.

"우리가 이런 행동을 하게 된 건 당신들이 이세계로 놀러갔다는 말을 들었기 때문이에요. 처음에 그걸 들은 게 테쿤인데 자신도 무료함을 달랠 겸 놀고 싶다고 화를 내면서 우리를 찾아왔어요."

페르노베리아가 설명에 끼어든다.

"테쿤은 내 힘으로 너희들을 찾기 위해 일부러 위리엘리스와 그린프를 부른 거다."

"그러고 보니 당신, 신의 힘을 사용하면서까지 테쿤을 자신의 영역으로 들어오지 못하게 했었지……."

"무언가는 만드는 것 외에는 늘 대강, 대충이고 술이나 마시면서 떠들어대는 귀찮은 녀석이니까. 거추장스럽다."

"어이, 다 들리거든?"

"너도 딱히 내게 용건이 있는 일도 거의 없잖아. 게다가 내 영역에 들여보내지 않는 건 너만이 아니다. ……그건 그렇다 치고, 원래 불간섭이 원칙인 이세계에 놀러가다니, 도대체 무슨 생각이지?"

"잠깐 기다려. 도대체 그건 누구에게 들었어?"

루루티아의 질문에 테쿤이 대답한다.

"시치미 떼지 마. 료마가 가르쳐줬다. 크포가 그렇게 말했다던데? 그때는 미안하게 생각했지만 녀석의 마음을 읽어봤는데 거짓말을 하는 게 아니었다고."

그 말에 손으로 이마를 짚으며 "아차…… 인간에게는 말하지 말라고 했지만 신에게 말하지 말라고 하진 않았자……."라고 중얼거리는 크포. 일단 앉아서 대화를 나누기로 하고 어디선가 나타난 의자에 둥글게 모여 앉아서 이야기를 시작한다.

"자, 이야기를 들어볼까? 아니, 그보다 나도 데려가라고!"

"오락은 둘째 치더라도 이세계에 빈번하게 드나드는 건 무시할 수 없어요."

"말 좀 해봐."

"음, 실은…… 지구의 신을 찾고 있었다."

"전에 살짝 말했잖아? 료마 군이 지구의 신에게 묘한 간섭을 받았던 것 같다고."

"들었지. 신으로서 해선 안 되는 일을 했다는 걸 듣고 깜짝 놀랐던 기억이 있다."

"그래서 잠깐 찾으러 갔던 거야."

"놀러 간 게 아니고?"

"료마 군에게는 전생에서 지구의 신이 한 일에 대해 말하지 않았기 때문에 순간적으로 대충 얼버무린 거야."

그 말에 테쿤의 화가 단숨에 가라앉았다.

"뭐야, 그런 일이 있었군."

"테쿤, 넌 그저 오락 때문에 화가 났던 거냐……."

"빈번하게 이세계를 오가는 것도 그 나름대로 문제가 있는 것 아닌가요?"

테쿤의 반응에 어이가 없어진 페르노베리아와 위리엘리스. 하지만 페르노베리아가 마음을 다잡고 묻는다.

"그런 일을 해도 문제는 없는 건가?"

그 물음에 얼굴을 찌푸리는 세 신들.

"문제는 없지만……."

"들키지 않도록 몰래 그쪽 세계로 가는 게 보통 힘든 일이 아니었어……."

"이렇다 할 발견은 없었지만 뭔가 이상해……. 정도의 차이는 있지만 료마 군과 똑같이 고의로 불운해진 사람을 몇 명이나 찾아냈어. 그런데 빼앗은 행복을 사용한 흔적이 없는 거야."

"우리는 처음에는 빼앗은 행복을 그 신의 신자들에게 나누어준 줄 알았다. 허나 알아보니 그렇지 않은 것 같아……. 빼앗을 수 있는 만큼 다 빼앗아서 아무에게도 주지 않았더군."

"그리고 세계의 관리가 엉성해. 저쪽 세계는 기술 등 여러 가지

것들이 발달해서 할 일이 없는 건지도 모르지만……. 기본적으로 신은 다른 세계에 관여하지 않는 것이 규칙. 그래서 들키지 않도록 조심해서 갔는데 맥이 빠질 정도로 간단히 숨어들어갈 수 있었어. 온통 신경을 써가며 조심했던 게 허탈할 정도였지."

"오히려 함정이 아닌가 의심이 들 정도였지만 결국 아무 일도 없었다. 저대로는 만약 이세계에서 마왕이 쳐들어와도 제대로 대처하지도 못하겠더군."

"그 정도로 엉망인가? 그건 이미 신의 일을 방기하고 있는 것 아닌가?

"그럴지도 모르지……."

"도대체 남의 행복을 빼앗아서 어떻게 하려는 거지? 우리들 신에게는 딱히 쓸모도 없는데."

"그걸 모르겠단 말이야……."

"사람들의 신앙을 잃었다면 힘의 유지에 사용할 수도 있겠지만……. 세계가 무사하다면 최소한으로 필요한 힘은 잃지 않았을 거다. 그 점은 어떻지?"

"그 점은 우리도 생각해봤다. 확실히 일본인은 이 세계의 인간들보다 신앙심이 부족한 사람이 많지만 다른 나라 사람들은 신앙심이 깊더군. 세계에도 아직 문제는 없고. 환경 파괴가 계속되어 자연이 황폐해졌긴 하지만 힘은 아직 건재해. 그래서 이 세계로 보낼 마력이 있었던 거지."

"확실히 우문이긴 했군. 하지만 그렇게 되면 정말 사용할 곳이 없단 말이지. 도대체 무엇 때문에……."

그때 지금까지 한 번도 발언하지 않고 가만히 있던 신이 입을 연다.

"……그런 건 아무래도 상관없지 않나? 우린 인간에게서 행복을 빼앗는 짓 따윈 하지 않기 때문에 이해가 되지 않는 것뿐, 어디 사용할 곳이 있는지도 모르지. 그 정도로 해둬. 혹시라도 우리에게 싸움을 걸어온다면 그때 박살을 내주면 되니까."

"키릴엘, 넌 또 그렇게 단순한 말을……. 너란 여자는 여전하구나, 뇌까지 근육이란 말이지."

지금 발언한 건 전쟁의 여신 키릴엘. 그녀는 단련된 몸에 갑옷을 걸치고 허리춤에 찬 검에 손을 올리고 있다. 몸은 탄탄하지만 낭창낭창하고 여성적인 부분도 많다. 말투는 남자 같지만 어엿한 여신이다.

"누가 뇌까지 근육이라는 거냐! 나도 머리는 사용할 줄 안단 말이다!"

"네가 머리를 사용하는 건 전술을 짤 때뿐이잖아."

"그래도 머리를 사용한다는 사실에는 변함이 없잖아! 오히려 자신의 영역에 틀어박혀 있는 너보다는 건강하다고!"

"우리가 몸이 상할 일이 뭐가 있냐. 신이 건강이고 자시고 할 게 어디 있냐 말이다!"

성격도 생활 스타일도 정반대인 두 신은 얼굴만 보면 이렇게 입씨름을 벌인다. 그래서 신들도 이미 이에 익숙해져 있었다. 더 골치 아파지기 전에 가인이 끼어들어 키릴엘에게 묻는다.

"그 이야기는 놔두고, 넌 왜 이곳에? 테쿤에게 불려온 것도 아니지 않나?"

"뭐라는 거야, 영감. 난 전쟁의 신이라고. 싸움이 있는 곳에 전쟁이 있고 전쟁이 있는 곳에 내가 있는 거지! 테쿤이 화가 난 걸 감지하고 이야기를 들어보니까 영감 일행이 이세계로 놀러 갔다는 말을 들었다고 하더라고. 그래서 이건 징계가 필요하겠다 싶어서 기다리고 있었던 거야."

"필요 없거든!!"

"웃기지 말라고?!"

"당신도 신이니까 위험하잖아?!"

"걱정하지 마. 이번에는 아무 짓도 하지 않아. 지구의 신이 이상하다는 건 알았고 그 녀석 때문에 료마라는 녀석의 영혼에 뭔가 이상한 일이 일어나고 있다는 것도 들었다.

앞으로 올 녀석의 영혼에 이상이 있을 가능성도 있으니 거기에 대한 경계라 생각하면, 뭐, 납득할 수 있는 이유잖아? 지구의 신이 우리 세계를 침략해온다던가 하는 이유가 없으면 손을 댈 수도 없고."

키릴엘은 신들 중에서 가장 전투에 뛰어나고 세계에 해를 끼치는 자로부터 세계를 지키며 적을 쳐부수는 단죄의 여신이라는 일면도 있었다. 거의 드문 일이긴 하지만 인간이 세계에 중대한 해를 끼치는 사태를 일으키고 신들이 그것을 막아야 하는 상황이 오면, 주로 그녀가 천벌을 내린다.

기묘하게도 이번에는 다른 4명의 신이 3명의 신의 죄를 심판하는 형태가 되었지만 가인을 포함한 세 신들은 그녀 한 명조차도 당해내지 못한다. 그리고 같은 신인 그녀가 전력을 다하면 비록 쉽진 않더라도 그들을 없애는 것도 불가능하진 않았다.

아무리 그래도 소멸시키지는 않겠지. 하지만 그에 가까운 고통과 부상을 입게 될 것이란 상상을 한 세 신들은 키릴엘의 말에 안도했다.

"죽는 줄 알았네……."

"수명이 줄어든 것 같아……."

"노인을 그렇게 협박하는 게 아니다……."

"신이 무슨 수명이니 심장이니 하는 걱정을 해? 뭐, 이번엔 난 필요 없었던 것 같으니 이쯤에서 그만 돌아가지. 지금도 전쟁을 계속하고 있는 녀석들이 있어서 난 의외로 바쁜 몸이거든."

"그래, 미안하다."

"딱히 테쿤이 부른 것도 아니잖아. 내가 멋대로 온 거지. 그리고 가인, 크포, 루루티아, 지구에 가는 것도 적당히들 해."

"알겠다……."

"확실히 그렇긴 해."

"다음부터는 교대로 하자."

"계속 갈 거라고?"

"그치만 아직……."

루루티아가 도중에 멈춘 말을 테쿤이 물고 늘어진다.

"아직? 뭐야, 아직…… 이라는 건."

"아무것도 아니야."

"저쪽 세계의 신에 대해 파악하지 못해서 그런 게야."

"그래, 맞아."

겉으로는 시치미를 떼고 있는 그들이었지만 그 모습을 수상쩍게 여긴 위리엘리스가 묻는다.

"당신들, 아직 뭔가 숨기고 있는 것 아니에요?"

그 말에 다시 험악한 분위기를 풍기는 테쿤이 추궁한다.

"너희들 진짜 지구에서 그 세계의 신에 대해 알아본 것 맞아?"

"맞아."

"물론이고말고."

"그쪽 세계의 신에 대해 알아보고 다녔어."

"지금도 행복을 빼앗기고 있는 놈들을 찾아내고 온 것 같고. 그건 거짓말은 아니겠지. 그럼 바꿔서 물어보지. 신에 대해 조사하는 것 말고는 아무 것도 하지 않았나?"

그 말에 표정이 굳거나 고개를 돌리는 세 신들.

"어서 대답해봐. 크포, 료마의 말에 따르면 넌 지구를 관광했다고 했다면서?"

"그건…… 전 세계 사람들 중에서 그쪽 세계의 신에게 행복을 빼앗긴 사람을 찾는 김에 경치나 환경도 둘러보고 다닌 거야. 그걸 관광이라고 대충 얼버무린 거고."

"즉 관광하려고 마음만 먹으면 할 수 있단 말이군."

페르노베리아의 중얼거림에 움찔 몸을 떠는 크포.

"잠깐, 그건 유도심문이잖아?!"

"크포, 그 말은 사람을 찾는 김에 관광도 했었다는 말과 똑같잖아……."

그린프가 그렇게 중얼거리자 분위기가 다시 험악해지기 시작한 테쿤이 이번에는 가인에게 묻는다.

"가인, 넌 아이돌인지 뭔지에 빠져 있다고 들었는데?"

"아이돌은 노래와 춤으로 지구 사람들을 즐겁게 해주는 사람들을 말하지. 지구에 있는 영상을 비추는 TV라는 상자에 자주 나오기 때문에 거리를 들여다보면 보게 될 기회는 제법 있다고 할 수 있다. 내가 의도적으로 보는 건 아니야."

"노래와 춤이라, 그건 이 세계에도 있으니까 됐고……."

노래와 춤이라는 말을 듣자 한순간 테쿤의 험악한 분위기와 추궁이 느슨해졌다. 하지만 그와 동시에 가인이 눈을 부라리며 테쿤에게 달려들었다.

"이 세계의 것과 똑같이 취급하지 마라!! 지구의 아이돌은 귀여운데다가 최선을 다해 열심히 한단 말이다!! 나도 모르게 응원하고 싶어진다고!!"

"어, 어어?!"

그 서슬 퍼런 기세에 테쿤이 겁을 먹자 가인이 아뿔싸, 하는 표정을 짓는다. 그것을 본 위리엘리스가 한마디.

"아이돌이라는 분들을 진지하게 보고 있었다는 걸 방금 그 말로 확실하게 알았네요……."

이어서 테쿤이 루루티아에게 시선을 돌리자 더 이상 속일 수 없다고 생각했는지, 묻기도 전에 대답했다.

"지구에서 활동할 때는 늘 긴장하고 있기 때문에 휴식 삼아 지구에 있는 달달한 간식을 조금 먹어보긴 했어."

그 후, 신계에는 테쿤의 노성과 다른 세 신들의 비명이 울려 퍼졌다…….

특별 외전 · 남겨진 사람들(전편)

~Side 타부치~

주임의 유체를 발견한 다음 날, 직장의 분위기는 무거웠다.

어제는 회사로 돌아가니 사내…… 특히 개발 3과는 난리가 나서 무겁고 울적한 분위기를 느낄 틈도 없었다.

■ ■ ■

"타부치!! 도대체 이게 어떻게 된 일이지?!"

사무실로 들어가자마자 나를 발견한 과장은 시뻘건 얼굴로 고함을 지르며 자신의 휴대전화를 내 눈앞에 들이밀었다. 너무 가까워서 담배 냄새가 날 정도로.

휴대전화를 받아 화면을 보니 지금은 모르는 사람이 거의 없는, 짤막한 말을 '중얼거리는' 앱이 켜져 있고 표시된 코멘트는,

「○○선에서 민폐의 극치인 승객 발견」

게다가 주임님의 집으로 가는 도중인 나와 이구치 씨의 동영상도 올라와 있었다. 영상은 조금 편집이 되었는지, 그가 큰 소리로 불평을 쏟아내는 장면에서 주위 사람들을 노려보는 장면까

지 남김없이 담겨 있어서 그냥 보기만 해도 이해할 수 있었다.

코멘트에 대한 반응도 많이 실려 있었는데 그 내용은 거의 다 이구치 씨에 대한 비난의 목소리. 거기에,

「이 녀석, 이 사람과 동일인 아니야?」

이 코멘트와 함께 첨부된 링크에는 주임님의 아파트에서 경찰관 2명의 손에 의해 경찰차에 태워지는 이구치 씨의 영상이 있었다.

그것을 본 순간, 경찰차가 밖에 길가에 세워져 있었기 때문에 많은 구경꾼들의 눈에 노출되어 있었다는 것을 알 수 있었다. 게다가 그는 끝까지 저항했기 때문에 경찰관의 배려도 허무하게 옷과 얼굴이 그대로 다 찍혀 있었다.

당연히 동일인물인 것으로 판명되었고 연행될 때의 상황도 포함해서 정보가 확산.

「뭐야, 이 녀석은? 살인범이야?」

「시체를 발견하기만 했지 죽이진 않았다나봐」

「자고 있는 줄 알고 시체를 때리고 발로 걷어차고 아주 난리를 부렸대」

「연행될 때 줄곧 외쳤으니까 그걸 들으면 대충 파악할 수 있어」

「그걸 나중에 온 경찰에게 듣고 발끈. 영상을 보면 알 수 있듯이 난 죽이지 않았다고 발광」

「경관은 그냥 확인만 하는 거라고 하는데. 완전히 자신을 의심하고 있다고 생각하는 거겠지」

「진짜 차서 죽인 게 아니라면 사망추정시각을 통해 무죄라는

걸 알 수 있는데 일부러 죄를 만드는 멍청이」

「살인이 아니더라도 사체 손상 같은 죄를 물을 수 있는 것 아닌가?」

「나 이 녀석 알아. 2년 전까지 우리 동네에서 아주 유명한 양아치였음. 이름은 이구치 모토하루」

「유명한 놈?」

「나쁜 의미에서. 늘 똘마니들을 데리고 게임 센터 같은 곳에 죽치고 있었는데 매너가 아주 더러웠음. 격투기 게임에서 이기면 시체를 걷어차고 지면 상대를 현실에서 두들겨 팼음」

「게임에서 시체를 걷어차고 현실에서도 시체를 걷어차고」

「싸움 잘함?」

「그렇게 강하진 않을 거야. 싸움에 익숙하지 않은 녀석에게는 지지 않는 정도? 그리고 여럿이서 에워싸거든. 다른 양아치나 강해 보이는 녀석에게는 애당초 시비를 걸지도 않는 한심한 놈」

「최악이네ㅋ」

「어떻게 그딴 쓰레기가 유명할 수 있냐? 너희 동에 양아치는 이구치보다 못함?」

「그 녀석 집안이 지주이고 가족은 회사 경영도 하고 있는 부자라서 괜히 엮이면 나중에 골치만 아프거든. 그래서 엮이기도 싫은 거고 부하들은 떨어지는 콩고물이라도 받아먹으려는 거지. 뒤에서는 다들 욕하는 걸로 유명한데 본인은 모르고 자기가 강한 줄 알고 으스댔던 모양이야」

「사는 곳과 집안, 다녔던 학교까지 알아냈음」

타임 라인을 보니 30분도 걸리지 않아 신상이 밝혀진 것 같다.

거기까지 읽었을 때 과장이 휴대전화를 다시 가져갔다.

"이게 도대체 어떻게 된 일이지……. 이런 일이 일어나지 않도록 자네가 따라간 것 아니었나?! 아까 그의 아버지가 화가 머리 끝까지 나서 연락해 왔다고! 덕분에 난 아주 죽을 맛이야?! 알긴 알아?!"

사정은 대충 알았다. 하지만 말도 안 되는 소리다. 전철은 그렇다 쳐도 각자 다른 방에서 취조를 받은 후의 일은 나도 어떻게 할 방법이 없다.

하지만 그런 변명은 통하지 않는다. 애당초 들을 생각도 없다는 게 명확할 정도로 과장은 죽일 듯이 고함을 질러대고 있었다.

"넌! 무엇 때문에."

"과장님! 전화입니다!"

"……바꿔줘. ……네, 전화 바꿨습니다?! 전무님! 이번 일은, 그, 네, 네……. 이미 회사까지 알아냈다니. 문의가 다수…… 사장실로 출두……, 네, 알겠습니다……! 지금 여기 당사자인 타부치가 있습니다만! ……필요없다고요, 네, 네, 알겠습니다, 즉시 출두하겠습니다……. 들어가십시오."

힘없이 수화기를 내려놓은 과장은 천천히 뒤를 돌아본다.

"어이, 타부치, 어서 일이나 해. 타케바야시는 죽었잖아? 그 녀석이 하던 일은 전부 네가 이어 받는 거다, 알겠나?"

마지막 힘을 모아 화풀이를 한 과장은 비참한 얼굴로 나갔고 그날은 돌아오지 않았다.

■ ■ ■

그리고 오늘 아침 출근 시각. 더 활력을 잃은 과장은 이구치 씨의 부모에게 사과하러 간 길로 아직 연락이 없다.

"음…… 네, 타부치입니다. 마츠무라 씨?"

"아, 타부치? 드디어 연결되었군~. 다른 사람들은 아무리 연락해도 받아야 말이지. 뭐하고 있냐?"

"글쎄요……. 그런데 무슨 일이세요? 밖에 계신 것 같은데."

"아-, 맞다, 난 오늘 쉬는 날이거든. 그게 말이야, 이구치 때문에 회사가 시끄럽잖아? 그래서 아빠가 오늘은 회사에 가지 말라고 하더라고. 뭐, 괜히 복잡해지지 않도록 한동안 쉬라는 거지. 그래서 당분간 출근하지 않을 것 같아. 우리 아빠의 명령이니까. 네가 과장한테 알아서 말 좀 해줘. 그럼 부탁한다."

……자기가 하고 싶은 말만 하고 일방적으로 전화를 끊었다.

"타부치 군, 방금 마츠무라 씨? 오늘 출근하지 않았는데 뭐라고 해?"

"오늘은 회사에 나오지 않고, 아니, 당분간 안 나올지도 모르겠다고 하네요. 이구치 씨 일이 부모님의 귀에 들어갔다나 봐요."

"마츠무라 씨까지……."

"벌써 점심때인데, 이제야 연락을 주다니……."

"다른 사람들에게도 전화했지만 다 받지 않더라고 하던데요."

"어차피 거짓말이겠지. 자기는 잘못한 게 없다는 어필이야. 다 큰 어른이 아빠가 쉬라고 했다니, 뭐야? 그래도 사회인이냐?"

"그나마 연락이라도 왔으니 다행이죠. 우리들 외에는 거의 다 무단결근이에요."

여러 가지 사정에 의해 3과는 다른 곳보다 인원수가 많아서 전부 32명이 재직하고 있다. 하지만 현재 사무실에 있는 건 10명. 과장을 포함해서 외근 중인 사원이 4명. 사내에서 다른 일을 맡고 있는 사람이 3명으로 출근이 확인된 사람은 총 17명.

나머지 15명은 전원 결근.

"뭐, 차라리 안 와주는 게 도와주는 거지만……."

딱히 특정 누구에게 한 말은 아니었지만, 그 말은 그 자리에 있던 모두의 마음을 대변했다.

"……좋았어. 그럼 전 외근 다녀오겠습니다."

"어라? 타부치 씨, 오늘 외근 일정이 있었어요?"

"제 게 아니라 주임님에게 이어받은 일이요."

"아……."

사무실의 공기가 더 무거워진 것 같다.

지금 이곳에 있는 이들은 정도의 차이는 있지만 주임님 일이 마음에 걸리는 사람들이다.

반대로 일에 몰두해서 잊으려 하는 건지도 모른다.

"……다녀오겠습니다.

「다녀오세요.」

무심코 어색해 하는 동료들의 시선에서 도망치듯 나오고 말았다……

■ ■ ■

“하아…….”

주임님이 담당했던 거래처에 인사를 하고 다니는 일이 다 끝났을 무렵에는 이미 날이 저물어 있었다.

걸어 다니느라 피곤하기도 했지만 그것보다 더 힘든 건 상대와의 대화였다.

‘죄송하지만 이 이야기는 없었던 걸로.’

‘그쪽 회사, 참 한심한 사원을 고용하고 계시더군요.’

‘우리는 지금이 중요한 시기라…… 이 안건은 없던 걸로 해주셨으면 합니다.’

‘타케바야시 씨가 죽었다고? 안타까워라…….’

‘외모는 야쿠자처럼 생겼지만 정말 성실하고 좋은 사람이었는데…….’

‘무리라는 걸 알고도 빠듯한 납품기한을 부탁했을 때도 열심히 해줬고.’

이구치 씨의 일은 회사에 안 좋은 이미지를 줬고, 그로 인해 몇몇 계약이 취소되었다.

한편, 옛날부터 주임님을 알고 있던 담당자의 추억 이야기는 솔직히 괴롭다.

무거웠던 발이 더 무거워진다. 그래도 일은 여전히 산더미처럼 남아있다.

기력을 쥐어짜내서 회사로 돌아가니…….

"다녀왔습니다……?"

3과는 텅 비어 있었다.

"수고했어, 타부치 군."

"으앗?! 아, 바바 씨……."

"미안해, 나 때문에 놀랐나 보군."

"아뇨, 저야말로 죄송합니다. ……그런데 바바 씨 혼자 계신 건가요?"

우리 과의 최고령, 정년이 얼마 남지 않은 바바 씨 밖에 없어?

바바 씨야 가끔 있는지 없는지 모를 때가 있긴 한데. 그나저나 설마 우리 과 모두가 외근인가?

이미 밤이고 외근은 거래처의 일정이라는 것도 있는 법이다. 그런 일은 있을 수 없다.

"모두 돌아갔어."

"돌아갔다고요?!"

말도 안 된다. 늦은 밤에도 4, 5명은 잔업을 하고 있는 게 우리의 일상인데.

특히 지금은 주임님이 돌아가셔서…….

"과장으로부터 바로 퇴근하라는 연락이 있었네. 그리고 오늘은 모두 정시에 돌아가라더군. ……타케바야시 군이 죽은 일로 모두 이런저런 생각이 많은 모양이야."

"그렇군요……."

"내일 할 수 있는 일은 내일 하기로 했어. 오늘 하든 내일 하든

어차피 아수라장. 우리에겐 일상이잖아."

"그렇, 죠……."

"……힘들지? 자네도 그만 돌아가도록 해. 자네도 그렇고 다들 일을 제대로 할 수 있는 정신 상태가 아니야. 무리해서 일해봤자 실수와 일만 늘어날 뿐이고. ……나도 그만 돌아갈 거네."

"네……."

그는 한마디씩, 타이르듯 말했다.

그 한마디 한마디가 몸에 스며드는 것 같다.

……그리고 정신을 차리니 집의 현관에 있었다.

"어느새?"

게다가 손에는 통근용 가방 외에 안에 물건이 잔뜩 든 커다란 편의점 비닐봉지. 특대형 도시락, 주먹밥, 식은 냉동 식품, 편의점 디저트, 스낵 과자. 도대체 언제……?

"아."

자세히 보니 편의점 봉지에 택시 영수증이 들어 있었다. 그런데 결제자 이름은 '바바 님'으로 되어 있다.

"……."

일단 옷부터 갈아입자.

짐을 내려놓고 양복을 옷걸이에 건다.

「의자에 오래 걸어두면 주름이 지니까.」

갓 입사했을 무렵에 들었던 말이 떠올랐다.

그때는 사무실 의자에 부착할 수 있는 체어 옷걸이를 소개 받았던가?

"……!"

상의에 넣어두었던 휴대전화가 울렸다. 혹시 회사일 때문인가?

정시에 퇴근했다고 야단맞는 모습이 순간적으로 떠오르면서 우울해진다.

"……여보세요."

"카즈오?"

"뭐야, 엄마였잖아……."

"'뭐야'가 뭐니, '뭐야'가? 부모에게 그건 아니지 않니? 넌 말이다, 제대로 연락도 하지 않으면서."

"……무슨 일인데 그래?"

"……저기, 카즈오, 어제 동네 아주머니에게 들었는데 최근에 어떤 회사의 이구치라는 사람이 나쁜 의미로 화제에 올랐다고 하더구나. 이름과 회사가 인터넷에 다 퍼져서."

"……그래서?"

"그 사람이 다닌다는 회사 이름을 물어봤더니 너희 회사와 이름이 똑같지 않겠니? 그래서 신경 쓰여서 알아봤더니 블랙 기업이라고 하던데 괜찮니?"

"……바쁜 건 사실이야. 그러니까 그만 끊을게."

"잠깐! ……집으로 돌아오는 건 어때?"

"돌아가서 어쩌라고?"

"방은 있고 유지 부부도 동거에는 찬성하고 있어. 일은 돌아와서 다시 천천히 찾아보면 되잖아."

"됐어, 난 그냥 계속 다닐 거야."

"퇴사자들이 익명으로 이야기하는 사이트가 있다고 듣고 유지에게 좀 알아봐달라고 했는데, 조사해보면 할수록 너무 심한 회사더구나! 적어도 건강을 해치기 전에 돌아오도록 해! 아버지도 그때 일은 반성하고 계시니까 고집 부리지 말고."

"……."

"카즈오? 엄마 말 듣고 있니? 카즈오."

"나 바빠."

통화 종료 버튼을 눌렀다.

"돌아오라니…… 이제 와서 무슨 소리야."

「가족이라는 건 참 어렵지…….」

……또 주임님이 했던 말이 떠오른다.

언제던가, 점심시간에 엄마에게 전화가 왔는데 어쩌다 보니 큰 소리를 내게 되었고 그 소리를 주임님이 듣게 된 적이 있었다. 분위기가 어색해져서 아버지와 사이가 좋지 않아서 가족들과 거리를 두고 있다고 고백했더니 자기도 아버지와 사이가 좋지 않았다는 이야기를 해주었다.

「가족이라는 건 참 어렵지…….」

주임님의 표정은 떨떠름했다. 하지만 그 후, 다시 웃는 얼굴로 돌아와서…… 뭐라고 했더라?

"……하아."

기억이 나지 않는다. 머리 자체가 돌아가지 않는다.

이럴 때는 **그것**을 마시는 게 최고다.

혼자 살기에는 충분하지만 좁은 주방으로.

주방에 설치된 선반에서 밀봉할 수 있는 봉지에 든 가루를 찾는다.

"……그러고 보니 이것도 주임님이 가르쳐줬지……."

입사 초기, 내 교육 담당이었던 주임님과 마음을 터놓는 계기가 된 것도 이것이다.

그 당시의 난 전체적으로 무서운 주임님의 외모 때문에 가까이 다가가기 어렵다고 생각하고 있었다. 사실 얼굴만 무섭게 생겼지 내면은 온화한 사람이었지만.

나를 배려한 주임님은 자신이 마실 것을 준비하면서 커피를 타주려고 했다. 그런데 그만 커피가 아니라 자신이 늘 마시던 '음료'를 두 개 준비하는 바람에 미안해하면서 내게 마시겠느냐고 물었다.

"거절하지 못한 것뿐이었지. 처음에는."

그런데 그것을 마셨더니 묘하게 컨디션이 좋아졌다. 맛도 독특한 풍미를 가진 그건 커피와 비슷해서 어느새 마음에 들어 하게 되었다. 그래서 이건 무엇인지, 어디서 파는지 물어봤더니 자신이 직접 만든 것으로 주임님의 집에 대대로 내려오는 '약탕'이라고 했다.

솔직히, 이 사람, 뭐라는 거야? 라고 생각했다.

그런데 그게 얼굴에 드러났던 모양이다. 주임님은 쑥스러워하면서도 오해를 풀기 위해, 묻지도 않은 자신의 집안에 대한 이야기를 시작했다. 그 내용은 들으면 들을수록 라노블 같은 이야기라서 놀라긴 했지만 흥미도 생겼고…… 그 일을 계기로 오타쿠 취향에 대한 이해가 있다는 것도 알게 되어서 주임님과의 거리는 단숨에 좁혀졌다.

한 달 정도 지나자 좋아하는 라노블과 게임에 대한 이야기를 나누기도 했고, 오타쿠 취미가 있다는 걸 알고 집안 이야기가 뇌내 설정은 아닌지 의심하기도 했다. 그것이 진실이라고 증명하기 위해 실연해 보일 정도로는 친해졌다.

"딱 한 잔 나올 양만 남았네."

찾아낸 봉지에는 극히 소량의 가루 밖에 남아 있지 않았다.

……전부 다 써버리는 수밖에 없다.

"후우~, ……앗, 뜨거워……."

이 냄새. 이것만 맡아도 머리가 개운해지는 것 같은 느낌이 드는 걸 보면 참 신기하다.

민들레 뿌리를 중심으로 쑥과 은행잎. 그 외에 10여 가지 약초를 조합. 간 기능 촉진, 식욕부진의 회복, 변비 해소, 소화불량 개선, 이뇨 작용, 정혈 작용, 혈중 콜레스테롤 저하, 정신 안정, 자양강장, 스트레스 완화, etc……. 어쨌든 폭넓은 증상 개선에 효과가 있다고 한다.

처음엔 반신반의했지만 계속 일할 수 있었던 건 이 약탕 덕분이기도 하다고 지금은 생각한다. 특히 회식 다음 날은 필수품.

여태껏 주임님이 조합해서 만든 걸 얻어서 마셨는데 이제 주임님은 없다.

물론 회사에 상비해둔 게 남아 있을 것이다.

하지만 그것마저 떨어지면?

만드는 방법은 알고 있다.

비전 같은 것도 아니었는지, 친해지자 흔쾌히 가르쳐주었다.

그래서 받으러 가면 '가끔은 네가 직접 만들어봐라'라고 하면서 주시곤 했었는데…….

……이걸 못 마시게 될 일은 없다. 그렇지만 만들어주는 사람은 더 이상 없다.

작동하기 시작한 머리가 추억과 사실을 눈앞에 들이민다.

"이 주방에서도 몇 번 요리를 했었지……."

시골에서 도시로 나와 살기 전까지 가사라고는 한 번도 해본 적 없던 내 생활은 참담했다.

외식 아니면 컵라면이나 즉석 식품이나 먹던 나를 걱정해서 간단한 요리를 가르쳐주었다.

게다가 청소 비결부터 내가 사는 지역의 쓰레기 배출하는 법까지 다 조사해서 가르쳐주었다.

서로 마음을 터놓게 되면서 사생활에서 같이 어울리는 일도 서서히 늘어났다.

도시인은 간섭 받는 것을 싫어한다는 사람도 많지만 시골 출신인 내게는 그저 고마울 뿐.

도시에 나와 살게 된지 얼마 안 되는 내게 주임님은 정말 잘해주셨다.

내가 이곳에서 살아갈 수 있게 될 때까지, 많은 부분에서 도움을 받은 기억이 잇달아 떠오른다.

"둘 중 하나가 쓰러진다면 그건 분명 저일 줄 알았어요……. 그런데 왜 저보다 먼저 죽은 겁니까……!!"

흘러나온 목소리는 울려 퍼지다 사라지고, 마음은 슬픔과 공허함으로 채워진다…….

특별 외전 · 남겨진 사람들(후편)

다음 날.

평소처럼 정해진 출근 시간보다 빨리 출근. 그리고 제일 먼저 바바 씨가 있는 쪽으로 향한다.

"안녕하세요."

"좋은 아침. 어제는 무사히 돌아갔나? 꽤 걱정했는데……."

"네, 덕분에요. 그리고 이거."

"영수증, 받아서 보관해뒀군. 고마워."

"에? 바바 씨가 저와 함께 있었던 게 아닙니까?"

"응? 난 볼 일이 좀 있어서 자네를 택시에 태우고 돈을 지불하기만 했는데……. 혹시 기억나지 않나?"

"죄송합니다……. 정신을 차리고 보니 집에 도착해 있더라고요. 산 기억도 없는 편의점 물건이 든 봉지를 들고."

"그랬군, 확실히 망연자실한 상태이긴 했었지. 편의점 물건은 나와 같이 회사를 나온 후에 산 거야. ……그런데 타부치 군, 갑작스러운 이야기인데, 오늘 밤, 시간 있어?"

"오늘 밤이요?"

"왠지 우리끼리만 술을 마시고 싶으시다는군, 바바 씨가."

"어쩐 일이세요, 바바 씨가 먼저 술을 마시자는 이야기를 다 꺼내시고."

"그런 날도 있는 법이야. 타케바야시 군의 명복을 빌고 모두에게 이야기하고 싶은 것도 있고. 어떤가?"

"참고로 과장은 오늘도 인사와 설명을 하러 다니느라 나오지 않는다는군. 아마 오늘도 일찍 퇴근할 수 있을 거야."

"……잘 됐네요. 그럼 이 기회에 즐겁게 마셔볼까요."

일에 대한 건 다 떨쳐낸 건지, 꽤나 깔끔하게 결론이 나왔다.

■ ■ ■

그날 밤.

「건배!」

처음 온 선술집의 방에 15명의 사원이 모였다.

"수고하셨습니다!"

"다들 수고 많았어!"

입사한 이후 처음으로 가까운, 문제 행동을 일으키는 사람이 없는 회식. 난 물론이고 다른 사람들도 왠지 어색하게 굳어있는 모습이다.

바바 씨는 무슨 생각으로 이런 자리를 제안한 걸까? 도대체 무슨 이야기를 할 생각인 걸까?

"자, 타부치 군."

"아, 감사합니다."

의문은 끊이지 않는다. 그래도 일단 건배를 한다. 바바 씨는 적당히 술기운이 돌기를 기다리고 있는 것 같다.

"아~…… 맛 좋다!"

"정말이에요. 이 가게 요리, 참 맛있네요."

"그렇지? 내가 추천하는 곳이지. 과장이나 다른 사람들에게는 절대 비밀이야."

"바바 씨의 은신처 같은 곳인가요?

"정시에 퇴근해서 맛있는 밥과 술, 최고다~."

"이틀 연속, 정시 퇴근이라니, 입사한 후로 처음 아닌가요?"

평소라면 있을 수 없는 일. 지금은 방해하는 사람이 없기에 가능한 일. 소중한 기회에 가슴이 뛴다. 그렇지만 진심으로 즐기는 사람은 단 한 명도 없었다. 미묘한 분위기가 흐르고 있다.

"……주임님도 여기 있었다면."

3과의 최연소 사원인 하라 씨가 참지 못하고 말했다.

그 순간, 방안이 조용해진다.

"……아, 죄, 죄송합니다!"

체구가 작은 그녀가 실언을 깨닫고 몸을 움츠렸다.

주위 사람들에게 머리를 숙이며 움츠러들 때마다 풍만한 몸 때문에 옷이 터질 것 같다.

"신경 쓰지 마. 다들 그렇게 생각하고 있으니까. 안 그래?"

"그래요……."

"바바 씨의 말이 맞아, 하라."

"누가 언제 죽어도 이상하지 않았지만 주임님만큼은 안 그럴 줄 알았어."

"나도."

"저도요."

"……역시 다들 그렇게 생각했군요."

"주임님이 휴일 외에 쉬는 걸 본 기억이 없어……."

"아니, 오히려 휴일에 출근해도 꼭 계셨을 정도인 걸요……."

"아무리 피곤해도 컨디션이 안 좋아 보이는 느낌은 전혀 없었고……."

"그러고 보니 주임님, 몇 살이였지, 타부치 군?"

"39살이요."

"뭐?! 아직 30대였어요?!"

"그렇게 보이지 않죠."

"그러고 보니 타케바야시 씨는 언제부터 회사에 있었지……."

"난 입사 7년차인데 그때도 계셨어. 바바 씨라면 알고 계실 것 같은데요?"

바바 씨에게 시선이 모인다.

"나도 자세히는 모르네. 난 영업에서 3과로 온 케이스라서."

"……처음 듣는 이야기네요."

"10년이나 더 된 일이니까. 그래도 작년에 근속 15년 기념품을 받았으니 16년차가 아닐까?"

"우리 회사에서 16년이라니."

"그 사람, 역시 인간이 아니야."

“반대로 말하면 16년이나 무리했다는 소리지. 만약에 그러지 않았다면…….”

다음 말은 이어지지 않고 괴로운 침묵이 그 자리를 대신한다.

“마, 맞다. 오늘 하고 싶다던 이야기는 뭐죠?”

어떻게든 하려고 한 결과, 그만 재촉하는 것처럼 물어보고 말았다.

조금 고민하는 듯한 표정을 짓는 바바 씨.

“향후 우리의 일에 대한 거네.”

그 음색과 진지한 표정에 몸이 저절로 긴장된다.

“다들 앞으로 어떻게 할 건가?”

“어떻게라니.”

“무슨 말인지.”

“이대로 이 회사에 계속 다니고 싶으냐는 말일세.”

……아무도 대답하지 않는다.

“타케바야시 군이 죽었어. 아주 유감스러운 일이지. 하지만 자신에 대해서도 고민하지 않으면 안 되네. ……대답하지 않아도 되니까 들어줬으면 해. ……타케바야시 군이 없는 이 회사에서 앞으로도 계속 일할 수 있겠나?”

「…….」

“솔직히 말하지. 난 그의 사람 좋은 점을 이용해서 내 일을 맡겼네. 그를 이용해서 내 부담을 경감시켰지. 그래서 이 나이까지 3과의 격무를 견딜 수 있었던 거야. 그가 죽고 없는 지금, 난 이제 그 격무를 버텨내지 못하겠지.”

「…….」

천천히 주위를 둘러보는 시선. 그 시선을 받은 사람은 겸연쩍은 듯 다른 방향으로 고개를 돌린다.

바바 씨의 말에 모두 많든 적든 어느 정도 짐작하고 있었다.

"그래서 제안하고 싶네. 우리 함께 회사를 그만두지 않겠나?"

"모두 함께라니."

"그게 가능하면 이 고생도 하지 않죠."

그만두면 어떻게 하지? 일이 없어진다. 재취업이 어렵다.

누구 한 명이 말을 꺼내면 다른 사람이 그 뒤를 잇는다.

겹쳐지는 목소리, 가차 없이 토해져 나오는 부정.

그는 그 모든 것들을 아무렇지도 않게 받아들이고 있다.

"모두의 걱정은 타당해."

한차례 의견이 나온 후, 묘하게 차분해진 그의 말.

그러나 뒤이어 나온 말에는 모두 자신의 귀를 의심했다.

"실은 이미 새로운 직장을 찾아뒀네. 여기 있는 모두를 위한 곳을."

「네?!」

모두의 놀라움을 무시하고 그는 이야기를 시작한다.

"아까 이야기한 대로 내가 전에 했던 일은 영업. 그때 알던 거래처와 지인을 찾아가봤지. 줄곧 소원하게 지내왔지만 옛날 일을 기억해주고 있더군. 나도 깜짝 놀랄 정도로 이야기를 잘 들어줬다네."

믿기지 않는다.

그런 의견이 나올 것을 미리 예측하고 있었던 걸까, 회사명과 연락처 리스트를 담당자의 명함과 함께 보여준다.

회사에 따라서는 자료까지 준비해준 것 같았다.

동료에게 넘겨받아서 확인해본다.

거짓말이라고 보기엔 너무 공을 들였어…….

"모두 같은 직장에 다니는 건 무리지만 경험이 있는 기술자라면 받아줄 수 있다는 곳이 이렇게 많아. 조건도 확인해봤는데 능력을 인정받으면 급여 상승과 추후 승진도 고려해주겠다는 곳도 있네. 그렇지 않더라도 지금과 거의 다르지 않아. 난 모든 곳이 다 허용 범위 안에 들어간다고 생각하네.

그리고 무엇보다 휴일 출근은 거의 없고 잔업을 하면 잔업 수당이 나오지. 그런 부분의 규정은 지금 회사보다 훨씬 더 확실하고 좋아."

"……말도 안 돼. 나 이 회사 알아."

"거기, 최근에 실적이 좋은 곳이잖아요."

"나도! 회사 내에 수면실과 헬스장까지 있는 곳이죠? 복리후생을 전면적으로 내세우고 있는 곳이에요."

"다른 회사도 제법 좋은 곳이에요."

"……어차피 겉으로만 그런 것 아니야?"

"의심하는 것도 이해하네. 하지만 그렇다 해도 이대로 계속 이곳에서 일하는 것과 크게 다르지 않다고 생각하지 않나?"

"그건……."

너무 좋은 조건을 믿지 못하고 부정적인 의견을 낸 쿠마가이 씨는 잠자코 입을 다문다. 그건 다른 사람도 마찬가지였다. 이미 밑바닥인 상황이기 때문에 더 이상 떨어질 곳도 없다.

좀 더 좋은 직장에서, 좀 더 좋은 생활을 할 수 있는 기회가 눈 앞으로 굴러들어왔다.

그런데도 망설인다. 그것을 위한 한 발을 내딛지 못한다.

"……바바 씨, 한 가지 여쭤 봐도 될까요?"

"말해보게, 타부치 군."

"어째서 갑자기 이런 일을 하시는 거죠?"

바바 씨도 일을 하느라 바빴을 텐데.

이직을 하고 싶다면 자신이 다닐 직장만 알아보면 된다.

이렇게 좋은 직장들을 찾아낸 건 우연, 그저 타이밍이 좋았던 것뿐인지도 모른다.

그런데 왜 바바 씨는 모두의 직장을 알아본 걸까?

"잘 설명하진 못하겠지만…… 이득 될 거라곤 하나도 없는데."

모두의 시선이 모인다. 횡설수설하면서 아무리 해도 이해가 되지 않는 점을 이야기한다.

그러자 그는 눈을 감고 목소리를 쥐어짜냈다.

"……타케바야시 군이 말했지. '만약 자신에게 무슨 일이 생기면 모두를 부탁합니다'라고."

심장이 뛴다.

"주임님이 그런 말을?"

"오래 전 일이지. 나도 불과 얼마 전까지는 잊고 있었어……. 난, 타케바야시 군이 싫었네."

그의 입에서 나온 말이 또 다른 동요를 만들어낸다.

내가 아는 한, 두 사람의 관계는 양호한 편이었다.

"싫어했던 것도 옛날 일이지만……. 아까부터 말했다시피 난 원래 영업에서 좌천되어 3과로 온 거야. 일할 의욕이 없는 거래처 중역들의 자식을 떠맡는 대신 일감을 받는다. 그런 뒷거래를 시작한 상부의 방식을 납득하지 못하고 반대했던 결과지."

자조하듯 담담하게 이어지는 말.

"영업에서 이동해온 내게 부족했던 지식과 기술, 그것들을 알려주기 위해 붙여준 교육 담당……. 그가 바로 타케바야시였지.

우리 세대는 '연공서열'이 기본. 난 연하가 상사가 된다는 사실에 거부감이 강해서 내심 수치스럽게 생각했네. 그렇게 되니까 나쁜 점만 눈에 들어와서 혐오감은 더 끓어오르더군. 결국엔 좌천된 불평불만의 화살이 그를 향하게 되었고. 말하진 않았지만 아마 다 알고 있었을 거야."

하지만 주임은 끈질기게 일을 가르쳐주었다. 그리고 바바 씨가 혼자 일을 할 수 있게 되고 이동한지 10년 정도 되었을 무렵. 그제야 그에 대한 인식을 바꿨다고 한다.

"잔업 중에 있었던 일이야. 그만 화가 나서 마찬가지로 잔업을 하고 있던 타케바야시 군에게 설교를 했지. 자네는 요령이 부족하다, 그러니까 늘 일을 떠맡는 거다, 그런 말들을 심술궂게. 지금 생각하면 빈정거림에 불과한 말을 아주 거만하게 떠들어댄 거야.

그런 나에게 그는 평소처럼 다들 바쁘니까 어쩔 수 없다, 체력이 있으니까 괜찮다며 애매하게 웃더군……. 무슨 말을 해도 소용이 없어서 나중엔 화낼 마음도 들지 않았어. 네가 쓰러지면 다른 사람들에게 폐를 끼치게 된다, 그렇게 말하고 이야기를 끝내려고 했지."

그때, 아까 그 말을 했다고 한다.

"'일도 잘 하고 저보다 요령도 좋은 바바 씨라면 어떻게든 해줄 수 있을 겁니다……'라고. 한순간 못된 말만 하는 나에 대한 앙갚음인 줄 알았는데 그는 환하게 웃더군. 그때 완전히 독기가 빠졌지."

……주임님이라면 그런 말을 했을 것 같다.

"주임님은 무슨 말을 들어도 마음에 담아두지 않는 사람이었으니까요."

"폐를 끼쳐도 괜찮다고만 했어."

"저는 반대로 그게 불안했어요……. 사실은 화가 난 게 아닐까 하고."

"그랬군. 그는 말주변도 없었지."

한동안 침묵이 흐른다.

하지만 이번에는 아까보다 조금이지만 평온하다.

"……그는 분명 자신이 한 말을 잊고 있을 거야. 그렇지만 난 할 수 있는 일을 하고 싶었어."

구체적인 내용을 생각하면 회사를 어떻게든 개선하는 건 불가능에 가깝다.

그래서 바바 씨는 새로운 직장을 찾아가면서까지 우리 모두에게 회사를 그만두지 않겠냐는 제안을 했다고 한다.

"모두 깊이 고민해주게. 이대로 이 회사에서 계속 혹사당할 것인가, 아니면 새로운 직장에 희망을 걸어볼 것인가. 강요는 하지 않아. 자신의 뜻에 따라 후회 없는 선택을 해주길 바라네. 다만…… 난 자네들이 기회를 잡아주길 바라고 있어."

바바 씨는 자리에서 일어나 머리를 깊이 숙였다.

마치 사죄 회견에 나온 임원 같았지만 그 심정은 충분히 전해졌다.

동시에 미래에 대한 희망이 보인 것 같은 느낌이 들었다.

"감사합니다, 바바 씨!"

"바바 씨와 주임님에게 건배!"

주위에서 힘찬 박수와 저마다의 말이 모일 때까지 시간은 별로 걸리지 않았다.

후기

안녕하세요. '신들에게 주워진 남자'의 작가인 Roy입니다!

독자 여러분, '신들에게 주워진 남자 3'을 구입해주셔서 진심으로 감사합니다!

여러분 덕분에 이 작품도 무사히 3권. 즉 저는 저의 세 번째 책의 발매일을 맞이할 수 있었습니다. 게다가 동시 진행 중인 코믹스도 순항하고 있습니다.

놀랍게도 최근에는 독자 여러분에게 팬레터까지 받게 되었답니다!

그럭저럭 작가로서 책을 낼 수 있게 된 입장에서 이런 말을 하는 것도 좀 그렇지만…… 말로 표현하기 힘들 정도로 기쁘네요. 솔직히 제가 팬레터를 받게 될 줄은 꿈에도 몰랐거든요.

알고 계신 분도 많겠지만 '신들에게 주워진 남자'는 원래 주식회사 히나 프로젝트의 web 사이트, '소설가가 되자'에 게재되고 있는 작품으로 제 계정은 지금도 이용하고 있습니다.

그곳에서는 사이트 내의 서비스로 다양한 기능을 무료로 이용 가능. 게다가 직접 받을 수 있기 때문에 메시지와 감상 등은 그쪽에 있는 기능을 통해 오는 줄 알고 있었죠. (실제로 감사한 메시지를 많이 보내주고 계십니다.)

그런데 손편지를, 그것도 수고와 요금까지 들여서 응원의 메시지를 보내주신 거잖아요. 이건 받았을 때 또 다른 기쁨. 그리고 가슴에 징 하고 오는 따듯함을 느낄 수 있었습니다. 물론 사이트를 통해 받는 메시지도 기쁘지만 이건 조금 다른 감동이더라고요.

응원의 메시지를 보내주신 여러분, 정말 감사합니다!
담당자의 지도 아래, 앞으로도 정진할 테니 아무쪼록 계속 응원 부탁드려요.

NEXT

신들에게 주워진 남자
3

2019년 4월 5일 제1판 제1쇄 인쇄
2019년 4월 10일 제1판 제1쇄 발행

지음 | **Roy**
일러스트 | **리린라**
옮김 | **권미량**

발행인 | 오태엽
편집팀장 | 김충영
편집담당 | 안세연
한국어판 디자인 | Design Plus
라이츠사업팀 | 이은선, 조은지, 이선, 백승주
출판영업팀 | 안영배, 이풍현, 경주현
제작담당 | 박석주

발행처 | (주)서울미디어코믹스
등록일 | 2018년 3월 12일
등록번호 | 제 2018-000021
주소 | 서울특별시 용산구 새창로 221-19(한강로2가)
전화 | (02)799-9174(편집), (02)791-0752(마케팅)
팩스 | (02)799-9334(편집)
인쇄처 | 코리아 피앤피

ISBN 979-11-6403-624-0
ISBN 979-11-6311-537-3 (세트)

●잘못된 책은 구입하신 곳에서 교환해 드립니다.

분코로리 월드 작렬!!
『다나카』8권×『니시노』1~2권 동시 발행!!

TANAKA THE WIZARD

다나카
나이=이퀄 여친 없는 역사인 마법사

8

다나카 씨가 체포되어(두 번째) 단두대에서 목이 잘리려는 순간――

새로운 이야기가 막을 올린다!!

라이트노블계에 일대 파란을 일으킨 바로 그 『다나카』 작가의 신작, 전설의 금발로리 얀데레 라이트노블 등장!!

『니시노』 1~2권 동시 발행 기념

TANAKA THE WIZARD 다나카 나이=이퀄 여친 없는 역사인 마법사 × 니시노

「~교내 카스트 최하위이자 이능세계 최강 소년~」

최강 신사 합동 이벤트 실시!!

『다나카』 시리즈 중 한 권 +
『니시노』 1~2권 세트 동시 구매 시
『다나카』×『니시노』 클리어 파일 증정!!
(한정 수량 소진 시까지)

초판 한정 **책갈피** 증정!!

마침내 마왕이 부활했다. 그 강대한 힘으로 너무나 가볍게 각 도시를 괴멸시키는 모습을 본 사람들은 공황 상태에 빠진다. 그럼에도 불구하고 페니 제국은 대성국의 다나카 비난 성명을 받아들여 투옥, 그리고 극형 판결을 내린다. 한편 드래곤 시티에서도 소피아가 위험한 가루에 빠지거나 로리곤이 임신하는 사건이 발발. 이곳저곳에서 문제가 일어나는 가운데, 사형이 확정됐는데도 태연한 다나카는 이것을 계기로 어떤 계획을 진행하려고 하는데…….

속 터지는 전개를 다나카 씨가 시원하게
역전하는 이세계 동정 망상 무쌍 제8권!

지음/**분코로리** · 일러스트/**M다 S타로** · 옮김/**이경인**

NEXT

초판한정
책갈피
증정!

19
스트라이크 더 블러드
STRIKE THE BLOOD